WILD BOYS CLUB

MISTER TEMPTATION

LILY WILDE

Lily Wilde
c/o Dream-Event-Agentur Wiesner
Dresdner Straße 262 a
01705 Freital
E-Mail: lily.the.wilde@gmail.com

Umschlaggestaltung: © Lily Wilde, unter Verwendung eines Bildes von daniloandjus, istockphotos.com

Dieses Werk ist reine Fiktion. Jegliche Ähnlichkeiten mit lebenden oder verstorbenen Personen sowie Schauplätzen sind zufällig und nicht beabsichtigt. Alle darin beschriebenen Vorkommnisse sind frei erfunden.

Kontakt zur Autorin unter Facebook.com/Lily.Wilde
oder
Lily.the.wilde@gmail.com

ISBN: 153530734X
ISBN-13: 978-1535307345

Keine sehnsüchtigen Küsse. Keine romantische Verliebtheit. Keine echten Namen.

Im Wild Boys Club in der 7th Avenue in Manhattan verschwimmen Realität und Fantasie. Und wenn geheime Sehnsüchte erfüllt werden, wird in dir ein Feuer entfacht, das so heiss lodert, dass es dein Herz völlig verzehren kann.

PROLOG

ICH BEFINDE MICH in einem Playroom, der mit dunkelblauem Samt ausgelegt ist. Sogar die Tapeten sind samtig blau. Wie der Sternenhimmel zur Mitternacht.

Ein riesiges Bett mit hohen Bettpfosten steht in der Mitte, ebenfalls mit dunkelblauem Samt bezogen. Außerdem gibt es einen Stuhl und einen in die Wand eingelassenen Schrank. Ich wüsste zu gern, was sich dahinter verbirgt, aber von außen ist nichts zu sehen.

»Ihr Partner hat mich gebeten, Ihnen die Augen zu verbinden«, sagt die Frau, die mich hergebracht hat, und holt ein schwarzes Tuch aus ihrer Tasche.

»Muss ich mich ausziehen?«, frage ich.

»Das können Sie mit Ihrem Partner alles gleich selbst absprechen. Er wird jeden Moment hier sein.«

Sie bindet das Tuch um meinem Kopf, so dass ich nichts mehr sehen kann, und führt mich zu dem Bett, auf dem ich mich tastend niederlasse. Nur einen Moment später höre ich, dass sie den Raum verlässt.

Unruhig warte ich einige Minuten, bis sich die Tür wieder öffnet und schließt. Ich kann seine starke Präsenz wahrnehmen, bevor ich seine Hand an meiner Wange spüre.

»Hallo«, flüstert er und beugt sich zu mir herab, um mich zu küssen. Hart und verlangend, wie ein ausgehungerter Wolf. Als wüsste er genau, dass ich das jetzt brauche.

Seine Lippen lösen sich und ich lächele. »Hi. Ich habe dich auch vermisst.«

Er antwortet nicht, sondern küsst mich erneut, dieses Mal kleine, fest Küsse, die hart und gierig an meinen Lippen und meiner Haut zupfen. Dabei streicht er durch mein Haar und über meinen Nacken.

»Kannst du mich sehen?«, frage ich, als mir plötzlich bewusstwird, dass er gar nicht vorsichtig tastet, sondern genau weiß, wo er mich berührt.

»Ja, meine Augen sind nicht verbunden.«

Ich werde plötzlich unsicher. Ich habe ihn zwar schon mehrmals getroffen, aber wir haben uns dabei noch nie sehen können. »Gefalle ich dir?«

Ich höre das leise Lachen in seiner Brust. »Ja, sehr.« Er küsst mich erneut, wieder so heftig wie eben. Seine Zunge drängt in meinen Mund. Ich ergreife seinen Kopf und ziehe ihn zu mir herab. Doch plötzlich widersetzt er sich mir.

»Knie dich hin«, befiehlt er.

Ich gehorche und spüre plötzlich eine neue Erregung durch meine Adern rauschen. Thea hat recht gehabt. Die Aussicht darauf, ihm ausgeliefert zu sein, verpasst mir einen unglaublich erotischen Kick.

Ich taste nach ihm und erwische sein Bein. Als ich die Härte in seinem Schritt fühle, zuckt er leicht zusammen. Ich öffne den Reißverschluss und will seine Erektion aus der Enge des Gefängnisses befreien, doch er hält meine Hand fest.

»Keine Alleingänge, auch wenn es mir noch so schwerfällt, dich von mir schieben zu müssen.«

»Was willst du dann?«

»Gedulde dich einen Moment, dann sage ich es dir. Und du darfst nur sprechen, wenn ich es dir erlaube. Zieh dich aus.« Er spricht nicht laut, sondern flüstert immer noch. Der Befehlston ist jedoch nicht zu überhören.

Ich gehorche und ziehe mein T-Shirt über meinen Kopf. Dann öffne ich den BH.

Ich kann hören, dass er erregt den Atem anhält. Offenbar gefällt ihm wirklich, was er sieht. Seine Hand wandert fordernd an meine Brust.

»Steh auf!«

Ich tue, was er befohlen hat, und spüre, dass er meine Hose auszieht. Dann meinen Slip. Seine Finger kreisen spielerisch über meinen Bauch und wandern dabei immer tiefer. Als er sanft zwischen meine Beine fährt, hole ich tief Luft.

»Leg dich hin!«

Ich gehorche. Dann spüre ich plötzlich einen Lufthauch. Nur einen Moment später ertönt ein feines Klappern. Er hält meine Hand an den Bettpfosten, ich vernehme ein feines Klicken und bemerke kühles Metall an meinem Handgelenk. Dasselbe an der anderen Hand.

Er fesselt mich ans Bett.

»Spreize die Beine für mich«, flüstert er.

Als ich gehorche, fixiert er die Füße auf die gleiche Weise wie die Hände.

Auf einmal spüre ich etwas Feines, Leichtes auf meiner Haut. Wie eine Feder. Sie kitzelt mich an meiner nackten Brust, dann am Bauch und zwischen meinen Beinen. Dann berühren mich seine Lippen, die der Spur der Feder folgen.

»Ich möchte dir dienen«, flüstere ich. »Sag mir, was ich für dich tun soll.«

Erneut höre ich das Klicken der Handschellen. Er gibt mir die Freiheit zurück und führt meine Hand in seinen Schritt.

Ich öffne seine Hose, während seine Hände mein Haar zerwühlen. Dabei erwischen sie jedoch auch die

Augenbinde. Sie verrutscht, so dass ich wieder meine Umgebung wahrnehmen kann. Ich sehe den blauen Raum mit dem samtigen Bett.

Und dann erkenne ich ihn.

Er sitzt auf dem Bett, die Augen vor Erregung geschlossen. Und als sich die Lider öffnen, starre ich in seine von Lust verdunkelten Augen.

Aber das ist ...!

»Sie?«, rufe ich voller Entsetzen und springe auf. »Was haben Sie getan?«

»Es tut mir leid, ich kann es erklären«, sagt er erschrocken. Die Lust verschwindet aus seinen Augen. »Ich wollte es dir schon früher sagen, aber es war schwierig.«

Ich brauche einen Moment, um zu begreifen, was die Anwesenheit dieses Mannes in dem Raum für mich bedeutet. Dann nehme ich die Peitsche, die auf dem Bett liegt, und schlage wütend auf ihn ein. Allerdings verletzt ihn das Ding überhaupt nicht. Um nach einer effektiveren Waffe zu suchen, renne ich zum Schrank und schnappe mir das Erstbeste, das mir in die Hände fällt. Ich weiß nicht einmal, was es ist. Wichtig ist nur, dass es schwer ist.

»Tonya, das darfst du nicht tun«, sagt er und springt auf. »Lass mich bitte alles erklären!«

Doch ich höre ihn vor Fassungslosigkeit und Wut nicht. Ich hebe das Ding und knalle es ihm an den Kopf. Es kracht. Dann geht er zu Boden und rührt sich nicht mehr.

Ich schnappe meine Sachen, die auf dem Boden liegen, und renne aus dem Zimmer, als wäre der Teufel persönlich hinter mir her.

KAPITEL 1

TONYA

ZWEI WOCHEN ZUVOR

DIE TÜR LIESS sich nicht öffnen. Die Klinke konnte ich herunterdrücken, aber mehr geschah nicht.

Ich trat einen Schritt zurück, um mich umzusehen. Ich befand mich in einem Hinterhof zwischen einem Lagerhaus und einem Wohngebäude. Und die eiserne Tür direkt vor meiner Nase führte in ein Haus ohne Fenster. Das war jedoch noch nicht das Seltsamste an der Tür. Das wirklich Eigenartige war, dass sie überhaupt nicht hier sein dürfte. Das komplette fensterlose Haus dürfte es eigentlich nicht geben. In allen Stadtplänen und Karten von New York City befand sich an dieser Stelle nichts. Und wenn man im Katasteramt anrief, um sich nach dieser Adresse zu erkundigen, erhielt man nur Auskunft über das Lagerhaus und das Wohnhaus nebenan. Der Rest existierte offiziell nicht.

Wohin also führte diese Tür?

Ich rüttelte erneut an der Klinke. Die Pforte gab jedoch nicht nach, als würde sie sich mir patzig widersetzen wie ein ungezogenes Kind.

Ich betrachtete den eisernen Rahmen, der noch keinen Rost angesetzt hatte. Auch die Flügel waren zwar schmutzig, aber noch nicht verwittert. Die Tür gab es offenbar noch nicht allzu lange. Vielleicht fünf Jahre, mehr nicht.

Links neben der Tür befand sich eine Klingel, die ich betätigte. Doch von drinnen war nichts zu hören, nicht einmal der leiseste Ton. Als ob die Klingel stumm geblieben wäre.

Unwillig wollte ich laut klopfen, als ich ein Geräusch vernahm. Es klang wie ein leises Klappern. Nur einen Moment später kratzte ein Schlüssel im Schloss. Danach öffnete sich die Tür einen Spalt breit.

Eine junge Frau mit hellbraunen Augen und dunkelblonden Haaren sah durch die Lücke der Tür heraus zu mir.

»Sie müssen sich in der Adresse geirrt haben«, sagte sie mit einem freundlichen Lächeln. »Hier wohnt niemand.«

Ich kam mir ein bisschen vor wie in einem Märchen, wo die böse Hexe dem Prinzen den Zutritt zur eingesperrten Prinzessin verweigert. Nur dass meine Arbeit kein Märchen und die Hexe in diesem Fall wunderschön war. Und dass ich mich in der Realität selbst manchmal wie eine eingekerkerte Prinzessin fühlte.

»Hi, mein Name ist Tonya Richmonds. Ich studiere Architektur und Philosophie an der New York University und schreibe meine Masterarbeit über die zweckmäßige Nutzung alter Gebäude in Manhattan. Bei meinen Recherchen bin ich auf dieses Gebäude gestoßen, das seltsamerweise in keinem Stadtplan verzeichnet ist. Ich möchte gern wissen, was sich darin befindet.«

Die junge Frau zog erstaunt ihre Augenbrauen nach oben, ohne ihr Lächeln zu verlieren. »Das ist sehr interessant. Aber dieses Gebäude beinhaltet nichts von Interesse für Sie. Es ist tatsächlich nur ein altes, verkommenes Haus ohne Zweck und Nutzen.«

Sie log. Sie sagte ihren Spruch zu gleichtönig auf. Als ob sie ihn schon viel zu oft unliebsamen Besuchern mitgeteilt hätte. Warum war sie überhaupt hier, wenn es sich nur um ein verkommenes Haus ohne Nutzung handelte?

»Und wer sind Sie?«, wollte ich wissen.

»Mein Name ist Carrie. Es tut mir leid, ich kann nichts für Sie tun.« Sie verzog den Mund zu einer falschen, bedauernden Geste.

»Was befindet sich in dem benachbarten Lagerhaus?« Ich deutete auf das Gebäude nebenan.

»Es wird ebenfalls nicht mehr genutzt. Früher befanden sich Stoffballen darin, weil da drüben eine Textilfabrik stand. Aber aus der Fabrik ist ein Bürogebäude geworden. Seitdem steht das Lagerhaus leer. Ich habe gehört, dass es saniert und in ein Kaufhaus umgebaut werden soll.«

Ich kannte die ehemalige Fabrik, auf die sie deutete und die durch den Ausgang des Hinterhofes zu sehen war. Meine Großeltern hatten davon erzählt. Hunderte illegale Immigranten hatten darin geschuftet und Baumwolle verarbeitet, bis die Firma in den 1960er Jahren stillgelegt wurde, weil chemische Stoffe immer beliebter wurden und die Baumwolle als Material für Kleider zum großen Teil ablösten.

»Haben Sie etwas mit der Textilfabrik zu tun?«, fragte ich. »Was verkaufen Sie? Ist das ein Internetbusiness?«

Sie lächelte wieder. Es wirkte amüsiert. Sie gab sich jedoch Mühe, ihr Amüsement zu zügeln. »Wie schon gesagt, hier drin befindet sich nichts. Sie verschwenden nur Ihre Zeit, Tonya. Ich würde Ihnen empfehlen, sich lieber mit der alten Fabrik und deren neuer Nutzung zu befassen. Das lohnt sich mehr. Wollen Sie die Telefonnummer haben? Ich kenne die Dame vom Empfang.«

»Danke, das ist nicht nötig.« Ich fühlte mich an der Nase herumgeführt. »Warum sind Sie hier, wenn sich nichts im Haus befindet?«

Abermals dieses amüsierte Lächeln. »Ich schaue nur hin und wieder nach dem Rechten, damit sich die Nachbarn nicht wegen Ungeziefer beschweren können. Leben Sie wohl, Tonya, und viel Erfolg mit Ihrer Masterarbeit!«

Sie lächelte ein letztes Mal, dann zog sie die Tür zu und ließ mich draußen stehen.

Empörung stieg in mir auf. Hielt sie mich für eine Vollidiotin, die nicht merkt, was hier gespielt wird?

Ich wusste zwar nicht, was hier wirklich abging, aber es konnte nichts Gutes sein. Bestimmt nichts Legales.

Ich hob die Hand, um erneut zu klopfen, ließ sie aber wieder sinken. Vielleicht wäre es besser, wenn ich die Polizei einschaltete. Die würde dem Treiben da drin schon ein Ende setzen.

»Dir werde ich es zeigen, Carrie«, murmelte ich. Dann drehte ich mich auf dem Absatz um und ging hoch erhobenen Hauptes zurück zur Straße, wo mich der Lärm der 7th Avenue empfing.

Ich stiefelte zur U-Bahn und fuhr nach Hell's Kitchen, wo ich ein Apartment bewohnte, das die Größe eine Streichholzschachtel hatte und trotzdem ein halbes Vermögen kostete. Als ich die Treppe hinaufstieg, hörte ich schon von weitem das vergnügte Kreischen eines Kindes. Ein Lächeln legte sich auf meine Lippen, und die unliebsamen Gedanken von der seltsamen Tür in der 7th Avenue waren schon fast vergessen.

»Mama!«, jubelte das Kind, sobald ich die Tür öffnete. Der Junge lag auf dem Boden und spielte mit einer Ritterburg, die ihm seine Großeltern geschenkt hatten. Jamie sprang aber sofort auf, als ich kam, und rannte mir strahlend entgegen. »Thea hat gesagt, ein König ist weniger wert als ein Ritter. Aber das stimmt nicht, Mama. Oder?«

»Ein König steht über dem Ritter. Da hat Thea was verwechselt.« Ich nahm meinen Sohn auf den Arm und drückte ihm einen dicken Kuss auf die Wange. Jamie mochte es jedoch nicht mehr, hoch genommen zu werden. Und, um ehrlich zu sein, mit seinen knapp fünf Jahren war er mir inzwischen auch schon fast zu schwer geworden. Als ich ihn wieder auf den Boden ließ, rannte er sofort zu Thea, die noch immer neben der Ritterburg lag. Sie war strohblond und meine beste Freundin. Sie passte auf meinen Sohn auf, damit ich meine Masterarbeit schreiben konnte. Wir hatten zwar vereinbart, dass ich sie für ihre Dienste bezahlte, aber meistens verzichtete sie drauf, weil ich so knapp bei Kasse war, oder sie meinte, ich solle ihr das Geld geben, wenn ich einen gutbezahlten Job an Land gezogen hätte.

Ich vertraute ihr blind.

»Siehst du? Ein König ist besser.« Er klang triumphierend.

»Hi Tonya«, sagte Thea und sah zu mir hoch, während sie einen Ritter in der Hand hielt und zwischen den Fingern drehte. »Ich finde Ritter wichtiger als Könige, weil sie wirklich kämpfen, während die Könige nur auf dem Thron sitzen und nichts tun.«

»Könige müssen wichtige Entscheidungen treffen, die das ganze Land betreffen. Sie haben mehr Verantwortung als Ritter«, widersprach ich.

»Aber die Könige bereichern sich nur am Volk! Ritter hingegen kämpfen tapfer für das Wohl der Edelfrauen.« Sie wirkte felsenfest überzeugt von ihrer Meinung.

Ich seufzte. »Du siehst zu viele Historienschinken. Zum Glück bestehen die alten Hierarchien nicht mehr, vor allem nicht in Amerika. Könige und Ritter sind ausgestorben.«

»Wie die Dinosaurier?« Jamie sah mich mit großen Augen an.

»Nicht ganz wie die Dinos. In Europa gibt es noch ein paar Könige und Königinnen, aber die haben nicht mehr viel zu sagen.«

»Wer hat dann was zu sagen?«

»Das Volk. Es herrscht eine Demokratie. Das heißt, es werden Vertreter aus dem Volk gewählt, die dann die Gesetze machen und bestimmen, wie regiert wird …« Ich brach ab. Demokratie interessierte meinen Sohn nicht die Bohne. Gelangweilt wandte er sich ab und wieder seiner Ritterburg zu.

»Wolltest du heute nicht den ganzen Tag in der Uni sein und deine Arbeit schreiben?«, fragte Thea.

»Ja, wollte ich. Aber dann entdeckte ich die Tür.«

»Welche Tür?«

Ich ging in die Küche und machte mir einen Tee, während ich von meiner Entdeckung und von Carrie erzählte, die mich mit ihren Lügen abgewimmelt hatte.

»Das Gebäude wird nirgends aufgeführt?«, fragte Thea ungläubig. »Das ist ungewöhnlich.«

»Ja, finde ich auch. Es ist nirgends verzeichnet. Ich habe es entdeckt, als ich Google Earth einschaltete, um die Gegend von oben zu sehen, und da entdeckte ich es. In den Karten taucht es wiederum nicht auf.«

»Gruselig!«

»Carrie hat definitiv gelogen, als ich sie gefragt habe, was sich darin befindet, und ich überlege, ob ich die Polizei einschalte.«

»Das würde ich nicht tun.« Thea schüttelte vehement den Kopf. »Damit verspielst du einen Trumpf. Stell dir vor, was wäre, wenn du in deiner Abschlussarbeit eine solche Entdeckung offenlegst. Das könnte eine Sensation werden. Bei der Sache könnte sich eine Doktorarbeit anschließen. Etwas Neues und bisher Unerforschtes zu finden, davon träumen alle Wissenschaftler. Du bist zwar nur Architektur-Philosophin und in dem Haus werden vermutlich illegale Einwanderer festgehalten, aber trotzdem. Du solltest der Sache auf den Grund gehen und dann deine Entdeckung veröffentlichen. Da springt mindestens ein Artikel in National Geographic oder einer anderen coolen Zeitschrift raus. Und vielleicht wirst du noch als Retterin der Einwanderer oder der ganzen Nation gefeiert.«

»Es könnte gefährlich sein, wenn darin illegale Dinge angestellt werden. Vielleicht ist es ja auch eine Terroristen-Hochburg. Oder ein Meth-Labor. Wer weiß, wohin ich da gerate!«

»Möglicherweise befindet sich darin das Bernsteinzimmer? Oder ein Portal in eine andere Dimension!«

»Du siehst definitiv zu viele Filme.«

»Das kann sein. Aber egal, was in dem Haus ist. Sobald es brenzlig wird, schnappst du dir meinen Kumpel Kyle, der Polizist ist, und weihst ihn ein. Du solltest es auf jeden Fall versuchen, hinter das Geheimnis zu kommen.«

Ich trank einen Schluck Tee, während ich über Theas Idee nachdachte. Es konnte tatsächlich gefährlich sein, auf eigene Faust alles über das Haus herauszufinden, obwohl Carrie nicht gerade wie eine Terroristin gewirkt hatte.

Ich musste mir eingestehen, dass mich die Neugier quälte. Ich wollte unbedingt wissen, was es mit dem Gebäude auf sich hatte. Und es war wirklich möglich, dass dabei eine Doktorarbeit heraussprang. Das wäre fantastisch!

»Okay, ich werde es versuchen.«

»Cool! Deine Eltern werden ausflippen vor Begeisterung.«

Bei dem Gedanken an meine Eltern wurde mir etwas flau im Magen, aber ich nickte. »Das ist möglich.«

»Super. Ich kümmere mich, wie gehabt, um Jamie.«

Ich sah zu meinem Sohn. Er sah seinem Namensvetter Jamie Dornan, nach dem ich ihn benannt hatte, überhaupt nicht ähnlich. Mein Jamie war hellblond und blauäugig. Er besaß runde Wangen und leicht abstehende Ohren, die ihm ein pfiffiges Aussehen verliehen. Aber vielleicht würde er später mal den Körper des Schauspielers haben, um dessen Namen gerecht zu werden. Wenn es nicht so wäre, wäre es allerdings auch nicht schlimm. Ich vergötterte meinen Sohn trotzdem.

»Alles klar. Ich gehe morgen nochmals hin und hau Carrie eins auf die Nase, damit sie mich reinlässt.«

»Morgen bin ich in Long Island zum Geburtstag meiner Patentante, da kann ich nicht auf Jamie aufpassen. Dafür könnte ich aber heute länger bleiben.«

Ich sah auf die Uhr. Es war noch nicht spät. »Ich könnte nach Einbruch der Dunkelheit hingehen und versuchen, das Schloss aufzubrechen.«

»Dann solltest du aber Verstärkung mitnehmen. Nachts würde ich es nicht versuchen, falls doch unheimliche Dinge dort geschehen.«

Sie hatte schon wieder recht. »Das ist leider wahr.«

»Und strafbar solltest du dich auch nicht machen. Du musst einen anderen Weg finden, hineinzugelangen. Ich könnte wetten, dass es irgendwo ein verstecktes Fenster gibt. Oder eine Kellertür oder einen Lüftungsschacht. Ganz ohne geht es nicht.«

»Okay. Dann fahre ich sofort noch einmal hin. Bevor ich einen Plan fasse, wie ich hineinkomme, sehe ich mich in Ruhe um und schaue, ob es einen Schwachpunkt gibt.« Ich nahm meine Jacke und ging zu Jamie, der immer noch mit seinen Rittern spielte, um ihm einen Kuss auf den Scheitel zu geben. »Bis gleich, Jamie. Ich bin nicht lange weg.«

»Okay, Mama«, erwiderte er, ohne aufzusehen.

Dann lief ich zur Tür und ließ Jamie mit meiner Freundin Thea allein.

ES GAB WIRKLICH kein Fenster in dem geheimnisvollen Haus, definitiv nicht. Jedenfalls nicht an der Vorderfront. Ich stand erneut vor dem Gebäude im Hinterhof der 7th Avenue und schaute mich gründlich um. Auf dem Dach sah es jedoch so aus, als wäre eine Luke eingebaut. Aber wie sollte ich auf das Dach kommen? Das Haus sah aus wie eine Festung. Jamie wäre begeistert und würde seine Ritter herbringen. Für mich war die Erkenntnis eher niederschmetternd. Ein Eindringen schien unmöglich.

Und wie sah es mit einem Lüftungsschacht aus? Es gab in jeder Etage kleine vergitterte Öffnungen, durch die gerade mal eine Katze passen würde. Ein Mensch konnte nicht durchkriechen. Blieb nur noch der Keller, falls es einen gab.

Ich ging an der Mauer des Hauses entlang, um nach Kellerfenstern zu schauen, aber selbst die gab es nicht. Vielleicht war das Haus nicht unterkellert. Bei dem Lagerhaus nebenan existierten allerdings auch keine Kellerfenster. Vielleicht waren die beiden Gebäude miteinander verbunden?

Ich wollte gerade zum vernagelten Eingang des Lagerhauses gehen, als ich einen Mann bemerkte, der auf den Hinterhof kam. Er war Mitte dreißig und sehr attraktiv. Er sah mich überrascht an, nickte mir dann jedoch zu.

Ich blieb an der Mauer des Lagerhauses stehen und nickte zurück.

Er steuerte die Tür des geheimnisvollen Gebäudes an und betätigte die Klingel. Nur einen Moment später öffnete sich die Tür und er huschte hinein.

Ich hielt die Luft an. Was machte er da drinnen? Er sah nicht aus, als wäre er ein Terrorist oder anderer Verbrecher. Er hatte einen teuren Mantel getragen und eine elegante Brille aufgehabt. Er hatte eher wie ein Anwalt oder etwas ähnlich Biederes gewirkt.

Aber offenbar war es möglich, ins Haus zu gelangen, ohne Carrie k.o. schlagen zu müssen. Kannte sie den Mann?

Ich beschloss zu warten, bis der Mann im Mantel wieder herauskam. Selbst wenn es die halbe Nacht dauern würde.

Ich ging zurück und stellte mich neben die Tür, um mich an die Wand zu lehnen. Eigentlich erwartete ich, mehrere Stunden auf der Lauer liegen zu müssen, doch bereits nach nur wenigen Minuten kam eine Frau in den Hinterhof. Sie war etwas älter als ich, hatte rote Haare und ein verträumtes Lächeln. Als sie mich erblickte, zögerte sie und wirkte, als würde sie ernsthaft überlegen, lieber die Flucht zu ergreifen.

»Hi«, murmelte sie verlegen.

»Ich warte auf einen Freund«, log ich und richtete mich lächelnd auf, um sie zum Bleiben zu bewegen.

Sie atmete erleichtert auf. »Okay. Ich dachte schon, Sie gehören nicht zum Club.«

»Doch, doch. Ich gehöre zum Club.«

Welcher Club?

Ich beobachtete, wie sie zur Tür ging und ebenfalls klingelte.

»Toller Club«, sagte ich lapidar und hoffte, dass sie mir mehr erzählte.

»Ja, das ist er. Er ist fantastisch.«

Die Tür öffnete sich. Dieses Mal war es nicht Carrie, die in der Öffnung stand, sondern eine andere junge Frau. Sie trug ein ultrakurzes Kleid, das nicht weiter über ihren Hintern reichte als ein breiter Gürtel.

Sie ließ die Frau hinein und sah mich fragend an.

»Ich möchte auch in den Club«, sagte ich.

»Haben Sie uns eine Mail geschickt?«

»Äh, nein, habe ich nicht. Ich wollte nur mal so schauen, weil ich gerade in der Gegend bin.«

Sie musterte mich skeptisch. Offenbar hatte ich etwas Falsches gesagt.

»Woher kennen Sie unseren Club?«, fragte sie.

»Ich habe durch einen Freund von ihm gehört. Er ist gerade hineingegangen. Er trägt eine Brille und einen Mantel.«

Sie kniff die Augen zusammen, als würde sie mich abschätzen. »Der Club nimmt keine neuen Mitglieder auf«, sagte sie schließlich und wollte die Tür schließen, doch ich hielt meinen Fuß dazwischen.

»Bitte lassen Sie mich hinein!«, rief ich. »Ich möchte nur sehen, was sich hinter diesen Mauern verbirgt. Kostet es Eintritt? Ich bezahle ihn. Ist es etwas Illegales? Ich habe mit der Polizei nichts zu tun. Ich möchte nur wissen, was es ist.«

Sie schüttelte den Kopf. »Tut mir leid, aber das geht nicht. Dieser Club nimmt keine neuen Mitglieder auf.«

»Ich will ja auch kein Mitglied werden! Ich möchte nur wissen, was sich in diesem Gebäude abspielt. Es ist wichtig.«

»Sind Sie von der Presse?«

»Nein!«

Sie zögerte.

»Bitte«, hakte ich nach. »Bitte lassen Sie mich nur einen Moment hinein!«

In diesem Moment spürte ich einen Arm auf meiner Schulter. »Du solltest sie eintreten lassen, Emily«, sagte eine männliche Stimme hinter mir. »Sie ist hübsch. Sie würde gut in den Club passen. Sie könnte eine oberschlaue Studentin oder eine verklemmte Mutter spielen.« Der Mann, zu dem die Stimme gehörte, stellte sich neben mich. Er sah unverschämt gut aus, hatte dunkles, glattes Haar, das an den Seiten kurz geschoren war, aber dafür auf dem Scheitel dicht und voll lag. Seine braunen Augen blitzten mich an. Am Hals sahen Tattoos aus seinem T-Shirt heraus. Ich schätzte ihn auf Mitte zwanzig.

Emily lächelte. »Die Auswahl treffe ich nicht.«

»Dann lass sie wenigstens hinein. Ich übernehme die Verantwortung.«

Emily runzelte die Stirn, trat dann jedoch zur Seite. Offenbar war der Mann ein bedeutendes Mitglied. Auch wenn er frech war und sein Arm immer noch auf meiner Schulter lag, so konnte er mir meinen Wunsch erfüllen.

Mein Herz begann schneller zu schlagen. Gleich würde ich das geheimnisvolle Gebäude betreten.

»Danke«, sagte ich zu dem jungen Mann. »Ich bin Ton--«

Noch bevor ich meinen Namen zu Ende sagen konnte, schnitt er mir mit einer Handbewegung das Wort ab. »Keine echten Namen. Keine Telefonnummern. Keine romantische Verliebtheit. Hier musst du alles vergessen, was du bisher über die Liebe wusstest.«

Er nahm seinen Arm von meiner Schulter, ergriff meine Hand und zog mich durch die eiserne Pforte. Dahinter befand sich eine Sicherheitstür, die er mit einem Code öffnete.

Danach befand ich mich endlich im Inneren des geheimnisvollen Hauses.

Ich hielt die Luft an. Das war tatsächlich anders als alles, was ich bisher gesehen hatte.

Unbeschreiblich.

»Willkommen im Wild Boys Club«, sagte der Fremde lächelnd.

KAPITEL 2

JENSEN

ER TRAF MICH in den Rücken. Ich biss die Zähne zusammen und zeigte meinem Gegner ein Grinsen. »Ist das alles, was du draufhast?«

Blake grinste zurück. »Soll ich dir wirklich zeigen, was ich kann? Danach hinkst du aus dem Court. Das solltest du dir gut überlegen.«

»Das hättest du gerne«, konterte ich. »Bevor ich anfange zu hinken, liegst du auf dem Boden und weinst wie ein Mädchen. Da musst du schon früher aufstehen, Kumpel.«

Ich nahm den Squashball und schmetterte ihn gegen die Wand. Blake hastete zu der Stelle, an der der Ball auftreffen würde, und schlug ihn geschickt zurück. Er war gut, ich musste mich anstrengen, um im Spiel den Anschluss zu halten. Aber ich liebte den Wettbewerb. Und ich liebte es, gegen Blake zu gewinnen. Er war ein Angeber, der keine Gelegenheit ausließ, sich wichtig zu machen und andere in schlechtem Licht dastehen zu lassen. Ich musste mich unbedingt gegen ihn behaupten, damit er nicht überall verkünden konnte, dass ich gegen ihn keine Chance hatte.

Mit voller Wucht schmetterte ich den Ball abermals gegen die Wand. Er flog in hohem Tempo auf Blake zu, der schnell auswich, um erneut zuschlagen zu können. Danach war ich wieder dran. Ich legte eine Rückhand mit Schnitt ein, so dass der Ball an Tempo verlor und weiter vorn auf dem Boden aufkam. Blake hastete dahin, um ihn zu erwischen, aber kam zu spät.

»Mist«, fluchte er. »8:8. Na warte, gleich jammerst du.«

»Das werden wir noch sehen.«

Wir spielten weiter. Der Ball flog unablässig hin und her, wir hasteten durch den Squashcourt und bekämpften uns unerbittlich weiter.

Als wir das Match schweißgebadet beendeten, hatte ich 11:9 und 11:8 gewonnen. Zum Glück!

»Na, wer weint jetzt?«, fragte ich triumphierend, während ich mir den Schweiß an einem Handtuch abtrocknete.

»Du, wenn ich meine Revanche fordere«, entgegnete Blake missmutig. Er war ein lausiger Verlierer, wie alle Angeber. Wir spielten seit vier Jahren einmal in der Woche Squash miteinander, um den Stress vom Job abzubauen und uns auszutoben. Wir waren etwa gleich stark, so dass es ein ausgeglichenes Spiel war und ich mich wirklich anstrengen musste, gegen ihn zu gewinnen.

»Drink?«, fragte Blake. »Ich bin dann wohl dran.«

Der Verlierer bezahlte die anschließenden Drinks in der Bar des Sportcenters.

»Na, klar. Du kommst nicht drum herum.«

Wir schnappten unsere Taschen und gingen in den Umkleideraum, um uns zu duschen und anzuziehen. Blake war einen Kopf kleiner als ich und viel kompakter. Er hatte auch schon erste graue Haare, die er mit einem teuren Tönungsmittel zu verstecken suchte. Allerdings würde es nicht mehr lange dauern, dann wäre das Tönungsmittel hinfällig, er verlor nämlich auch rasant seine Kopfhaare. Die in seinem Gesicht wucherten dafür umso mehr. Er pflegte seinen Bart und behandelte ihn fast besser als seine Frau. Blake war CEO eines großen New Yorker Telekommunikationsunternehmens. Sein Gehalt war siebenstellig, er war verheiratet und hatte zwei Kinder. Hatte ich schon erwähnt, dass er ein Angeber war?

»Mein neuer Ferrari ist eine Granate«, sagte er und zog genießerisch die Augenbrauen nach oben, während er sich auszog. »Vielleicht nehme ich demnächst mal den Firmenjet und lasse ihn nach Europa bringen. In Deutschland auf den Autobahnen herrscht kein Tempolimit. Das muss man ausprobiert haben.«

»Das klingt interessant.«

Ich besaß eine Online-Partnervermittlung mit Namen Red Passion und einen geheimen Club, die beide erst seit kurzem schwarze Zahlen schrieben. Die Webseite lief schleppend, weil ich ständig investieren musste, und der Club war so geheim, dass er lediglich eine begrenzte Zahl an Mitgliedern hatte und sich deshalb nur knapp selbst trug. Die Geschäfte könnten also besser laufen, aber das verriet ich niemandem. Probleme zu haben, kam bei den Geschäftsmännern von Manhattan nicht gut an. Dafür war ich schlanker, größer und sehniger als Blake, und mein Haar war noch voll. Dunkel, ohne Grau darin. Und ich fuhr einen BMW.

»Besser wäre es, du würdest von Anfang an einen deutschen Wagen fahren«, sagte ich leichthin, um auch etwas Wichtiges zum Gespräch beizusteuern.

»Warum das?«

Keine Ahnung. »Weil deutsche Wagen die besten in der Welt sind.«

»Ferraris sind schneller«, knurrte er.

»Der neue Audi R8 macht auch locker über dreihundert Sachen.«

»Dreihundert nur? Mein Ferrari macht fünfhundert!«

Nie im Leben. »Wenn ich den Motor meines BMW tunen lassen würde, würde er das auch schaffen.«

»Der hat gar nicht die Windschnittigkeit, geschweige denn den Motor.«

Vermutlich nicht. Ich musste aufgeben, wenigstens in diesem Wettstreit hatte Blake die Oberhand behalten.

Er grinste zufrieden.

Als wir fertig geduscht und umgezogen waren, liefen wir in die Bar und setzten uns an einen Tisch am Fenster, von dem aus man einen großartigen Blick auf die Fitnessabteilung des Sportcenters hatte. Mehrere Frauen in heißen Outfits saßen beim Spinning oder rannten schwitzend auf Laufbändern und trainierten ihre Körper. Ein schöner Anblick zum Ausklang des Tages.

»Die Blonde ist scharf«, sagte Blake, als er mit den Gläsern zurückkam. »Der Hintern lädt zum Anbeißen ein.«

Die Blonde hatte einen Pferdeschwanz, der bei jeder Bewegung hin und her wippte. Sie besaß eine schlanke Taille und ein einladendes Hinterteil, das tatsächlich ziemlich Aufsehen erregend war. Die Dunkelhaarige neben ihr gefiel mir jedoch noch besser.

»Ja, nicht schlecht.« Ich lehnte mich zurück und trank einen Schluck von meinem Bier. Das kühle Getränk schmeckte ausgesprochen gut nach dem anstrengenden Sport.

»Ja, wen haben wir denn hier?«, fragte auf einmal eine bekannte Stimme neben unserem Tisch.

»Elliot!« Ich sah auf und reichte dem Ankömmling die Hand. Elliot war ein alter Freund, der mit Blake und mir zusammen Wirtschaft studiert hatte. Auch er trainierte öfter hier.

Elliot ließ sich neben Blake nieder, dem er ebenfalls die Hand schüttelte. »Spielt ihr immer noch hier? Wie läuft es so? Was macht das Business?«

»Alles hervorragend«, erwiderte ich und hoffte, dass bei dieser Lüge meine Nase nicht wuchs. »Die Geschäfte könnten nicht besser sein.«

»Ausgezeichnet. Wir haben die zehn Milliardengrenze schon in diesem Monat geknackt«, verkündete Blake. »Ich werde wohl einen sechsstelligen Bonus erhalten. Wie jeden Monat.« Demonstrativ betrachtete er seine Fingernägel, als wäre ein sechsstelliger Bonus am Ende des Monats etwas völlig Unspektakuläres und Langweiliges.

»Und bei dir? Was macht die Computerbranche?«, fragte ich Elliot.

Elliot verzog das Gesicht. »Apple will uns aufkaufen, aber der Preis gefällt mir nicht. Wenn sie noch mindestens ein paar Millionen drauflegen, können wir ins Gespräch kommen. Aber so wird das nichts.«

»Du solltest dich nicht zu billig verkaufen«, sagte Blake. »Wenn sie das Potenzial in deiner Firma sehen, legen sie noch ein paar Milliarden drauf, da kannst du sicher sein. Das ging mir auch so. Mich wollten sie unbedingt, da konnte ich Höchstsummen fordern.«

»Ich weiß, mal sehen, wie hoch sie pokern.«

In diesem Moment trat eine hübsche junge Frau an den Tisch und reichte Elliot einen Zettel mit ein paar Zahlen darauf. Sie hatte erdbeerblonde Haare und atemberaubende Kurven. Sie lächelte Elliot verführerisch an. »Bis dann«, sagte sie. Danach ging sie und verschwand durch die Tür.

»Was war das denn?«, wollte Blake neidisch wissen und starrte ihr hinterher, als wäre sie die Queen.

»Das ist ihre Telefonnummer«, grinste Elliot. »Sie hat vorhin mit mir trainiert und will mich heute Nacht glücklich machen.«

»Hast du ihr zufällig von dem Apple-Deal erzählt?« Ich konnte mir einen ironischen Unterton nicht verkneifen.

»Das ist möglich.« Elliot zuckte nonchalant mit den Schultern. »Wenn es hilft, heute Nacht nicht allein zu schlafen, erwähne ich das gern mal.«

»Das könnte ich auch«, meinte Blake großspurig.

»Bist du eigentlich noch mit dieser Ellie liiert?«, fragte

mich Elliot, ohne auf Blake einzugehen. »Falls nicht, darfst du mir gern ihre Nummer geben. Sie hatte zwei schlagkräftige Argumente, mit denen ich mich gerne einmal unterhalten würde.« Er lachte süffisant.

Er meinte die Brüste meiner Ex-Freundin. In der Brust-Abteilung war Ellie wirklich gesegnet gewesen. In anderen dafür nicht so. Die Beziehung zu ihr war schon seit Monaten vorbei.

»Ich hatte zu wenig Zeit für sie.« Außerdem hasste sie es, mit mir über Geschäfte zu sprechen. Sie mochte es mehr, wenn ich ihre neue Frisur und die bunten Fingernägel lobte. Dafür hatte ich jedoch überhaupt kein Auge.

»Da ist es doch praktisch, wenn man ein Milliarden schweres Angebot von Apple vorweisen und sich damit eine Schönheit nach der anderen ins Bett holen kann.«

»Mir wäre es lieber, sie würden scharenweise zu mir strömen, weil ich so ein großartiger Liebhaber bin«, konterte ich schmunzelnd.

Elliot verzog das Gesicht. Offenbar hatte ich einen wunden Punkt bei ihm getroffen. »Dass du ein rattenscharfer Liebhaber bist, merken sie erst, wenn du sie in dein Bett gelockt hast. Dafür ist das Geld äußerst nützlich.«

»So ist die Welt«, nickte Blake. »Ich habe meine Frau kennengelernt, da besaß ich gerade mal hundertzwanzig Dollar und vierzehn Cent. Sie liebte mich damals wegen meiner inneren Werte, welche auch immer das sein mögen. Heute verehrt sie nur mein Geld, aber ich habe deswegen mehr Freiheiten.«

Elliot runzelte die Stirn. »Deshalb gehst du heimlich in Jensens Club, um mal etwas anderes zu erleben. Alles an Liebe und Sex, was man sich für Geld kaufen kann.«

Ich hatte Blake noch nie erröten sehen. Heute war es soweit. Er lief knallrot an. Blake tauchte tatsächlich oft in meinem Club auf, um seine Fantasien auszuleben, und ich ging davon aus, dass seine Frau nichts davon wusste. Offenbar war er nicht darauf vorbereitet gewesen, dass

Elliot diese Schwäche bekannt war.

Blake war zum ersten Mal seit Jahren sprachlos. Ein historischer Tag, den man sich in Kalender rot markieren solltc.

»Das ist … äh … was anderes«, murmelte er verlegen.

Ich lächelte. »Daran ist nichts Verwerfliches. Vielleicht hilft mein Club sogar dabei, deine Ehe zu retten. Sie geht mit deiner Kreditkarte shoppen und du hast deine Freiheiten. Vielleicht sollte ich die Mitgliedsbeiträge erhöhen, weil ihr euch die Eheberatung spart.«

»Die machen wir trotzdem«, protestierte Blake schwach. Sein Gesicht leuchtete immer noch rot. Elliot hatte ihn echt erwischt. Die Angeber-Fassade bröckelte. Er fühlte sich peinlich berührt, weil sein Geheimnis, das so offensichtlich keines war, entdeckt worden war. Dabei wusste ich schon lange, dass er in meinem Club ein- und ausging. Außerdem hatte er erst durch mich von dem Club erfahren. Woher Elliot diese Information hatte, war mir allerdings nicht so klar. Er war kein Mitglied. Noch nicht. Aber vermutlich besaß er Freunde, die bei mir Stammkunden waren und ihm davon erzählt hatten. Manhattan war in der Beziehung wie ein Dorf.

Elliot lachte. »Ertappt! Dein Geheimnis ist bei mir sicher.«

»Aber vielleicht solltet ihr euch auch mal eine Frau suchen, die euch wegen anderer Dinge liebt und nicht wegen eures Geldes!« Blake schien sich langsam wieder zu fangen und schnappte zurück.

»Warum sollte ich?«, widersprach Elliot. »Die Frauen fliegen mir nur so zu. Der Apple-Deal samt seinen Millionen ist ihnen wichtiger als jeder innere Wert.«

»Und ich habe ohnehin keine Zeit für Frauen. Und selbst wenn, würde ich jede Frau mit meinem Charme sofort rumkriegen.« Ich grinste. »Ich muss nur meine Grübchen zeigen, schon schmelzen sie dahin.«

»Grübchen?« Blake sah mich entsetzt an. Ich zeigte

ihm mein gewinnendstes Lächeln, das sonst immer nur Frauen bekamen, damit er zum Beweis meiner Aussage meine Grübchen sehen konnte. Die Frauen liebten sie.

»Aha«, knurrte Blake. »Das reicht schon? Ich möchte euch ja mal erleben, was ihr macht, wenn eure Grübchen schwinden und euer Geld verzockt ist. Dann steht ihr ohne alles da und die Frauen machen einen großen Bogen um euch.«

»Das wird niemals eintreffen!«, riefen Elliot und ich wie aus einem Mund. »Das wirst du nicht erleben, weil wir sie trotzdem um den kleinen Finger wickeln können.«

»Das müsst ihr beweisen. Ich wette, dass ihr alt ausseht, wenn die Frauen weder was von euren Grübchen noch von eurem Geld wissen.«

»Ich halte dagegen«, sagte Elliot selbstbewusst.

»Ich halte doppelt dagegen«, stimmte ich Elliot zu. »Und ich werde es beweisen.«

»Das will ich sehen. Wenn du es schaffst, eine Frau von dir zu überzeugen, dass sie mit dir zusammen sein will, ohne dass sie weiß, dass du Geld und ein schickes Grübchen hast, bekommst du mein Sommerhaus am Lake Michigan.« Blake sah mich herausfordernd an.

»Dein Sommerhaus?« Ich verschluckte mich fast an meinem Bier. »Du willst deine Villa am See loswerden? Das ist ein Traumhaus! Direkt am Yachtclub und dem Golfplatz. Donald Trump soll dort gelegentlich spielen. Land ist in der Gegend extrem knapp, die Preise sind in den vergangenen Jahren explodiert.«

»Ich weiß.« Er lehnte sich entspannt zurück, denn er hatte wieder Oberwasser. »Du bekommst es nur einen Sommer lang. Das ist der Deal.«

»Einen ganzen Sommer lang am See? Ich bin dabei.«

»Ich will dein Haus nicht, ich will deinen Ferrari, solange der Apple-Deal nicht eingetütet ist«, sagte Elliot. »Dann mache ich auch mit.«

Blake lächelte lässig, dann nickte er. »Okay. Und wenn ihr verliert, darf ich ein Jahr lang kostenlos im Club tun, was ich will. Und du musst meinen Ferrari putzen, wann immer ich es fordere. Und ich erzähle jedem, dass ihr verdammte Verlierer seid.«

Elliot sah ihn entsetzt an, nickte jedoch zustimmend. Ich stimmte ebenfalls zu. Wir würden nicht verlieren. Nie im Leben!

»Dann sind wir uns einig«, sagte Blake zufrieden. »Datum ist das Ende des Sommers. Ihr habt mehrere Wochen Zeit, um mir eine Frau vorzuführen, die euch nicht wegen eures Geldes oder wegen eines blöden Grübchens liebt, sondern weil sie euren Charakter schätzt.«

»Das ist kein Problem.« Ich reichte Blake meine Hand. Elliot schüttelte sie ebenfalls.

»Du wirst dich wundern, Blake, und ohne Sommerhaus und Ferrari in den Herbst starten.«

»Jetzt will ich wissen, wir ihr das anstellen wollt«, fragte Blake, nachdem er die nächste Runde bestellt hatte.

Das wüsste ich auch zu gern. Noch hatte ich nicht den leisesten Plan.

Elliot zuckte mit den Schultern. »Das verrate ich nicht. Du wirst es früh genug erfahren.«

»Ich offenbare meine Tricks auch nicht so ohne Weiteres«, sagte ich cool. »Lass dich überraschen.« Mir würde schon etwas einfallen. Das Haus am See war einfach zu schön, die Mitglieder im Yacht- und Golfclub wirklich erlesen. Dort könnte ich wunderbar Kontakte für weitere Geschäfte knüpfen und meine Unternehmen endlich zu einem richtigen Erfolg werden lassen. Ich musste es unbedingt gewinnen, wenigstens für einen Sommer. Außerdem brauchte ich Blakes Mitgliedsbeitrag im Club. Die Zahlen sahen so schon schlecht genug aus. Ohne sein Geld würde ich bald einpacken können.

KAPITEL 3

Tonya

DAS GEHEIMNISVOLLE HAUS wirkte innen angenehm temperiert. Das war das erste, was mir auffiel. Ansonsten kam es mir vor, als würde ich mich in einer anderen Welt befinden. Weiche, tiefe Teppiche bedeckten den Boden, an den Wänden befanden sich teure Tapeten und Kristalllampen, die gedämpftes Licht verströmten. Es roch leicht nach Parfüm – und Sex.

»Ist das ein Bordell?«, fragte ich atemlos.

Der Mann, der immer noch meine Hand festhielt, lachte. »Nein, das ist kein Bordell.«

»Was ist es?«

»Warum bist du hier, wenn du nicht weißt, was dich hier erwartet? Bist du etwa von der Presse?« Erschrocken ließ er meine Hand los.

Warum hat hier jeder Angst vor der Presse? Das Mädchen vom Empfang hatte mich das auch schon gefragt.

»Nein, ich bin keine Journalistin oder so. Ich bin eine oberschlaue Studentin, wie du vorhin angemerkt hast.«

Er lachte wieder, dieses Mal erleichtert. »Du siehst auch nicht aus wie eine Reporterin.«

»Wäre es denn sehr schlimm, wenn ich von der Presse wäre?«

»O ja, das wäre die Katastrophe. Die Mitglieder dieses Clubs legen sehr viel Wert auf ihre Privatsphäre.«

»Warum?«

Er lächelte. Damit sah er noch anziehender aus. »Weil sie im Wild Boys Club ihre Träume ausleben können, ohne dass Fragen gestellt werden.«

»Was für Träume?«

»Jeder Mensch hat sexuelle Fantasien, die meisten können sie jedoch nicht ausleben, sondern stecken in konventionellen Beziehungen fest. Wovon träumst du, schöne Unbekannte? Von einem Prinzen auf einem weißen Pferd? Hier bekommst du ihn.«

Ich merkte, dass ich errötete. »Ich träume nicht vom strahlenden Ritter auf einem Schimmel.«

»Wovon dann?«

»Ich habe keine Fantasien. Ich lebe in der Realität, in der ich studiere und einen Soh--«

Er wischte meine Antwort mit der Hand weg, wie er es schon mit meinem Namen getan hatte.

»Hier hat die Realität keinen Platz. Im Wild Boys Club kannst du deine Familie, deinen Job, alle Zwänge, die es im Leben gibt, vergessen und dich ganz deinen Sehnsüchten hingeben. Probier es aus! Es wird dir gefallen!«

Nie im Leben! »Ich denke nicht.« Mein Herz klopfte viel zu schnell. Ich hätte nie gedacht, dass sich solch ein Club hinter der seltsamen Tür befinden würde. Aber wenn hier jeder seine geheimen Fantasien auslebte, war es auch kein Wunder, dass sie das Geheimnis vor Fremden hüteten.

»Soviel ich weiß, hat jedes neue Mitglied eine Fantasie frei, bevor es zahlen muss. Du musst nur vorher eine Mail schreiben, was du dir wünschst, dann wird dir dieser Traum erfüllt.«

»Ich habe aber wirklich keine geheimen Sehnsüchte.«

»Das glaube ich dir nicht.« Er sah mich verschmitzt

an, als würde er in mich hineinsehen wollen. Ich hob meine Hand, um mein Gesicht dahinter zu verstecken, damit er nichts mehr sehen konnte. Er lachte amüsiert. »Du siehst aus, als würdest du dich nur um deinen Job kümmern und deinen Körper ganz vernachlässigen. Als hättest du seit Ewigkeiten keinen Sex mehr gehabt und auch keine Zeit, dir einen Mann dafür zu suchen.«

Ich errötete noch mehr. Er hatte recht. Das letzte Mal hatte ich Sex, das war … vor über einem Jahr! Mit einem Freund von Thea, der aus Florida stammte und bei mir übernachtet hatte, weil Thea zu einem Konzert nach London gereist war. Jamie war in der Woche bei seinem Vater gewesen, und ich wollte die freie Zeit genießen. Conrad, so hieß der junge Mann, war ein witziger und gut aussehender Typ gewesen, und wir hatten uns gut verstanden. Wir hatten viel zusammen getrunken, und danach war es passiert. Nur dass ich mich am nächsten Morgen kaum noch daran erinnern konnte, weil ich zu viel Alkohol im Blut gehabt hatte. Aber nach den Knutschflecken an meinem Hals zu urteilen, schien es gut gewesen zu sein. Leider war Conrad am nächsten Tag nach Montreal weitergereist, wo er einen neuen Job anfing.

»Das … äh … ich habe wenig Zeit für eine Beziehung.«

»Ich weiß. Geht das nicht allen so?« Er seufzte. Sein Gesicht hellte sich aber sofort auf. »Wenn du unverbindlich genießen willst, ohne Opfer bringen zu müssen, solltest du unbedingt die Nacht der 1001 Freuden nutzen!«

»Was ist das?«

»Oder das hier! Komm mit!«

Er führte mich zu einer Tür an der Seite. Er gab einen Code ein, dann öffnete sich die Tür. Mir war mulmig zumute. Was würde mich hinter der Tür erwarten? Eine Folterkammer? Ein Zimmer mit einem riesigen Bett und Sexspielzeug? Ich war auf alles gefasst.

Doch hinter der Tür befand sich nur eine Bar. Sie sah

aus wie ein stinknormales Lokal, nur dass die Kellner besonders attraktiv waren. Ein Mann mit nacktem Oberkörper, der perfekter nicht sein konnte, brachte der Frau, die ich vor der Tür getroffen hatte, einen Cocktail. Eine süße Kellnerin in einem ultrakurzen Kleid, das an das von der Frau an der Tür erinnerte, bediente einen Mann, der seine Blicke kaum von ihrem Ausschnitt lösen konnte.

»Du kannst dich hier hineinsetzen und warten, dass du angesprochen wirst. Du kannst aber auch selbst die Initiative ergreifen.«

»Das ist etwas Besonderes?«, fragte ich skeptisch. »Das geht in jeder anderen Bar auch.«

»Nur dass du hier ein Codewort nennst, dann weiß jeder sofort, was du wünschst. Du willst unverbindlichen Sex? Dann sagst du Cinderella. Willst du von einem Dom beherrscht werden, sagst du Dornröschen. Du musst keine Angst haben, abzublitzen, hier wollen alle dasselbe. In dieser Bar treffen sich die Mitglieder, die ein ganz normales Kennenlernen erleben wollen. Nur dass es eben nicht ganz hundertprozentig normal ist.«

»Das ist nichts für mich.« Ich schielte nach dem Cocktail. Der wäre schon eher was für mich. Aber nicht hier.

»Okay. Ich denke, was du wirklich brauchst, ist die Nacht der 1001 Freuden. Das ist noch etwas anderes als die Bar. Du schreibst vorher eine Mail an den Club, dass du die Nacht wünschst, und kommst dann her. Daraufhin hast du anonymen Sex mit einem der Mitglieder. Du weißt nicht, wie er aussieht oder wie er heißt. Und er kennt weder deinen Namen noch dein Gesicht. Du wirst ihm nie wieder begegnen. Auf diese Weise kannst du deine Sehnsucht nach Sex austoben, ohne Angst haben zu müssen, dass du hinterher belästigt wirst oder Zeit in eine Beziehung investieren musst. Und du kannst sicher sein, dass ein Partner in deinem Alter und dazu noch mit einem attraktiven Äußeren für dich ausgesucht wird. Die sind hier sehr wählerisch, wen sie aufnehmen.«

Das klang wirklich gut, nur dass das absolut nichts für mich war. »Ich bin zu konservativ für solche Dinge.«

»Das Mädchen aus gutem Hause.« Er grinste und winkte ab. »Ich will gar nichts Näheres wissen. Überlege es dir. Ich muss dich jetzt aber gehen lassen, denn mein Date wartet.«

»Welche Fantasie lebst du aus?«

Er beugte sich zu meinem Ohr. »Das verrate ich dir nicht. Aber sie ist sehr sexy. Und sehr schmutzig!« Danach gab er mir einen Kuss auf die Wange. »Geh zu Emily und sag ihr, dass du dich bewerben möchtest. Hier wird jedes Mitglied genau ausgesucht, nicht jeder darf es werden. Aber bei dir habe ich keine Angst, dass du es nicht schaffen könntest. Du bist wunderschön. Sie werden dich mit Sicherheit nehmen. Und vielleicht treffen wir uns eines Nachts in einer Fantasie wieder.«

Die Röte schien sich in mein Gesicht gebrannt haben. »Ich werde mich nicht bewerben.«

Er lachte noch einmal, dann nickte er mir zum Abschied zu und steuerte eine hübsche junge Frau an, die an einem Tisch saß und in der Speisekarte blätterte. Als er bei ihr ankam, sah sie auf und erhob sich. Zusammen verließen die beiden die Bar, wobei er mir im Vorübergehen zuzwinkerte.

Ich versuchte, meine Gesichtsfarbe einigermaßen in den Griff zu bekommen und überlegte, was ich mit dieser Info für meine Masterarbeit anstellen sollte. Immerhin wusste ich nun, was sich im Inneren des Gebäudes befand. Das war mehr, als ich gehofft hatte. Und ich konnte einen Exkurs über das geheime Sexleben der New Yorker dranhängen. Oder über die Dekadenz in unserer heutigen Gesellschaft, wo es keine Tabus mehr zu geben schien. Ja, das war gut.

Ich wandte mich ab und ging aus der Bar. Vor der Tür stand Emily und musterte mich skeptisch. Sie schien immer noch nicht überzeugt, dass ich nicht von der Presse war.

»Ich denke nicht, dass dieser Club etwas für mich ist«, sagte ich, als ich an ihr vorüberging. »Guten Abend.«

»Guten Abend.« Sie reichte mir einen winzigen Flyer, auf dem nur eine E-Mailadresse stand. »Falls Sie es sich anders überlegen.« Dann ließ sie mich hinaus.

Als ich in dem ruhigen Hinterhof stand und sich die schwere Eisentür hinter mir schloss, verspürte ich ein seltsames Gefühl. Als würde ich eine faszinierende Welt hinter mir lassen und plötzlich wieder in der nackten Realität stehen.

Ich schaute zurück zu dem fensterlosen Gebäude. Was ging jetzt darin vor? Was trieben die Mitglieder? Wie viele gab es überhaupt?

Doch ich schüttelte die Fragen ab, warf den Zettel mit der E-Mailadresse auf den Boden und fuhr nach Hause.

JAMIE LAG IM Bett, als ich kam. Es war inzwischen spät geworden. Das war mir in dem Club gar nicht aufgefallen. Als würden die Uhren dort drin anders ticken.

Thea saß vor dem Fernseher und sah sich eine neue Folge des Bachelors an. Ich ging jedoch zuerst ins Kinderzimmer. Jamie lag friedlich schlummernd in seinem Bettchen. Er sah aus wie ein kleiner Engel. Seine blonden Locken umrahmten sein Gesichtchen und gaben ihm etwas Unwirkliches, Überirdisches.

Ich holte den kleinen Kinderstuhl, in den ich eine meiner Pobacken quetschte (mehr passte nicht hinein), und setzte mich neben das Bett. Ich sah mein Kind einfach nur an. Am liebsten hätte ich über seine Wange gestreichelt, aber ich hatte Angst, ihn aufzuwecken. Wenn er aus dem Schlaf gerissen wurde, bekam er danach meistens Albträume. Deshalb begnügte ich mich damit, ihn anzusehen. Er war das Beste, was ich je zustande gebracht hatte. Und das Liebste in meinem Leben. Dabei war er nicht einmal geplant gewesen. Sein Vater war ein Tutor an der Uni gewesen, mit dem ich eine Affäre gehabt hatte. Derek wollte, dass ich Jamie abtrieb, meine Eltern übrigens auch, damit ich mein Studium beenden konnte. Aber der Gedanke, das unschuldige Kind einfach umzubringen, hatte mich fertiggemacht. Und was wäre, wenn ich danach niemals Kinder haben könnte? Ich würde mir ewig Vorwürfe machen. Deshalb hatte ich mein Studium unterbrochen und Jamie auf die Welt gebracht. Derek, sein Vater, hatte sich in das Schicksal gefügt, obwohl die Beziehung zwischen uns zerbrach. Es waren harte Jahre, aber ich schaffte es mit diversen Nebenjobs, mich und Jamie über Wasser zu halten.

Als Jamie drei Jahre alt war, hatte ich mein Studium erneut aufgenommen, um endlich einen Abschluss in der Hand zu halten. Und nun stand ich kurz vor der letzten Prüfung. Falls alles gut ging.

Ich sah Jamie noch einen Moment bei seinem ruhigen Schlaf zu, dann gab ich ihm einen Luftkuss und stand auf.

Ich ging zurück ins Wohnzimmer, das gleichzeitig mein Schlafzimmer war, wo Thea den Fernseher abschaltete.

»Hast du etwas herausfinden können?« Sie sah mich neugierig an.

Ich nickte. »Ja. Es ist kein Verbrechersyndikat in dem Haus, jedenfalls keines, was man auf den ersten Blick als solches erkennen könnte.«

»Was dann? Erzähl!«

Ich suchte nach Worten, um ihr schonend beizubringen, was ich herausgefunden hatte. »Es ist ein Club für Erwachsene.«

Sie öffnete die Augen weit, als würde sie noch mehr erwarten. »Ein Kino für Pornofilme? Ein Bordell? Ein Swingerclub? Bondage-Spiele? Rück schon mit der Sprache raus, du kannst mich nicht schocken. Ich habe alle drei Bände von Fifty Shades of Grey gelesen.«

Offenbar war ihr die Materie nicht neu.

»Ein Club, in dem die Fantasien der Mitglieder erfüllt

werden.« Vorsichtshalber sah ich zur geschlossenen Kinderzimmertür. »Die sexuellen Fantasien«, flüsterte ich hinzufügend.

»Wow! Das ist cool! Und wieso weiß ich nichts darüber?«

»Würdest du das etwa mitmachen? Das ist doch pervers!«

»Das ist es nicht! Ich finde es super. Weißt du, wie viele frustrierte Menschen es gibt, weil sie sich nicht trauen, über ihre Fantasien zu sprechen, geschweige denn, sie auszuleben? Unzählige! Umso wichtiger ist es, dass es Orte gibt, wo man sich richtig austoben kann. Ist es anonym?«

»Ja, es werden keine Namen genannt und keine Telefonnummern ausgetauscht.«

»Sehr gut. Ich hoffe, du bist gleich Mitglied geworden?«

»Nein! Natürlich nicht!«

»Warum nicht? Du könntest etwas lockerer werden und Sex vertragen.«

»Aber nicht so.« Ich ließ mich auf das Sofa fallen. »Das ist nicht meine Welt. Ich habe nicht einmal Fantasien.«

»Ehrlich nicht? Nicht eine einzige?«

Ich schüttelte den Kopf. »Nein, da ist keine.«

»Mir würden sofort ein paar einfallen. Zum Beispiel würde ich gern auf einer Insel stranden und dann von wilden Piraten gefangen genommen werden. Der Captain der Piraten ist ein total scharfer Typ und rettet mich vor der Meute. Er verteidigt mich, bringt mich in Sicherheit und lädt mich in seine Hütte ein. Und dann, in der Nacht, kommt er zu mir, und ich merke, dass er mich nur gerettet hat, weil er mich für sich allein haben will. Ich wehre mich, aber er ist stärker. Und ich liebe es, wie er mich nimmt. Dass er nach Schweiß und Mann riecht und Schwielen an den Händen hat und schon unzählige Männer ermordet hat.« Sie seufzte sehnsüchtig.

Ich sah sie misstrauisch an. »Brauchst du irgendwelche Medikamente? Das ist wirklich deine Fantasie?«

»Ja, ist es. Oder dass ich einen verschwitzten Bauarbeiter in mein Bett lasse, nachdem er mein Dach gedeckt hat. O ja, das macht mich an.«

Ich schüttelte den Kopf. »Mich nicht.«

»Aber etwas muss dich doch erregen!«

Ich dachte daran, dass mir der Fremde im Club von der Nacht mit einem anonymen Liebhaber erzählt hatte. Das wäre das Einzige, womit ich mich anfreunden könnte. Niemand würde mich erkennen, keiner mein Leben beeinflussen. Ich hätte nur Sex, mehr nicht.

»Die Nacht der 1001 Freuden wäre vielleicht etwas.« Ich beschrieb ihr, was dabei passierte.

»Dann mach das, Tonya. Das solltest du unbedingt probieren. Bieten sie einen Schnuppermonat im Club an?«

»Ich glaube, man darf einmal probieren, ob es was für einen ist, bevor man festes Mitglied wird.«

»Dann solltest du das auf jeden Fall wahrnehmen.«

»Ich habe keine Zeit für solche Spielereien. Ich muss meine Abschlussarbeit schreiben und ein Kind großziehen.«

»Hin und wieder eine Stunde Vergnügen solltest du dir schon gönnen. Du bist zu jung, um immer zu Hause zu hocken. Nach der Abschlussarbeit ist es der Job, der deine Zeit frisst. Und irgendwann bist du sechzig, und die Kerle begehren dich nur noch für einen Blowjob, weil du keine Zähne mehr hast. Du musst jetzt die Gunst der Stunde nutzen.«

Ich verzog erschrocken das Gesicht. »Das ist eklig, Thea. Wirklich!«

»Aber es ist die Wahrheit. Geh in den Club und nutze die Freikarte für eine heiße Nacht. Sie werden dir schon keinen alten Knacker andrehen.«

»Nein, angeblich erhalte ich jemanden in meinem Alter und sehr gut aussehend.«

»Und da zögerst du noch? Wenn ich heute nicht schon wieder meinen Traumprinzen zufällig bei der Bank gesehen hätte, würde ich auch sofort Mitglied werden.«

»Du hast ihn erneut gesehen?«

»Ja. Er stand am Automaten und hat Geld abgehoben.«

»Hat er dich bemerkt?«

»Ich glaube nicht.«

»Das ist doch schon das fünfte Mal, dass du ihn zufällig getroffen hast. Das kann doch kein Zufall sein!«

»Das sechste Mal. Ja, das ist schon fast unheimlich. Und wenn ich nicht felsenfest davon überzeugt wäre, dass es keine Vorsehung und kein Schicksal gibt, das Menschen zusammenbringt, würde ich langsam daran glauben.«

»Das würde ich auch. Oder er stalkt dich.«

»Das denke ich nicht. Denn ich hatte erst in letzter Sekunde entschieden, zur Bank zu gehen. Das konnte er nicht wissen.«

»Dann ist es das Schicksal.«

»Nein, ist es nicht.« Sie stand auf und streckte sich gähnend. »So was gibt es nicht. Es gibt allerdings fantastische Chancen, das brachliegende Liebesleben etwas aufzupeppen. Und diese Chance hast du. Übermorgen, wenn ich den Geburtstag meiner Patentante überlebt habe, gehst du wieder in den Club und bewirbst dich für die Schnupperstunde. Und dann erlebst du die heißeste Nacht deines Lebens. Bis dahin wünsche ich dir einen entspannten Abend, Liebes.«

Sie beugte sich zu mir und gab mir einen Kuss auf die Wange. Dann ging sie zur Tür.

»Gute Nacht, Thea. Das Geld fürs Babysitten gebe ich dir am Monatsende, wenn ich meinen Unterhalt bekomme.«

»Alles klar, Tonya. Schlaf gut.«

»Danke, du auch. Viel Spaß morgen.«

Thea stöhnte leise bei dem Gedanken an den Geburtstag, der ihr bevorstand, dann ging sie hinaus und zog die Tür hinter sich zu. Ich saß noch eine Weile vor dem ausgeschalteten Fernseher und dachte über den Club nach. Und über Theas wahnsinnige Idee, dort mit einem Unbekannten hemmungslosen Sex zu haben.

Als ich zu müde wurde, klappte ich das Sofa aus und holte mein Bettzeug aus dem Schrank. Dann legte ich mich schlafen.

KAPITEL 4

Jensen

DER ARBEITSTAG SCHIEN gar kein Ende nehmen zu wollen. Ich saß seit vierzehn Stunden im Büro, die kleine Pause im Sportcenter nicht mitgerechnet. Es war bereits spät am Abend, und die Arbeit stapelte sich immer noch. Ich musste mehrere Pressefragen zur Website beantworten, außerdem gab es Bitten um Interviews. Ein Investor, der den Ausbau des Datingportals unterstützen wollte, war abgesprungen, so dass ich einen neuen finden musste. Die Werbekampagne für Red Passion sollte erneuert werden, das Personal aufgestockt und die Technik verbessert werden. Außerdem quälte ich mich mit der Überlegung, in einer anderen Stadt ebenfalls einen Wild Boys Club aufzubauen. Los Angeles wäre angebracht, aber auch Washington und Seattle. Aber das würde bedeuten, dass ich mich um mindestens eine weitere Baustelle zu kümmern hatte. Im wahrsten Sinne des Wortes.

Wo blieb da die Zeit für eine Frau?

Ich betrachtete die Papierberge, die im blauen Licht des Computers unwirklich leuchteten und niemals kleiner wurden. Im Gegenteil. Wie Faltengebirge wuchsen sie unaufhörlich in die Höhe.

Ich könnte vielleicht gerade noch eine Affäre in meinen engen Tagesablauf quetschen, aber eine echte Beziehung mit einer Frau, die mich wegen meiner inneren Werte liebte, wäre völlig unmöglich. Ich würde sie gerade mal zur Mittagspause und vor dem Schlafengehen sprechen können. »Hallo Schatz, wie geht es dir? Mach's gut, ich muss wieder los!«

Sinnlos.

Ich würde nicht einmal Zeit finden, sie zu treffen und meine Grübchen vor ihr zu verstecken. Worauf hatte ich mich nur eingelassen? Die Wette mit Blake kam mir plötzlich völlig absurd vor.

Ich musste die Sache abblasen, bevor Blake ernsthaft annahm, dass ich mich damit beschäftigte und er seinen Gewinn einforderte. Und bevor er überall verkündete, dass ich ein Verlierer war. Auch wenn es mich wurmte, Blakes Haus am See nicht nutzen zu können. Die Kontakte, die daraus entstehen würden, könnte ich so gut gebrauchen. Aber es ging nicht.

Ich nahm mein Handy zur Hand, um Blake einen Text zu schreiben, als sich plötzlich die Tür zu meinem Büro öffnete. Erstaunt sah ich auf. Außer mir befand sich niemand mehr in den Räumlichkeiten von Red Passion. Doch als ich den Besucher erkannte, musste ich unwillkürlich grinsen.

»Devon, dass es dich hierher verschlägt! Schön, dich zu sehen! Was machst du hier?«

Devon kam auf mich zu. Mein Bruder war mein jüngeres Spiegelbild. Er besaß die gleichen Augen und die Grübchen wie ich, sein Kinn war minimal schwächer ausgeprägt als meines, dafür die Stirn etwas kräftiger. Er war genauso groß wie ich, aber sportlicher. Und drei Jahre jünger. Er arbeitete als Fitnesstrainer in Philadelphia, ich hatte ihn das letzte Mal vor zwei Jahren zum sechzigsten Geburtstag unseres Vaters gesehen.

»Hi Bruder, ich war gerade in der Gegend und dachte, ich schau mal rein.« Er trat zu mir und klopfte mir auf die Schulter. Er war gerne cool und hielt nicht viel von emotionalen Begrüßungen. Ich auch nicht, deshalb reichte ich ihm nur die Hand.

»Du rettest mich gerade vor einer weiteren Nacht im Büro.«

»Das mache ich gern.« Er verzog den Mund und sah auf den Schreibtisch, als wäre er verlegen. Das war seltsam. Mein Bruder war noch nie in seinem Leben verlegen gewesen. Er war ein Frauenheld, wie er im Buche stand, und Scheu oder Scham waren für ihn Fremdwörter. Wenn er sich hier so gab wie ein Achtklässler vor einer Professionellen, war etwas im Busche.

»Was ist los, Devon? Alles in Ordnung?«

Er nickte und löste seinen Blick vom Schreibtisch, um mich betont lässig anzusehen. »Ja, alles klar. Naja, geht so.«

Da war definitiv etwas nicht okay.

»Was ist los? Weshalb bist du wirklich gekommen?«

In diesem Moment ließ er die Maske runter und die Coolness fiel aus seinem Gesicht. »Ich bin in ernsthaften Schwierigkeiten, Mann. Ich brauch deine Hilfe.«

»Was hast du angestellt?«

»Ich erklär dir alles bei einem Drink. Ich brauche dringend etwas Starkes.«

»Okay.« Ich schaltete den Computer aus, so dass die Papierberge ihre unheimliche Farbe verloren. »Gehen wir.«

Ich nahm meinen Bruder, der seit seinem Geständnis, dass er in Schwierigkeiten steckte, mehrere Zentimeter geschrumpft zu sein schien, am Arm und zog ihn aus dem Büro.

WIR GINGEN IN eine Bar in der 8th Avenue, die rund um die Uhr geöffnet hatte. Eine hübsche Kellnerin mit schwarz umrandeten Augen und etwas zu kräftigen Oberarmen, um noch niedlich zu wirken, bediente uns. Ihre schwarzen Locken wippten bei jeder Bestellung auf und ab, weil sie zum Takt der Musik mit dem Kopf nickte. Ihre bronzene Haut schimmerte im Licht der Bar etwas rötlich.

»Also, was ist?«, bohrte ich, als wir endlich bestellt hatten, und sah meinen Bruder eindringlich an.

»Du kennst mich, Jensen«, sagte Devon zerknirscht. »Ich bin ein ehrlicher Kerl, der niemandem etwas Böses will. Und ich habe meine Chancen mit Frauen, das weißt du auch. Ich habe viele gehabt, viel zu viele, das gebe ich zu. Aber das ist nun mal der Lauf der Welt. Manche können es eben, dazu gehöre ich. Aber das, was jetzt abgehen soll, geht wirklich nicht. Ich kann das nicht.«

»Ich habe keine Ahnung, worauf du hinauswillst.«

»Ich bin zu jung, um ein Leben lang gefangen zu sein.«

Mir wurde schlecht. Gefangenschaft? Das klang gar nicht gut. »Nun rück schon mit der Sprache raus. Was hast du angestellt?«

»Ich schwöre, ich habe ihr nie irgendwelche Versprechungen gemacht. Sie behauptet, ich hätte ihr geschworen, für immer bei ihr zu sein, egal was passiert. Aber das habe ich nicht. Sie lügt! Sie hat mir die Pistole auf die Brust gesetzt und mir gedroht. Das konnte ich nicht einfach so hinnehmen!«

»Und da hast du sie umgebracht?« Mir wurde noch schlechter. Das durfte doch nicht wahr sein! Mein kleiner Bruder würde für immer ins Gefängnis wandern.

»Umgebracht?« Er sah mich entsetzt an. »Bist du wahnsinnig? Ich habe sie nicht umgebracht. Ich habe sie geschwängert und sitzen lassen.«

Mir fiel ein riesiger Felsbrocken vom Herzen. Ich begann sogar zu lachen, was Devon jedoch alles andere als amüsiert auffasste.

»Das ist nicht witzig. Mein Leben geht in die Brüche, weil diese Frau bei der Verhütung nicht aufgepasst hat, und du lachst.«

»Ich bin einfach nur froh, dass es nichts Schlimmeres ist«, tröstete ich ihn. »Du wirst Vater, das ist nicht so schlimm.«

»Doch, das ist eine riesige Katastrophe. Nicht nur, weil ich ein freier Mann bin, der sich von keiner Frau an die Leine legen lassen will, sondern weil ich gerade eine Weiterbildung angefangen habe und mein eigenes Fitness-studio aufbauen will. Ich werde Unternehmer wie du.« Er klang stolz. Der Stolz verschwand jedoch sofort wieder aus seiner Stimme und er sackte in sich zusammen. »Das kann ich aber nicht, wenn ich zwei hungrige Mäuler zu stopfen habe.«

»Da bist du einfach abgehauen?«

»Ja. Ich habe sie sitzenlassen und bin nach New York gefahren, weil ich hoffe, dass ich bei dir unterkommen kann.«

»Und du denkst, dass sich dein Problem in der Zwischenzeit in Luft auflöst? Das wird es nicht.«

»Ich weiß. Aber ich will keine Familie. Ich liebe diese Frau nicht einmal. Wir kennen uns gerade zwei Monate. Sie war Kundin im Fitnessstudio, bis ich ein paar Mal mit ihr rumgemacht habe. Mehr war da nicht. Du kennst mich, Beziehungen sind nicht so mein Ding, ich habe andere Qualitäten. Und plötzlich soll ich eine Familie mit ihr gründen? Das geht absolut nicht.«

»Aber du handelst verantwortungslos, indem du sie einfach allein lässt.«

»Was soll ich denn sonst tun? Ihr Geld für eine Abtreibung in die Hand drücken? Das will sie nicht tun, das hat sie schon gesagt.«

Ich seufzte und trank von dem Whiskey, den die hübsche Kellnerin inzwischen auf den Tisch gestellt hatte. Devon kippte seinen gleich komplett hinunter.

»Devon, ich weiß nicht, was ich dir in der Beziehung raten soll. Du hast dich eindeutig in eine unschöne Ecke manövriert. Als dein Bruder und Freund kann ich gut verstehen, was du durchmachst und werde dir gerne helfen. Auf der anderen Seite weiß ich nicht, ob das die richtige Lösung für dein Problem darstellt. Aber was soll's. Brüder müssen zusammenhalten.« Ich tat es ihm nach und machte mein Glas mit einem Schluck leer. Es war der teuerste Whiskey in dem Laden, aber er brannte trotzdem wie Feuer im Rachen. Die Bar gehörte ganz sicher nicht zu den gehobenen Etablissements in Manhattan, aber wir waren heute nicht wählerisch.

»Kann ich bei dir arbeiten?«, fragte Devon kleinlaut. »Ich habe meinen Wirtschaftsabschluss so gut wie in der Tasche. Ich kenne mich auch ein bisschen bei der Leitung eines Unternehmens. aus Ich könnte den Club übernehmen. Gibt es ihn noch?« Seine Augen begannen zu leuchten. Devon war mit unter den Gründern des Clubs gewesen, bevor ihn sein Job nach Philadelphia verschlagen hatte.

»Ja, es gibt ihn noch. Ich könnte tatsächlich etwas Hilfe benötigen. Dann würde ich mich darum kümmern können, die Wette gegen Blake zu gewinnen.«

»Welche Wette?«

Ich erzählte ihm von meiner Abmachung mit Elliot und Blake, was Devon zu einem Schmunzeln veranlasste.

»Du willst eine Frau, die dich wegen deiner inneren Werte liebt und nicht wegen deines Aussehens? Wie willst du das anstellen? Dein Gesicht zerkratzen? Einen Fatsuit anziehen?«

»Ich habe keine Ahnung«, seufzte ich. »Ich weiß, es war schwachsinnig, sich darauf einzulassen. Ich sollte es lieber absagen.«

»Es sei denn, du nutzt den Club«, grinste Devon. »Gibt es noch die Nacht der 1001 Freuden? Sex mit einer Frau, die dich nicht sieht? Wenn du es schaffst, dass sie sich in dich verliebt, ohne dich je gesehen zu haben, hast du gewonnen. Und heißer Sex springt auch dabei heraus.«

Ich starrte Devon entgeistert an. Er hatte recht, aber das würde allen Regeln des Clubs widersprechen.

»Im Wild Boys Club muss alles total anonym sein. Keine echten Namen, außerdem keine romantischen Küsse und keine Verliebtheit. Wie soll ich sie Blake vorstellen, wenn ich nicht weiß, wer sie ist? Und verlieben darf sie sich auch nicht. Außerdem müsste ich mich mit ihr erneut verabreden, was nicht geht, weil man in dem Raum nicht sprechen darf.«

»Hey, es ist dein Club«, erwiderte Devon schulterzuckend. »Du kannst die Regeln aufsetzen, du darfst sie aber auch brechen.«

Ich strich mir nachdenklich durch das Haar. Sollte ich mich darauf einlassen, was Devon vorschlug? Wenn herauskäme, dass ich meinen Club für meine eigenen Zwecke benutzte, bekäme der Club einen zweifelhaften Ruf. So mancher würde mir nicht mehr über den Weg trauen und den Club möglicherweise meiden. Auf der anderen Seite wäre es tatsächlich die beste Lösung für mein Problem. Ich könnte Frauen kennenlernen, ohne dass sie wussten, wer ich war. Und wenn es funkte, konnte ich die Wette gewinnen.

Jede Menge unverbindlicher Sex wäre dabei auch noch drin.

»Ich habe recht, gib es zu, Jensen«, grinste Devon.

Ich lächelte schief. »Ja, du hast recht. Verdammt. Ich hatte mir geschworen, nie in meinem Club selbst Kunde zu werden. Nun breche ich diese Regel, um eine Wette zu gewinnen.«

»Du brauchst die Kontakte, die dir das Haus am See bringen würde. Und du kannst Blake nicht kostenlos Mitglied sein lassen. Also ist es ein Business-Deal, den du eingehst. Dafür kann man schon mal ein oder zwei Regeln brechen.«

»Dann bin ich wie der Drogendealer, der vom eigenen Stoff nascht, um dessen Qualität zu prüfen. Das ist verdammt gefährlich.«

»Ich weiß. Aber du wirst das hinbekommen, Jensen. Ich kenne dich. Du bist so stark und zielstrebig, nichts und niemand konnte dich je vom Weg abbringen, und das wird auch dieses Mal nicht passieren. Wenn einer solch eine Gratwanderung hinbekommt, dann du.«

»Danke für dein Vertrauen.« Ich bestellte noch eine Runde Whiskey. Jetzt war ich derjenige, der etwas Starkes brauchte. Aber je mehr ich darüber nachdachte, desto fester war ich davon überzeugt, dass Devons Idee die richtige war.

Wir saßen bis vier Uhr morgens und tranken darauf, dass wir uns gegenseitig aus der Misere zogen, in der wir steckten. Als sich die Dämmerung im Hudson River spiegelte, riefen wir ein Taxi und fuhren nach Hause.

ICH BEREUTE DEN vielen Whiskey, als ich gegen zehn Uhr aufwachte, weil mein Handy ununterbrochen klingelte. Olivia rief aus dem Büro an und wollte wissen, ob ich zum Pressetermin kommen würde.

Verdammt! Das Interview stand heute an.

Ich quälte mich aus dem Bett und schlurfte durch mein Penthouse-Apartment in der Upper Westside Manhattans ins Badezimmer. Aus dem Gästezimmer hörte ich das Schnarchen meines Bruders.

Ich stellte mich unter die kalte Dusche und fühlte mich sofort wach. Oder sagen wir mal, wacher als vorher. Zumindest mein Körper schien aufgewacht zu sein. Mein Hirn schlief hingegen noch tief und fest. Wenn ich das Interview in diesem Augenblick durchführen müsste, würde ich nicht einmal meinen Namen wissen.

Dieses Problem lösten zwei Tassen Kaffee. Mein Name war Jensen Monroe, ich war Begründer der Partnervermittlung Red Passion und ein cooler Typ, der sich heute in seinem eigenen Club als Kunde einführen würde, um eine Frau aufzureißen, die ihn wegen seiner inneren Werte liebte.

Was für ein Sch…

Als der Duft des frischen Getränks durch das Apartment schwebte, wurde auch Devon wach. Er schlurfte, genau wie ich vor einer Viertelstunde, wie ein Mitwirkender aus »The Walking Dead« durch mein Penthouse und trank eine Tasse Kaffee, bevor er im Badezimmer verschwand.

»Wir sehen uns heute Abend«, rief ich ihm zu, während ich zur Wohnungstür lief. »Dann reden wir weiter.«

»Hmm«, rief er knurrend zurück.

Danach ließ ich ihn in seinem Elend allein und fuhr zur Arbeit.

Das Interview verlief ganz gut, aber nicht so hervorragend, wie ich es gerne hätte. Ich lutschte drei Pfefferminzbonbons, um der Reporterin nicht meinen Whiskey-Atem entgegenzuhauchen. Sie stellte ein paar unbequeme Fragen zu meinen Investitionen und finanziellen Gegebenheiten, die ich leider nicht so souverän abschmettern konnte, wie ich es mir gewünscht hätte. Immerhin versprach sie, mir den Artikel vor dem Druck zur Abnahme zu schicken. Dann konnte ich noch ein paar Stellen abändern oder streichen, die mir nicht gefielen.

Als das erledigt war, fuhr ich in den Club.

CARRIE MUSTERTE MICH erstaunt, als ich zu ihr ins Büro trat. Es befand sich im Erdgeschoss hinter dem Raum mit den Schließfächern. Hier schlug das Herz des Clubs, während im Dachgeschoss sein Hirn angesiedelt war. In einem Büro unter dem Dach kümmerte sich eine Mitarbeiterin um die Umsetzung der Fantasien, die die Mitglieder äußerten. Das Herz, das Carrie unterstand, hielt den Club am Leben. Hier standen die Server mit den Mitgliederlisten und den finanziellen Transaktionen. In diesem Raum wurde auch entschieden, wer Mitglied werden durfte und wer nicht. Wir waren sehr wählerisch und durchzogen jeden Bewerber einem gründlichen Check, ob er in den Club passte. Das hatte den einfachen Hintergrund, dass wir sehr sorgfältig sein mussten, um unsere Mitglieder zu schützen. Es durfte niemand eintreten, der die Leute eventuell entblößen konnte, aus privaten oder beruflichen Gründen.

»Es läuft alles bestens«, sagte Carrie, bevor ich ihr auch nur eine Frage stellen konnte. »Es gibt einen Austritt, weil derjenige nach Los Angeles zieht. Aber dafür drei neue Bewerbungen.«

»Wer ist es, der kündigt?«

»Yves Olivier, das Unterwäsche-Model. Er hat ein Angebot von Hollywood bekommen und zieht um.«

»Okay. Und wer sind die neuen?«

»Der stellvertretende Staatsanwalt von New York. Er ist fünfzig und nicht ganz schlank, aber er würde das Doppelte des regulären Preises zahlen, wenn wir ihn nehmen.« Sie sah fragend zu mir auf.

»Aha, ich sehe ihn mir an. Wer noch?«

»Ein Unternehmer aus Queens. Ich habe ihn gerade überprüft, er scheint sauber zu sein. Frisch verheiratet, er möchte gern seine Frau mitnehmen und mit ihr gemeinsam die Fantasien ausleben.«

»Und der dritte?«

»Der Lehrer einer Privatschule. Sportlehrer. Er ist erst dreißig, nicht verheiratet und sieht sehr gut aus.«

»Ein Lehrer? Ist er echt? Das klingt seltsam.«

»Ich habe ihn noch nicht überprüft, aber ich denke auch, dass er nur vorgibt, Lehrer zu sein und eigentlich von irgendeiner Zeitung oder einer anderen Stelle stammt und spionieren will, weil er irgendwas gehört hat. Ich werde ihn mir genauer ansehen.«

»Gut.«

Ich wartete einen Moment, dann räusperte ich mich, während mich Carrie neugierig ansah. »Ist noch etwas, Jensen?«

»Ja, ich würde gern wissen, ob es Buchungen für die Nacht der 1001 Freuden gibt.«

Carrie sah im Computer nach. »Ja, gibt es. Heute sind wir voll ausgebucht, morgen sind lediglich Interessenten vorhanden, zwei Männer und eine Frau, die noch einen Partner suchen. Ich denke, die Termine werden schnell vergeben sein, und ich informiere sie, sobald sich jemand gemeldet hat.«

Es gab noch freie Interessenten? Ich spürte, dass mein Herz eine Spur schneller schlug.

»Eine Frau wartet auf einen Partner?«, fragte ich so unauffällig wie möglich nach. Aber, um ehrlich zu sein, es war unmöglich, in dieser Sache unauffällig vorzugehen.

»Ja. Sie hat sich vor zwei Tagen eingetragen und wartet auf unsere Rückmeldung.«

Es lag mir auf der Zunge zu fragen, wer sie war. Dann wüsste ich wenigstens, was mich erwartete. Das wäre allerdings gegen die Spielregeln und äußerst unfair ihr gegenüber.

»Wie sieht sie aus?«, fragte ich. Diese Frage konnte ich mir allerdings nicht verkneifen.

»Sie ist sehr hübsch, blond und extrem schlank. Du kennst sie. Sie ist Musikerin und tourt als Backgroundsängerin mit Taylor Swift. Sie ist seit zwei Jahren Mitglied und kommt her, wenn sie gerade in der Stadt ist. Sie heißt Ariana Dottmar.«

Ich zog die Augenbrauen zusammen. Ja, ich kannte Ariana. Sie war heiß wie die Motorhaube eines Wagens in der Sommersonne, allerdings auch genauso oberflächlich. Aber welche Rolle spielten schon solche Kleinigkeiten, wenn der Gewinn einer Wette auf dem Spiel stand?

»Okay. Dann sag ihr Bescheid, dass sie einen Partner für die Nacht hat.«

Carrie sah mich erstaunt an und zählte innerlich eins und eins zusammen. Ich konnte förmlich sehen, wie sie zu dem Schluss kam, dass ich mit Ariana die Nacht verbringen wollte. Carrie war sehr clever, deshalb hatte ich sie zur stellvertretenden Geschäftsführerin des Clubs gemacht. Ich hatte sie sogar schon mal gebeten, mit mir auszugehen, aber sie stand nicht auf Männer, wie sie mir schonend verklickert hatte. Immerhin erleichterte das die Zusammenarbeit mit ihr, weil es überhaupt keine sexuellen Schwingungen zwischen uns gab.

Sie zögerte einen Moment und schien zu überlegen, ob sie mir die Regeln meines Clubs erklären sollte, was die Anonymität betraf, die ich so offensichtlich verletzte. Sie verkniff es sich aber. Immerhin war ich ihr Boss.

»Okay. Der Termin ist morgen 19 Uhr.« Sie trug etwas im Computer ein. Ich hoffte, dass es nicht mein Name war, aber es war auch egal. Ich konnte ihn später wieder löschen, falls es nötig sein sollte.

»Danke.«

Ich wandte mich ab und verließ den Raum. Ich hörte, wie ihr Computer ein leises Klingeln von sich gab, weil sie eine Nachricht erhalten hatte. Dann schloss ich die Tür hinter mir.

KAPITEL 5

TONYA

»MAMA, KÖNNEN WIR heute auf den Spielplatz gehen?« Jamie sah mich mit großen Augen an.

»Vielleicht später, Schatz«, tröstete ich ihn. »Ich muss noch etwas arbeiten.«

»Aber das ist so langweilig, wenn du arbeitest.« Er stöhnte leise und ließ seine schmalen Schultern hängen. Es tat mir leid, dass ich ihm nichts Aufregendes bieten konnte, aber ich musste heute unbedingt mit meiner Masterarbeit vorankommen. Jeden Tag tausend Worte schreiben, das hatte ich mir vorgenommen. Dann würde ich die Deadline am Ende des Monats schaffen.

»Kannst du nicht schreiben, wenn ich schlafe?«

»Das mache ich auch, Jamie. Bitte, gib mir ein paar Minuten, in denen ich wenigstens den Gedanken zu Papier bringen kann, den ich gerade habe. Sieh in dein Bilderbuch oder spiel mit den Legofiguren!«

Er verzog seinen kleinen Mund und schlurfte in sein Zimmer zurück. Ich wollte mich wieder meiner Arbeit widmen, aber der Gedanke, den ich gehabt hatte und aufschreiben wollte, war weg. Ich grübelte einen Augenblick, doch er kam nicht zurück. Irgendwie kam ich sowieso nicht mehr mit meinem Thema zurecht. Die Ereignisse des vergangenen Abends hatten mich tatsächlich auf eine neue Idee gebracht. Seufzend stand ich auf.

»Okay, Schatz. Du hast recht. Wir gehen auf den Spielplatz und dann besuchen wir Papa.«

Wie ein geölter Blitz kam Jamie aus seinem Zimmer gestürmt. »Besuchen wir die Unitie?«

»Da, wir besuchen die Universität«, schmunzelte ich und zog meinem Sohn seine Jacke an. Dann packte ich meinen Computer in einen Rucksack und lief mit Jamie auf die Straße.

Die New York University wimmelte um diese Uhrzeit von Studenten. Viele saßen auf der Wiese mitten im Campus, andere eilten über die Wege und hasteten in die Seminarräume und Vorlesungssäle.

Ich steuerte mit Jamie auf ein Gebäude im hinteren Teil des Unigeländes zu. Dort befanden sich die Philosophen. In einem winzigen Büro mit Blick auf den Hinterhof saß Derek, Jamies Vater.

»Daddy!«, rief der Kleine und stürmte auf Derek zu, sobald ich die Tür geöffnet hatte.

Derek blickte überrascht auf. Als er mich sah, verfinsterte sich sein Blick. Er war nicht sonderlich glücklich über mein Auftauchen, das war offensichtlich. Mir war es egal, aber dass er nicht einmal aufstand, um Jamie zu begrüßen, traf mich.

»Hi«, sagte Derek und quälte sich ein Lächeln ab. »Schön, dass ihr so unangemeldet auftaucht, so dass ich aus der Konzentration gerissen werde.«

»Daddy, hallo!« Der Junge strahlte ihn an und hoffte, auf den Arm genommen zu werden, doch Derek machte keinerlei Anstalten.

»Du könntest wenigstens deinem Sohn Hallo sagen. Er hat sich schon den ganzen Weg auf dich gefreut.«

Derek sah zu Jamie. »Hi Jamie. Wie geht's?«

Jamie hatte inzwischen bemerkt, dass sein Vater nicht so begeistert wie er über den Besuch war. Unsicher ließ er den Kopf hängen, fügte sich aber. Er war einfach wunderbar.

»Ich muss Professor McCallum aufsuchen«, sagte ich. »Bitte kümmere dich in der Zwischenzeit um Jamie.«

»Jetzt?« Derek sah mich entsetzt an. »Ich muss die Arbeiten korrigieren.«

»Ja, jetzt. Es geht nicht anders. Immerhin hast du den Rest des Tages Zeit, dich um die Uni zu kümmern. Ich muss dafür einen teuren Babysitter engagieren, wenn ich etwas schaffen will.«

»Immerhin bekommst du von mir Geld, um dir den Babysitter leisten zu können«, zischte Derek ungehalten.

»Leider ist das viel zu wenig, denn stell dir vor, dein Sohn will auch etwas essen.«

»Dann lass das Studium sein und such dir einen Job, der euch ernährt.«

»Das heißt, du willst ihn dann jeden Tag bei dir haben, während ich arbeite? Das wäre ja was ganz Neues!«

Derek warf mir einen verächtlichen Blick zu, der mich getötet hätte, wenn das möglich gewesen wäre. Mir taten meine Worte sofort leid, aber nicht wegen Derek, sondern wegen Jamie, der verwundert zwischen uns stand und immer unglücklicher wurde, je mehr wir uns stritten. Ich lief zu dem Jungen und nahm ihn in die Arme.

»Ich gehe nur kurz zu Professor McCallum, dann komme ich wieder und wir gehen essen. Und danach auf den Spielplatz. Versprochen.«

Er nickte. »Okay, Mama.«

»So lange wirst du ja mal eine Pause machen können«, sagte ich an Derek gewandt.

Der antwortete nicht, sondern stand auf, um ein Perpetuum mobile aus dem Regal zu holen. Damit würde er Jamie beschäftigen.

Mir war es recht, solange ich in Ruhe mit meinem Professor sprechen konnte.

DER ÄLTERE MANN stand im Vorlesungssaal und verabschiedete eine Gruppe Erstsemester, die ihn zu einer Neuerscheinung über New Yorker Architektur befragt hatten. Danach wandte sich der Mann mit dem rötlichen Bart und dem kahlen Kopf an mich.

»Tonya, Ms. Richmonds, was führt Sie zu mir? Kommen Sie mit Ihrer Arbeit voran?«

»Es geht, Professor McCallum. Ich würde aber gern mit Ihnen über eine neue Entwicklung sprechen.«

»Eine neue Entwicklung? Was meinen Sie?«

»Ich habe ein Gebäude gefunden, das sein Besitzer unbedingt geheim halten will, weil sich ein dubioser Club darin befindet. Ich würde gerne näher darauf eingehen, mehr darüber erfahren und herausfinden, warum gerade dieses Haus dafür ausgesucht wurde und was ihn veranlasst hat, diesen Club dort einzurichten. Wer wirklich darin ein- und ausgeht, und welche Dinge im Geheimen stattfinden. Und ich hoffe, dass das auch in Ihrem Sinne ist. Wir könnten eines der bestgehüteten Geheimnisse New Yorks aufdecken.«

Der Professor zog interessiert die Augenbrauen nach oben. »Sie haben mich in der Tat neugierig gemacht. Was ist das für ein Club?«

»Ein Club für …« Ich lachte verlegen. » … sagen wir mal, er deckt geheime Bedürfnisse ausgewählter New Yorker. Er erfüllt Fantasien und Träume, soviel ich weiß. Aber Genaues muss ich noch in Erfahrung bringen.«

Die Augenbrauen des Professors wanderten noch ein bisschen höher. »Das klingt sehr spannend.« Er klang extrem neugierig.

»Das ist es, glauben Sie mir. Sie werden alles darüber in meiner Arbeit lesen können.«

»Das würde ich gern, Ms. Richmonds. Sie sind ein vernünftiger Mensch. Wenn Sie sagen, dass etwas außergewöhnlich ist und unbedingt ans Licht gebracht werden sollte, glaube ich Ihnen das. Machen Sie es also. Und erstatten Sie mir sofort Bericht, sobald Sie etwas wissen.«

Ich nickte lächelnd. »Danke, Professor McCallum. Die Sache wird Ihnen gefallen.«

»Das hoffe ich. Viel Erfolg. Sie haben ja noch ein paar Wochen.«

»Das schaffe ich.«

»Kommen Sie wieder zu mir, wenn Sie mehr wissen. Spätestens wenn Ihre Arbeit fertig ist.«

Er wandte sich ab und packte seine Tasche. Damit war ich entlassen.

»Bis bald, Professor McCallum.«

»Bis bald, Ms. Richmonds.«

Er sah noch einmal kurz auf, dann wandte ich mich ab und ging hinaus. Das war ja besser gegangen, als ich erwartet hatte. Ich hatte gedacht, er würde sich gegen das neue Thema sträuben, aber im Gegenteil. McCallum war eigentlich bekannt dafür, auf seinen eigenen, ursprünglich vorgeschlagenen Themen zu beharren, aber in meinem Falle schien er offen für außergewöhnliche Vorschläge zu sein. Das war fantastisch! Nun musste ich wirklich mehr über den Club erfahren.

Zuerst ging ich zurück zu Derek, der mit Jamie und dem Perpetuum mobile spielte. Allerdings schienen beide nicht sonderlich erfreut über das Spiel zu sein, denn Derek sah erleichtert auf, als ich eintrat. Und Jamie jubelte förmlich, als er mich erblickte.

»Mama, ich habe Hunger. Gehen wir essen?«

»Ja, gehen wir.« Für die Mensa reichte mein bescheidenes Einkommen gerade noch.

»Ich komme mit und lade euch ein«, bot Derek großzügig an.

»Das musst du nicht. Wir kommen zurecht.«

Derek widersprach nicht, sondern folgte uns wortlos in die Mensa, wo wir Spaghetti für Jamie und einen Gemüseeintopf für mich bestellten. Derek aß ein teures Fleischgericht.

»Sie beziehen das Fleisch von einem neuen Anbieter«, sagte er, als wir am Tisch saßen und er den ersten

Bissen in seinen Mund steckte. »Er sitzt in der 7th Avenue, soviel ich weiß. Aber der Wechsel hat sich gelohnt. Das Essen ist besser geworden.«

7th Avenue. In der Straße befand sich auch der Wild Boys Club.

»Die Straße ist lang«, erwiderte ich gedanken-verloren, während Jamie ungerührt seine Spaghetti in sich hineinstopfte. Der Junge liebte, wie jedes Kind, Pasta.

»Was wolltest du eigentlich von McCallum?«

»Ich wollte ihn fragen, ob ich mein Thema etwas erweitern darf.«

»Und? Darfst du? Vermutlich nicht. Er ist doch so ein verbohrter Stießel.«

»Doch, ich darf.«

Derek sah überrascht auf. »Das macht er selten.«

»Ich weiß. Deshalb war ich froh, dass er sofort zugestimmt hat. Er meinte, ich sei eine vernünftige Person, deshalb vertraut er mir.«

Derek verzog sarkastisch den Mund. »Aha. Vernünftig nennt er das?«

»Ja, vernünftig. Das bin ich auch. Wie würdest du es denn nennen?« Ich klang getroffen. Dachte Derek etwa, ich wäre unvernünftig?

»Berechenbar und extrem brav.«

Ich schluckte. »Berechenbar und brav? Das klingt schrecklich langweilig.«

»Ja, das ist es.«

Derek aß, als hätte er mich nicht gerade bis ins Mark beleidigt. Er fand mich todlangweilig. Ich dachte an seine neue Freundin, Roxanne. Sie hatte früher mit mir studiert und arbeitete jetzt als Sozialarbeiterin in einer Schule mit sozial schwachen Familien. Sie hatte blaue Haare, diverse Piercings an Stellen, die bei mir nicht einmal das Licht der Sonne sahen, und ein Tattoo neben anderen, sogar auf den Füßen. Sie war in seinen Augen offenbar alles andere als langweilig.

Ich legte meinen Löffel auf den Teller. Mir war der Appetit vergangen.

»Ich bin nun mal etwas konservativ erzogen worden«, verteidigte ich mich.

»Ich weiß, ich kenne deine Eltern. Kein Problem, Tonya. Jeder ist anders. Du bist halt so, wie du bist.«

Mir wurde jetzt sogar etwas übel. Hieß das, ich würde für immer eine langweilige Pute bleiben, deren Reaktionen jeder schon im Voraus berechnen konnte?

Mir fiel auf einmal ein, dass Thea oft Dinge aussprach, gerade wenn ich sie dachte. Wusste sie, welche Gedanken ich hegte, weil ich so langweilig und berechenbar war? Und wollte Derek damals kein Kind mit mir, weil er wusste, er würde sich mit mir zu Tode langweilen?

Ich hätte am liebsten meine Gemüsebrühe ausgespuckt, aber ich riss mich zusammen. Es war leider wahr. Ich war langweilig. Ich hatte brav die Schule beendet und war dann zum Studium gegangen, wie jeder von mir erwartet hatte. Als ich schwanger wurde, hatte ich das Kind zur Welt gebracht, wie es sich gehörte. Und als Jamie alt genug war, hatte ich das Studium wieder aufgenommen, um es zu Ende zu bringen. Brav und berechenbar. In meinem Lebenslauf gab es keine unerwarteten Höhen oder Tiefen, keine spektakulären Praktika oder Sabbatjahre, nicht einmal aufregende Weltreisen. Ich war viel zu öde dafür. Jeder Globetrotter würde sich mit mir zu Tode langweilen und in den nächstbesten Abgrund stürzen, um der Ödnis meiner Gegenwart zu entkommen. Und jeder Mann, sollte ich doch einmal einen liebenden Freund finden, schlief in meiner Gegenwart ein, weil ich ihm keine spannenden Gesprächsthemen bot.

»Mama, alles in Ordnung?«, fragte Jamie. Ich keuchte. Mein Asthma machte sich bemerkbar. Die Anfälle kamen nur selten und nur in Momenten von Stress oder Panik, sonst hatte ich es im Griff. Offenbar war dies ein Augenblick von hohem Stress.

Ich holte mein Spray aus der Tasche, das ich, berechenbar wie ich war, immer bei mir trug, und atmete das Medikament ein. Sofort ging mein Atem ruhiger.

Das flaue Gefühl im Magen aber blieb.

Sollte ich etwas tun, um nicht mehr so einförmig zu sein? Aber was?

Ich beobachtete Jamie, der auch noch die letzte Nudel von seinem Teller putzte, während ich mit Derek nur noch über das Wetter sprach, um nicht noch mehr beleidigt zu werden. Sobald Jamie fertig war, sprang ich auf, verabschiedete mich von meinem Ex und schnappte meinen Sohn, um das Unigelände zu verlassen.

Wir fuhren nach Hause, wo ich Jamie zum Mittagsschlaf hinlegte und mich dann sofort an den Computer setzte. Aber dieses Mal schrieb ich nicht an meiner Masterarbeit, sondern verfasste eine E-Mail. Dass mich Derek so langweilig fand, hatte mich tief getroffen. Ich wollte nicht als fade Kuh gelten, deren reizloses Verhalten jeder ganz leicht vorhersagen konnte. Ich musste etwas Außergewöhnliches tun, wenigstens um mir zu beweisen, dass ich auch Dinge tat, die niemand prophezeien konnte. Ich würde mich in dem geheimnisvollen Wild Boys Club anmelden. Das hieß noch lange nicht, dass ich dort dann auch wirklich etwas unternehmen würde, aber eine Schnupperstunde könnte man tatsächlich mal in Angriff nehmen. Solange ich nichts Verwerfliches tun müsste.

Ich stöhnte. Schon wieder sortierte ich alles Ungewöhnliche aus und wollte nur brav sein und auf Nummer Sicher gehen. Derek hatte wirklich recht. Ich war die Langeweile in Person.

Ich strich alles, was ich in der Mail bisher geschrieben hatte, und begann von vorn. Meine Bewerbung wurde länger als geplant. Immerhin war das etwas Unvorhersehbares. Ich schrieb etwas über mich und meine Motivation, dem Club beizutreten. Ich möchte meinem tristen Dasein entfliehen und außergewöhnliche Momente erleben, schrieb ich. Ich sehne mich danach, meinem Leben Höhepunkte und unvorhersehbare Wendungen zu geben, und das am besten in dem Club. Ich schrieb mich in einen Rausch. Vorsichtshalber, um meine Identität zu schützen, immerhin war ich Mutter, unterschrieb ich am Ende nicht mit meinem echten Namen, sondern nutzte den von Thea. Sie hätte sicherlich nichts dagegen.

Als ich fertig war, versuchte ich, mich an die E-Mail-Adresse zu erinnern, die auf dem Flyer stand, den mir Emily gestern in die Hand gedrückt hatte: what-is-your-fantasy@wbc-ny.com

Danach drückte ich auf Senden und wollte mich entspannt zurücklehnen. Doch in diesem Moment wurde ich mir der Tragweite meiner Handlung bewusst. Was hatte ich getan? Wusste ich denn, wer wirklich hinter diesem Club steckte? Was, wenn es doch Verbrecher waren? Nun besaßen sie meine E-Mail-Adresse!

Das Asthma kehrte zurück. Ich begann wieder zu keuchen.

Doch als ich das Spray benutzte, beruhigte ich mich langsam. Sie würden mein Gefasel gar nicht weiter in Betracht ziehen. Wahrscheinlich war ich schon in der Bewerbung viel zu langweilig für einen solchen exklusiven Club.

Stöhnend stand ich auf und wollte in die Küche gehen, um etwas zu trinken, als mein Computer einen Laut von sich gab. Eine E-Mail war gekommen.

Sofort sprintete ich zurück und hielt den Atem an.

»Liebe Thea, vielen Dank für deine Bewerbung. Um eine endgültige Entscheidung treffen zu können, benötigen wir noch weitere Angaben von dir.« Daran angeheftet war ein Bewerbungsbogen, den ich ausfüllen sollte.

Sie nahmen meine Bewerbung also wirklich ernst. Ich begann zu schwitzen.

»Mama, können wir jetzt auf den Spielplatz gehen?« Jamie stand plötzlich im Schlafanzug in der Tür und trottete schlaftrunken auf mich zu.

»Ja, mein Schatz«, zwitscherte ich und schloss schnell das E-Mail-Programm. Er konnte zwar noch nicht lesen, aber mir war trotzdem nicht wohl bei dem Gedanken, er könnte sehen, womit sich seine Mom befasste.

»Ich ziehe mich an.« Plötzlich war er hellwach und flitzte zurück in sein Zimmer, um sich anzuziehen.

Ich beschloss, das Ausfüllen der Bewerbung erst am Abend zu erledigen, wenn er im Bett lag. Dann ging ich ins Badezimmer, um kaltes Wasser auf meine erhitzten Wangen zu spritzen. Als Jamie fertig angezogen war, ordnete ich seine Kleidung, dann gingen wir zusammen auf den Spielplatz.

ICH SCHLIEF SCHLECHT in der Nacht und träumte unheimliche Dinge von einem Club mit düsteren Zimmern, in denen ich kaum etwas sehen konnte. Die Menschen darin glichen Geistern, die sich an mich anschlichen und dann schnell entglitten, wenn ich sie greifen wollte. Noch vor Sonnenaufgang wachte ich schweißgebadet auf.

Ich hatte die Bewerbung tatsächlich weggeschickt. Ich hatte vier Stunden gebraucht, um die eine Seite auszufüllen. Nicht, weil ich nicht wusste, wie ich hieß und welche Ausbildung ich hatte, sondern weil ich unzählige Mal überlegt hatte, ob ich sie wirklich absenden sollte. Und ob es nicht besser wäre, noch mehr falsche Angaben zu machen. Schließlich hatte ich mich dazu entschieden, - bis auf den Namen - der Wahrheit gemäß zu antworten, weil versichert wurde, dass alle Angaben vertraulich wären. Sie würden dafür benötigt, sicherzustellen, dass sich niemand einschlich, der unlautere Absichten hatte.

Und ich hatte ihnen geglaubt.

Was hatte ich nur getan?

Stöhnend wälzte ich mich im Bett.

Jetzt musste ich nur noch warten, wie sie sich entschieden. Und ich hoffte fast, dass sie mich nicht auserwählten, damit ich mich nicht mit der Situation anfreunden musste, eine solch lockere Frau mit einer derart unterirdischen Moral zu sein. Sex in einem zwielichtigen Club? Wenn das meine Mutter erfahren würde, würde sie sich im teuren Parkettboden verkriechen wollen und mich sofort danach enterben.

Als Jamie zu mir aufs Sofa gekrochen kam, versuchte ich mich zu beruhigen. Vermutlich würden sie mich im Club wirklich gar nicht nehmen. Sie hatten geschrieben, sie würden jeden Bewerber ausführlich überprüfen. Die Entscheidung könnte Tage dauern, sogar Wochen.

Ganz zum Schluss hatte ich angeben müssen, welche Fantasie ich als Erstes ausleben wollte. Dort hatte ich die Nacht mit den 1001 Freuden angegeben. Eine Nacht mit einem Fremden, ohne dass man sich sah und jemals dessen wahre Identität erfahren würde, so dass niemand von meinen anrüchigen Aktivitäten erfahren würde. Das wäre das Richtige für mich. Und das war mit Sicherheit nicht langweilig und vorhersehbar.

THEA KAM GEGEN Mittag und erzählte mir vom Geburtstag ihrer Patentante. Dann ging sie mit Jamie auf den Spielplatz, damit ich in Ruhe arbeiten konnte. Aber ich fand keine Muße. Immer wieder drifteten meine Gedanken zu meiner Bewerbung ab. Erst als ich mich zwang, wenigstens zwanzig Minuten am Stück an meine Abschlussarbeit zu denken, gelang es mir, ein paar Worte aufs Papier zu bringen. Und ich tröstete mich damit, dass selbst meine Mitgliedschaft eigentlich dem höheren Zweck der Arbeit diente.

Damit wurde ich etwas ruhiger und schaffte tatsächlich tausend Worte, bevor Thea mit Jamie zurückkehrte.

Wir aßen zusammen etwas Kuchen zum Kaffee, als mein Handy klingelte. Ahnungslos ging ich ran. Mein Herz blieb fast stehen, als sich die Frau am anderen Ende der Leitung meldete.

»Hier ist Carrie vom Wild Boys Club. Wir haben deine Bewerbung erhalten und im Eilverfahren einer Mitgliedschaft und einer Schnupperstunde zugestimmt. Hättest du zufällig am Abend schon Zeit? Eins unserer Mitglieder ist nämlich verhindert, so dass ein Platz freigeworden ist. Du könntest heute schon das Gratisangebot nutzen und uns damit aus der Klemme helfen.«

Mir rutschte fast das Telefon aus der Hand. Und ich wäre am liebsten vor Schreck in Ohnmacht gefallen, aber das ging schlecht, weil mich Jamie und Thea erwartungsvoll ansahen. Und weil ich noch nie in meinem Leben in Ohnmacht gefallen war, dafür war ich viel zu langweilig und brav.

»Ich weiß nicht«, krächzte ich heiser. »Das ist sehr plötzlich.«

»Ich weiß, und es tut mir leid. Es könnte ja sein, dass du heute Abend noch nichts vorhast. Dann kannst du kommen.«

»Kann ich Sie zurückrufen?«

»Natürlich. Aber bitte warte nicht so lange, der Termin wäre bereits neunzehn Uhr.«

»Okay. Bis gleich. Ich beeile mich.«

»Bis gleich.«

Ich legte auf und sah zu Thea. Sie wirkte besorgt.

»Du siehst aus, als hätte dich ein Geist angerufen. Wer war es?«

Ich hatte ihr noch nicht erzählt, worauf ich mich eingelassen hatte.

»Ich habe etwas Außergewöhnliches getan«, flüsterte ich, damit Jamie es nicht hören konnte. Er hörte es trotzdem, aber es interessierte ihn glücklicherweise nicht.

»Was denn?« Ihre Augen rundeten sich vor lauter Neugier. »Das klingt aufregend.«

»Weißt du noch, worüber wir vorgestern gesprochen haben? Ich habe mich angemeldet und könnte heute Abend schon dorthin gehen.«

Sie wusste sofort, was ich meinte. Und ich hätte gern ein Foto davon gemacht, wie Thea die Kinnlade herunterklappte. Sie sah aus wie einer dieser Tiefseefische, die ihren Unterkiefer aushaken können.

»Das ist nicht wahr!«, flüsterte sie. Sie klang fast ein bisschen ehrfurchtsvoll.

»Doch, ist es.« Ich war stolz, so unberechenbar zu sein, dass ich meine beste Freundin derart aus den Socken hauen konnte.

»Das ist unglaublich cool! Du gehst doch auch wirklich hin, oder?«

Das war der Haken an der Sache. »Du müsstest auf Jamie aufpassen. Aber wenn du keine Zeit hast, ist es nicht schlimm, dann sage ich ab. Es ist sowieso--«

»Ich habe Zeit«, rief sie sofort. »Nicht dass du mich als Ausrede benutzt, doch nicht bei dem Abenteuer deines Lebens aufzutauchen!«

Mist, sie hatte mich durchschaut. »Äh? Du kannst wirklich? Hast du nicht selbst ein Date oder einen Geburtstag von einer anderen Patentante?«

»Nein, habe ich nicht. Ich wäre nur gern in der neuen Boutique in der 7th Avenue shoppen gegangen, aber das kann ich locker verschieben. Ich bin frei und kann auf Jamie aufpassen, damit du dir einen vergnüglichen Abend machen kannst.« Sie kicherte, dann zog sie ein Gesicht, als würde sie mich für meinen Schneid bewundern. »Ruf sie zurück, sofort. Du hast Zeit. Los!«

Eine neue Boutique in der 7th Avenue? Irgendwie schien sich das ganze Leben momentan auf diese Straße in Manhattan zu beschränken, in der dieser Club lag. War das ein Zeichen? Ich zögerte immer noch und sah zu Jamie. »Jamie, Schatz, willst du wirklich mit Thea heute allein bleiben? Wollen wir nicht was zusammen unternehmen?«

»Kann ich Shaun das Schaf mit dir sehen, Tante Thea?«, fragte Jamie erwartungsvoll.

»Na klar, Jamie. Und wir hängen sogar noch Spongebob hinten dran.«

»Cool!«, rief Jamie. »Mama, du kannst ruhig gehen. Ich bleibe gern mit Thea hier.«

Thea grinste verschwörerisch. Ich legte meinen Kopf verzweifelt auf den Tisch auf. Sollte ich wirklich?

»Es ist die Chance deines Lebens, mal aus dem Alltag auszubrechen. Und wenn es dir nicht gefällt, gehst du eben nie mehr dahin. Du hast nichts zu verlieren.« Theas Stimme klang so aufmunternd und gleichzeitig beruhigend. »Außerdem willst du doch deine Masterarbeit fertigkriegen. Bessere Insiderinfos wirst du auf keine andere Art und Weise erhalten.«

»Ich weiß«, murmelte ich. Ich zögerte noch einen Moment, dann richtete ich mich auf. »Okay. Ich mach es.«

Dann nahm ich das Handy zur Hand und rief Carrie an. Sie antwortete nach nur einem Klingeln, als hätte sie auf meinen Anruf gewartet.

»Ich bin dabei«, sagte ich, plötzlich wieder völlig heiser.

»Okay. Dann erkläre ich dir jetzt die Regeln.«

KAPITEL 6

JENSEN

MEIN BRUDER KONNTE eine Nervensäge sein, so viel war klar. Das wusste ich schon seit vielen Jahren. Seit unserer Kindheit, um genau zu sein. Trotzdem liebte ich Devon und ließ nichts auf ihn kommen. Und als er in meinem Büro stand und mir entsetzt die neueste SMS seiner Ex zeigte, musste ich unbedingt etwas tun, um ihm zu helfen.

»Das ist ein Embryo!«, sagte er mit tonloser Stimme. Er war leichenblass geworden. »Sie hat mir ein Bild ihres ungeborenen Kindes geschickt.«

»Sie will dich emotional erpressen. Bist du dir sicher, dass du nichts mit ihr und dem Kind zu tun haben willst? Vielleicht würde dir die Vaterschaft gut bekommen? Ich habe schon Männer erlebt, die zuerst völlig gegen ein Kind waren, aber dann förmlich aufblühten, als es da war.« Das war nicht ganz korrekt. Es waren ihre Frauen, die aufblühten. Die Männer wurden eher dick und gemütlich.

»Ganz sicher nicht.« Er klang jedoch nicht mehr ganz so vehement, eher unglücklich. »Ein Baby wäre das Ende meines Lebens. Ich habe so viele Pläne, was ich mit meiner

Existenz anstellen will. Ich möchte mein eigenes Fitnessunternehmen aufbauen und nach deinem Vorbild erfolgreich werden. Ich würde, wie du, vierzehn Stunden am Tag arbeiten. Wo bliebe da Zeit für ein Kind? Es geht nicht. Und das habe ich ihr auch gesagt. Wieso nervt sie mich trotzdem deswegen?«

»Weil sie dich liebt und dich als Vater braucht.«

»Weil sie Geld von mir haben will, das trifft es eher, denke ich. Sie hat auf mich sowieso keinen sonderlich mütterlichen Eindruck gemacht.«

»Hast du ein Bild von ihr?«

Er blätterte in den Fotos, die sich in seinem Handy befanden, entdeckte aber keines.

»Wir waren nie so eng, dass wir Fotos voneinander gemacht hätten«, sagte er. Es klang fast ein wenig entschuldigend.

»Kein Problem«, erwiderte ich schulterzuckend. Ich kannte genügend Frauen, mit denen ich ausgegangen war und bei denen ich nicht einmal auf die Idee gekommen wäre, Fotos von ihnen zu machen. Das tat ich höchstens zum Angeben vor meinen Kumpels, wenn eine besonders hübsch oder sexy war und ich sie flachgelegt hatte. Aber nie, weil ich verliebt war und ich ihr Bild unbedingt immer bei mir haben wollte. Das letzte Mal, dass das geschehen war, war bereits viele Jahre her.

»Sie ist vor zwei Jahren Miss Philadelphia gewesen. Du kannst sie googeln.« Devon steckte sein Handy weg und kam zu mir auf meine Seite des Schreibtischs.

Ich suchte im Computer nach einem Bild von ihr und fand eines von dem Wettbewerb, den Devon erwähnt hatte. Die Frau sah atemberaubend aus, kein Wunder, dass Devon etwas mit ihr angefangen hatte. Sie hatte langes, rötlich-braunes Haar und faszinierend schräg stehende grüne Augen. Ihr Mund mit den vollen Lippen war einen Hauch zu groß und ihre Nase einen Tick zu spitz für meinen Geschmack, aber das würde mich nicht weiter stören. Sie sah aus, als wäre sie umwerfend im Bett.

Ich pfiff anerkennend durch die Zähne. »Nicht schlecht. Du hast recht, man kann sie sich nur schlecht als Mutter vorstellen. Das will man auch nicht. Es wäre schade um sie. Sie wäre eine perfekte Gespielin im Bett.«

»Erstaunlich, was einem ein Bild angeblich alles verraten kann.« Devon betrachtete sie nachdenklich. »Dabei sieht man nicht, dass sie eigentlich eher langweilig war. Sie wollte immer nur den Standard, keine Experimente.«

»So wirkt sie gar nicht.« Ich konnte spüren, wie mich der Gedanke an eine Gespielin, die gerne experimentierte, erregte. Meine Hose spannte plötzlich. »Hast du ihr gesagt, was du willst?«

»Ja, mehr als einmal. Sie wollte es nicht, nicht einmal die kleinste Abweichung.«

»Schade um die heiße Frau.«

Ich drückte Google weg und sah zu meinem Bruder. »Du musst trotzdem etwas tun. Wenn sie dich im Vaterschaftstest als Vater des Kindes identifiziert, musst du zahlen, ob du willst oder nicht.«

»Ich weiß. Das werde ich auch tun, wenn es sein muss.« Er verzog gequält das Gesicht. »Damit sind meine hochfliegenden Pläne gestorben. Ich habe mein Budget genau ausgerechnet, wenn ich zahlen muss, bleibt viel weniger für den Aufbau meines Unternehmens übrig.«

»Ich würde dir gern unter die Arme greifen, aber dafür müssten meine Geschäfte besser laufen.« Bei dem Gedanken an meine gegenwärtigen Finanzen kam wieder Platz in meine Hose. Mein Schwanz schrumpfte, fast gleichzeitig mit meinem Ego. Beide vertrugen es nicht sonderlich gut, über misslungene Geschäfte und finanzielle Engpässe nachzudenken.

»Du solltest die Sache mit einem weiteren Club in Angriff nehmen. Und du musst unbedingt die Wette gewinnen.«

Die Wette! Heute Nacht würde ich Ariana Dottmar zum Sex treffen und von meinen Liebhaberqualitäten überzeugen. Ich spürte, wie sich mein Herzschlag erhöhte. Ein Date mit einer aufregenden Frau verursachte immer diese Reaktion. Und Ariana war extrem heiß. Dieses Mal konnte mich kein Foto täuschen, ich kannte Ariana persönlich. Sie war mit Sicherheit nicht so prüde wie Miss Philadelphia. Nach ihrer Mitgliedschaft im Club zu urteilen, war Ariana ziemlich erfahren.

»Ja, das wäre von Vorteil.« Ich sah auf die Uhr. Es war bereits später Nachmittag. »Ich muss heute eher gehen, wenn du willst, kannst du dich in meinen Unterlagen umsehen und Ideen gewinnen, wie du mit deinem zukünftigen Unternehmen umgehst. Und nebenbei ein paar E-Mails beantworten.«

»Was für Mails?«

Ich hatte es eigentlich als Scherz gedacht, aber Devon fasste es ernst auf. Das bedeutete, dass er eine ehrliche Antwort verdiente. »Ein paar Bewerbungen von ITlern, die eine Absage erhalten müssen, weil alle Stellen besetzt sind. Eine Anfrage von einer osteuropäischen Partnervermittlung, die mit uns zusammenarbeiten will, was ich aber ablehne. Und Spendenanfragen, die ebenfalls alle abgeschmettert werden müssen.«

»Kein Problem, das erledige ich für dich. Du kannst tun, was du tun musst.« Er grinste mich an. »Deine Pflichten möchte ich haben: Absagen schreiben und Sex am Abend. Es könnte schlimmer kommen.«

»Ja, das könnte es.« Ich grinste ebenfalls. Er hatte recht. Mein Leben war, im Großen und Ganzen, wirklich nicht schlecht. Von ein paar kleineren und größeren Problemen abgesehen.

Ich stand auf und überließ ihm meinen Stuhl. »Mach keinen Mist. Ich hoffe, die Firma gibt es noch, wenn ich wiederkomme.«

»Keine Angst, an mir soll es nicht liegen. Ich hoffe, du übernimmst dich nicht bei deiner Aufgabe heute.«

Ich schlug meinem Bruder auf die Schulter. »Das werde ich schon noch hinkriegen.«

»Lass den kleinen Kerl sich mal richtig austoben.«

»Was heißt hier: kleiner Kerl?! Der Kerl erschreckt mit seiner Größe jede Frau, wenn sie ihn nur sieht. Und ihre erste Frage lautet immer, wie der wohl hineinpassen soll. Zum Glück sind die Lichter aus, sonst würden ihr die Augen aus dem Kopf fallen.«

Devon lachte, ich schmunzelte.

»Viel Spaß, Jensen.«

»Dir auch.«

Ich nahm den Autoschlüssel und verließ das Büro. Ich hatte keine Ahnung, ob Devon wirklich geeignet dafür war, meine Arbeit am Abend fortzuführen, aber er hatte diese Chance verdient. Das Problem mit seiner Ex und der Vaterschaft machte ihm zu schaffen. Ich kannte ihn, normalerweise war er wesentlich lebensfroher. Dass er so ruhig und unglücklich wirkte, lag an dieser Nuss, die er zu knacken hatte. Ich konnte ihm die Entscheidung jedoch nicht abnehmen, das musste er selbst tun. Ich konnte ihm nur klarmachen, dass ich an seiner Seite war, egal, was passierte. Und ich konnte ihn etwas ablenken, damit er zu sich finden konnte.

Ich fuhr nach Hause in mein Apartment, wo ich mich umzog. Dann lief ich hinaus zum Central Park und joggte eine Stunde durch den Park. Ich liebte diese Zeit im Park, in der ich beim Laufen meinen Kopf freibekam. Es gab kaum etwas Besseres, um abzuschalten. Als ich schwitzend zurückkehrte, ging ich unter die Dusche und spülte den Staub und den Schweiß des Tages ab. Dann zog ich bequeme Sachen an, Jeans und T-Shirt, bevor ich mit einem leichten Flattern im Magen zum Club in die 7th Avenue fuhr. Es war das erste Mal, dass ich den Service meines Clubs selbst in Anspruch nahm.

EMILY BEGRÜSSTE MICH wie einen ganz normalen Kunden. Allerdings wies sie mich nicht ein, wie es bei Neukunden sonst der Fall war. Sie ging davon aus, dass ich wusste, dass ich Smartphones und andere Gegenstände im Spind abzugeben hatte.

Ich hatte gehofft, Carrie anzutreffen, die das Rendezvous organisiert hatte, aber sie war nur tagsüber da. Am Abend war Emily die Verantwortliche.

Ich gab alles ab, dann ging ich in den zweiten Stock. Dort befand sich der Raum, in dem ich heiße Stunden mit Ariana verbringen würde, ohne dass sie wusste, wer ich war.

Im Vorraum kleidete ich mich aus. Kleidung war nicht erlaubt bei der Nacht der 1001 Freuden. Die Regeln besagten, dass die Frau zuerst in den völlig abgedunkelten Raum trat und im Bett auf den Mann wartete. Es durfte nicht gesprochen werden, um ein Erkennen der Person an der Stimme zu verhindern. Höchstens ein Flüstern, aber nur das Nötigste. Und ich durfte mich in meinem eigenen Club nicht frei von einem Raum in den anderen bewegen, jemand würde mich führen.

Ich spürte wieder dieses leichte Flattern in der Magengegend.

Nervosität.

Das war lächerlich. Ich hatte schon unzählige Male Sex gehabt, auch mit wildfremden Frauen, die ich gerade mal eine halbe Stunde kannte. Das war heute nichts anderes. Und trotzdem hatte ich dieses eigenartige Gefühl der Aufregung im Bauch und konnte es nicht abstellen. Ich hätte vorher einen Scotch trinken sollen. Aber dafür war es jetzt zu spät. Die Uhr im Zimmer zeigte die volle Stunde an. Neunzehn Uhr. Ein kleines Lämpchen daneben signalisierte mir, dass die Frau bereits eingetreten war. Unter der Lampe stand eine Schachtel mit Kondomen.

Ich nahm eine Hand voll Gummis und ging aus dem Vorraum in einen schmalen, dunklen Korridor. Als ich die Tür hinter mir schloss, stand ich im Finstern. Nur ein schmaler Streifen auf dem Boden leuchtete mir den Weg zu der Tür, in der sich Ariana befand. Und eine Hand fasste mich am Ellbogen, um mich zu führen.

»Wer bist du?«, fragte ich, doch ich erhielt keine Antwort. Es war nicht erlaubt, mit den Führern zu sprechen, um die Anonymität zu wahren. Sie wussten vermutlich nicht einmal, wer ich war, wenn Carrie nicht gerade laut verkündet hatte, dass ich heute eine Prise meiner eigenen Droge naschen würde.

Ich lief mit meiner Begleitung auf die Tür am Ende des Ganges zu, während mein Schwanz sich beim Gedanken an die kommenden Freuden bereits anfing aufzurichten, als würde er mir den Weg zeigen wollen. Meine Begleitung öffnete die Tür und ließ mich danach los. Dahinter war es komplett dunkel. Ein fluoreszierender Streifen auf dem Boden zeigte den Weg zum Bett, aber er war nicht hell genug, um auch nur irgendetwas in dem Raum zu beleuchten. Ich sah nicht einmal das Bett. Ich spürte nur die Anwesenheit eines anderen Menschen im Zimmer. Ich konnte sogar ihren Atem hören. Die Tür schloss sich hinter mir. Wir waren allein.

Die Frau atmete etwas hektisch, als wäre sie aufgeregt wie ich. Es war ein seltsames Gefühl zu wissen, dass dort eine Frau lag, die keine Ahnung hatte, wer ich war. Dass sie nackt darauf wartete, dass ich ihr den Weg in den Himmel zeigte.

Mein Schwanz war bereit, Höchstleistungen zu vollbringen. Er pulsierte leicht vor Erregung. Mein Herz schlug schnell und laut, so dass es in meinen Ohren rauschte.

Ich ging zum Bett und tastete nach Ariana, um ihr nicht aus Versehen wehzutun, wenn ich mich zu ihr ins Bett legte. Dabei berührte ich ihren Arm. Sie zuckte zurück, als wäre ihr meine Berührung unangenehm. Doch sofort danach kehrte der Arm zurück. Offenbar wollte sie nicht, dass ich dachte, sie würde vor mir fliehen. Sie schien unsicher zu sein. Das hätte ich von einer Frau wie Ariana nicht erwartet. Aber vielleicht war sie doch nicht so erfahren, wie ich gedacht hatte.

»Hi«, flüsterte ich, um meine eigene Aufregung in den Griff zu kriegen.

»Hi.« Ihre Antwort kam etwas zögerlich. »Wir dürfen nicht sprechen.«

»Ich weiß. Ich will aber nicht, dass du Angst vor mir hast.«

»Ich habe keine ... Angst.«

Sie war verunsichert, das war deutlich zu hören. Ich wurde auf einmal ruhiger, das nervöse Flattern in meinem Magen verschwand. Mein Herz schlug allerdings immer noch zu schnell. Und ich hatte das Bedürfnis, sie zu beschützen.

Ich tastete nach ihrem Gesicht und strich über ihre Wange. Ihre Hand suchte mein Gesicht, als würde sie sich daran festhalten wollen.

Ich gab ihr einen Kuss auf die Wange und wartete ab, ob sie wieder zurückzuckte. Doch sie rührte sie nicht.

Auf einmal empfand ich einen faszinierenden Rausch in meinem Körper. Ich konnte eine fremde Frau vögeln, wie ich es wollte, und wie mein Instinkt mir sagen würde. Neben dem Bett stand ein Stuhl, zu dem wir gehen konnten, um andere Positionen auszuprobieren, wenn sie Lust darauf hatte. Alles, was ich tun musste, war, diese alberne Unsicherheit loszuwerden, die auch von mir Besitz ergriffen hatte.

Ich legte meine Hand auf ihren Körper und wusste sofort, dass ich auf ihrem Bauch gelandet war. Ihre Haut schmiegte sich weich und sanft an meine Handfläche, die Bauchdecke bewegte sich leicht bei jedem Atemzug. Meine Finger fanden ihren Nabel, als sie nach oben zu ihrer Brust wanderten. Dann pressten sich meine Lippen auf ihren Mund.

Sie zuckte wieder leicht zurück, doch dann öffnete sie ihren Mund, um meine Zunge einzulassen. Meine Hand legte sich auf ihre Brust und fand ihren Nippel, den ich leicht zwischen Daumen und Zeigefinger drückte. Ich konnte in meinem Mund spüren, wie sie scharf Luft holte.

Meine Lippen verließen ihren Mund, damit der sich mehr um das Atmen kümmern konnte, und widmeten sich ihrem Hals und ihrer Brust. Ihre Haut schmeckte leicht nach Kokos, sie roch nach Sonne und Sommer, verführerisch und heiß. Ihr Brustkorb bewegte sich bei jedem Atemzug auf und ab, als würde er meinen Lippen und meiner Hand entgegenkommen. Meine Lippen wanderten zu der anderen Brust, die, die nicht unter meiner Hand lag und sehnsüchtig darauf zu warten schien, dass sie Aufmerksamkeit erhielt. Ich schloss meine Lippen um ihren Nippel und saugte daran.

Ein leises Stöhnen kam aus ihrem Mund.

Ich spürte, dass mein Schwanz auf dieses Geräusch reagierte. Er wurde noch härter. Ich schob mein Knie zwischen ihre Beine. Sie spreizte sie, um mich an ihre Mitte zu lassen. Doch etwas war seltsam. Sie schien zu zögern.

Ariana hatte diese Nacht gebucht. Wieso hatte sie jetzt Zweifel? Oder brauchte sie länger?

Meine Finger glitten in ihre Mitte. Sie war klatschnass. Sie wäre soweit.

Ich umfasste ihren Po und streichelte mit meinen Händen über ihr Becken. Sie war etwas kräftiger, als ich mir Ariana vorgestellt hatte. Ariana war extrem schmal und sehr schlank. Die Frau hier besaß normale Rundungen. War das etwa gar nicht Ariana? Das würde auch ihr Zurückweichen erklären.

Ich bemerkte auf einmal wieder dieses Flattern in meiner Magengegend. Und noch etwas anderes. Eine Lust, wie ich sie noch nie gespürt hatte. Ich hatte keine Ahnung, wer hier mit mir in dem Bett lag, ich wusste nicht einmal, wie sie aussah. Ich wusste nur, dass sie voller Erregung darauf wartete, dass ich in sie eindrang. Und dass sie die Nacht der 1001 Freuden nicht häufig genoss, sonst wäre sie nicht so unsicher.

Ich musste ihr Zeit geben, sich an mich zu gewöhnen, selbst wenn mein Schwanz am liebsten schon seine Arbeit aufgenommen hätte. Er musste sich noch etwas gedulden. Aber so bekam ich Gelegenheit, sie zu kosten und ihren Geschmack für immer festzuhalten. Ich wollte, dass sie unter meiner Zunge kam, dass sie zwischen meinen Lippen verging und ich ihren Duft einatmete, bis er ein Teil von mir wurde.

Mein Mund wanderte über ihren weichen Bauch zu ihrer Scham, wo ich ihre Beine weiter spreizte und auf meine Schultern legte. Meine Nase glitt zwischen ihre Lippen, während meine Zunge sanft ihre Clit und ihren Eingang berührte. Sie zuckte wieder leicht zusammen, aber sie wich nicht zurück. Im Gegenteil. Sie schob ihr Becken meinem Mund entgegen, als könnte sie es nicht erwarten, dass ich sie weiter leckte.

Am liebsten wäre mir es, sie würde laut stöhnen. Oder gar meinen Namen rufen und darum betteln, dass ich sie fickte. Aber sie sagte nichts. Sie durfte nicht. Ich vernahm nur ein feines Stöhnen, als ich an ihrer Clit saugte, und ihr erregtes Atmen.

Auf einmal bemerkte ich ihre Finger in meinem Haar. Sie drückte meinen Kopf tiefer zwischen ihre Beine.

Es war unglaublich erregend, in dieser vollkommenen Dunkelheit auf eine Frau zu treffen und sich tastend kennenzulernen. Nur nach Geschmack und Gefühl zu gehen, während alle andere Sinne ausgeschaltet waren. Geschmacks- und Tastsinn reagierten so viel sensibler, weil sie sonst immer vernachlässigt wurden. In dieser Situation, als ich allein auf sie angewiesen war, waren ihre Wahrnehmungen atemberaubend intensiv.

Die Fremde schmeckte verführerisch gut. Süß und salzig und nach großer, ungebändigter Lust. Ich konnte nicht genug von ihr kriegen.

Mein Schwanz schien förmlich zu ächzen, weil er immer noch nicht zum Zuge kommen durfte. *Geduld, Bruder*, dachte ich. *Gleich darfst du.* Er nahm es aber nicht sonderlich leicht, sondern protestierte mit einem Pochen, das schon fast schmerzhaft war. Meine Güte, ich wollte diese Unbekannte so sehr! Ich hatte keine Ahnung, dass Sex auf diese Weise so unglaublich erregend sein konnte. Es war, als würde mein Körper förmlich danach lechzen, die Fremde erobern zu dürfen. Als wäre sie der Heilige Gral. Und ich wusste plötzlich wieder, warum ich bisher einen großen Bogen um die Freuden meines Clubs gemacht hatte. Sie machten süchtig. Normaler Sex würde nie dieses erregende Gefühl verursachen, wie ich es in diesem Moment verspürte.

Sie stöhnte abermals. Ich glitt mit meiner Zunge in ihren Eingang, ihr folgten zwei Finger. Dieses Mal bäumte sie sich auf, und sie gab einen Ton von sich, der an den Freudenschrei eines befreiten Fohlens erinnerte. Sie war völlig von der Rolle.

Während meine Finger ihre Enge erkundeten, saugte mein Mund wieder an ihrer Clit. Ihre Finger zogen an meinem Haar, ihr Rücken wölbte sich. Ihre Beine begannen zu zittern, als sie ihr Becken immer höher hob, als würde sie mir so nah wie möglich entgegenkommen wollen. Sie verlor langsam die Kontrolle.

Als ich einen dritten Finger in sie schob, war es zu viel. Ihre Hände verkrampften sich auf meinem Kopf. Sie hielt die Luft an. Ihr Körper schien zu vibrieren, während sich ihre Pussy um meine Finger zusammenzog, als würde sie sie nicht gehenlassen wollen. Und dann schrie sie leise auf. Lange.

Sehr lange.

Verdammt, war das heiß!

Es war das Heißeste, was ich bisher erlebt hatte. Ihr Orgasmus schien kein Ende nehmen zu wollen.

Nur mein Schwanz protestierte. Wenn er nicht auch bald zum Zuge kam, würde er mir die Freundschaft quittieren.

Als ihr Höhepunkt endlich abklang, rang sie nach Luft. Ich gab ihr jedoch keine Zeit, zur Besinnung zu kommen. Ich spazierte mit meinem Mund über ihren Bauch zu ihrem Mund und ließ dabei meinen Schwanz bis zu ihrem

Eingang wandern. Dort hielt er für einen Moment inne, sehnsüchtig darauf hoffend, endlich eindringen zu dürfen.

Sie presste ihre Hände auf meinen Hintern und drückte mich zu sich, als wollte sie mir sagen, dass sie ebenfalls darauf wartete, dass ich sie einnahm. Ich ergriff eines der Kondome, die ich mitgenommen und am Bett abgelegt hatte, und riss es auf, um es aufzuziehen. Dann glitt ich mit meinem Schwanz durch die heiße Feuchtigkeit zwischen ihren Beinen, und dann drang ich endlich in sie ein.

Sie gab wieder dieses eigenartige Geräusch von sich, als ich mit dem ersten Stoß ihre Pussy durchmaß.

Sie fühlte sich unbeschreiblich an. Nicht nur ihre Enge, sondern auch, wie sie mich an sich drückte, wie ihre Hände verlangend über meinen Körper strichen und wie sie ihr Becken hob und senkte, um den perfekten Rhythmus im Liebespiel mit mir zu finden.

Wir bewegten uns in einer regelmäßigen Einheit, und es war faszinierend, ihren Körper unter mir zu spüren und zu merken, wie sie auf mich reagierte. Wie sie leicht vor und zurück schaukelte, als ich für einen Moment stillhielt, und damit Reibung hervorrief, die mich laut aufstöhnen ließ und viel zu rasch an den Rand eines Höhepunktes schob.

Ich zwang mich, an Abrechnungen und die Zahlen meiner Schulden zu denken, um nicht sofort zu kommen. Nicht jetzt! Noch nicht!

Sie zog mich zu sich herab und hob ihren Kopf, um mich zu küssen. Unsere Zungen verhakten sich miteinander, heftig und gierig. Mein Schwanz rieb gegen ihren G-Punkt, denn ich spürte, wie ihr Atem immer schneller wurde und in ihrer Kehle ein weiterer Schrei lauerte.

Der Schweiß tropfte von unserer Haut in die seidenen Laken und schien unsere Bewegungen zu schmieren wie Öl ein perfekt funktionierendes Getriebe. Ich umfasste ihren Hintern und presste ihn an mich, während ich versuchte, nicht vor ihr zu kommen. Lange konnte ich mich aber nicht mehr zurückhalten. Ich war soweit. Die ganze Lust verlangte mit Macht danach, sich zu entladen.

Ihre Beine schlossen sich um meine Taille und umklammerten mich, als wollte sie mich nicht mehr gehenlassen. Sie stand ebenfalls kurz davor. Ihr Atem ging so schnell, während unsere Zungen immer noch miteinander spielten, bis sich ihr Mund von meinem entfernte und ihr Kopf in die Kissen flog. Und da war er wieder, der Schrei. Dieses Mal etwas lauter, nicht mehr so gedämpft wie vorhin. Ihre Pussy verengte sich um meinen Schwanz und gab mir damit den Rest. Ihre Finger gruben sich in meinen Rücken, während ich mich komplett in ihr ergoss.

Der Orgasmus ließ ihren Körper erbeben, und ich versuchte, mich davon abzuhalten, irgendwelches unzusammenhängendes Zeug zu stöhnen. Ich hätte gern ihren Namen gemurmelt, aber ich hatte keine Ahnung, wie er lautete.

Als ich nur einen Augenblick später völlig fertig neben ihr lag, suchte meine Hand ihre Wange. Ich strich mit meinen Fingern über ihre Lippen, dann hob ich den Kopf und küsste sie. Ich hatte keine Ahnung, was mich dazu bewog. Vielleicht hoffte ich, damit eine Verbindung zu ihr herzustellen, als ob ich dadurch mehr über sie erfahren könnte. Und als ob ich damit erreichen könnte, dass sie sich erneut mit mir traf. Das war der beste Sex meines Lebens gewesen, und ich hoffte, dass es ihr genauso ging und wir die Sache wiederholen würden.

Aber sie erwiderte den Kuss nicht. Sie lag einen Moment regungslos und wie erstarrt auf dem Bett, dann stand sie auf.

Ich sah ihren Schatten über den fluoreszierenden Streifen auf dem Boden gleiten, dann hörte ich das Klappern der Tür. Danach war es ganz still.

Sie war gegangen.

Ich lag allein im Bett.

KAPITEL 7

Tonya

ICH KANN EIGENTLICH nicht behaupten, jemals von Sex geschockt gewesen zu sein. Höchstens als ich das Ergebnis das Schwangerschaftstests gesehen hatte. Aber vom Akt selbst war ich noch nie erschüttert gewesen. Bis jetzt.

Das Erlebnis mit dem Fremden hatte mich völlig umgehauen.

Die Nacht nach dem Treffen im Wild Boys Club war ich wie betäubt gewesen und brachte dementsprechend kein Auge zu. Doch als ich am nächsten Morgen aufstand, fühlte ich mich nicht gerädert, wie ich erwartet hatte, sondern wie elektrisiert. Und immer noch wie unter Schock.

Als Jamie aufwachte, konnte ich seine Fragen gerade mal mit ja und nein beantworten, zu mehr war ich nicht in der Lage. Mein Hirn war noch damit beschäftigt, das Erlebte zu verarbeiten.

Was war in diesem dunklen Raum passiert? Ich hatte Sex gehabt wie noch nie in meinem Leben. Er war umwerfend gewesen, völlig überwältigend und erregend.

Und der Unbekannte, mit dem ich ihn erlebt hatte, war ein besserer Liebhaber gewesen als jeder andere Mann, den ich je in mein Bett gelassen hatte. Lag das an den Umständen, dass ich nicht wusste, mit wem ich es zu tun hatte? Oder lag es an ihm?

Ich musste zugeben, dass der Gedanke, mit einem wildfremden Menschen Sex zu haben, ohne ihn zu sehen, etwas sehr Erregendes hatte. Und die normalen Sinne auszuschalten und sich nur auf die zu verlassen, die man sonst kaum nutzte, war ungewöhnlich und sehr verführerisch. Aber ich hätte nie gedacht, dass mich das Ereignis dermaßen in seinen Bann ziehen würde.

Ich war nicht in der Lage, einen klaren Gedanken, meine Abschlussarbeit betreffend, zu Papier zu bringen. Immer wieder dachte ich an den vergangenen Abend zurück. Und an den fantastischen Sex mit dem Fremden. Und daran, dass ich ihn dann einfach verlassen hatte, als er mich zum Abschluss geküsst hatte.

Als Thea kam, um sich um Jamie zu kümmern, sah sie mir sofort an, dass etwas anders war.

»Hat er dich geschlagen?«, fragte sie vorsichtig, nachdem sie Jamie ins Bad geschickt hatte, um sich die Hände zu waschen. »Du siehst aus, als hätte dich ein Truck überrollt. War es schlimm? Erzähl, wie war es?« In ihrem Blick lag eine Mischung aus Besorgnis und Neugier.

Ich warf einen Blick zum Bad, um zu prüfen, ob Jamie wirklich außer Hörweite war.

»Es war unglaublich«, murmelte ich. »Er hat mich nicht geschlagen, im Gegenteil. Er war einfach genial.«

Thea entspannte sich und grinste. »Also hat dich kein Truck überfahren. Der Kerl hat dich überrollt. Cool!«

»Ja, er hat mich, wenn ich das so sagen kann, umgehauen.«

»Das war genau das, was du gebraucht hast. Heißt das, du wirst einen Vertrag mit dem Club abschließen und nun alle Mitglieder durchprobieren?«

Erschrocken sah ich sie an. »Das weiß ich nicht. Darüber habe ich noch nicht nachgedacht ...« Ich hielt inne, denn Jamie kehrte zurück.

»Ich möchte ein Eis, Mama«, sagte der Junge.

»Okay, Thea wird mit dir ein Eis essen gehen.«

Thea sah mich stirnrunzelnd an. Es war nicht meine Art, Jamie ein Eis zu erlauben, aber heute durfte er das.

»Und darf ich danach Karussell fahren?«

»Ja, auch das wird Thea mit dir machen.«

Theas Augen wurden immer größer. »Und wenn er fragt, ein Spiderman-Kostüm zu bekommen, kriegt er das auch? Der Kerl muss ja wirklich umwerfend gewesen sein.«

»Psst!«, zischte.

»Spiderman-Kostüm?«, rief Jamie aufgeregt. Das wünschte er sich schon seit langem. Aber ich konnte es mir nicht leisten.

»Nein, Thea macht nur Spaß. Eis und Karussell reichen für heute.«

»Okay.« Jamie war genügsam, zum Glück.

»Hinterher erzählst du mir alles, jedes Detail«, flüsterte Thea, als sie mit Jamie zur Tür ging. »Der Kerl scheint der Hammer gewesen zu sein.«

»Vielleicht«, sagte ich. »Zuerst muss ich aber ein bisschen arbeiten. Ich komme schon wieder nicht voran.«

»Du hast drei Stunden, dann sind wir zurück und du bist fällig.«

Ich nickte und gab Jamie einen Kuss auf die Wange, dann ließen mich die beiden allein.

Ich lief sofort zu meinem Computer und versuchte zum wiederholten Mal, im Internet etwas über den Wild Boys Club in Erfahrung zu bringen. Aber es gab online einfach nichts darüber. Gar nichts! Ich hatte schon vor Tagen mehrere Suchanfragen gestartet, leider erfolglos. Ein paar Bücher unter dem Namen fand ich, außerdem einen Biker-Club in Houston, Texas. Aber nichts aus New York. In dem Zusammenhang mit dem Suchbegriff und der Stadt tauchte nur eine Partnervermittlung auf, die Red Passion hieß, aber nichts mit dem Club zu tun hatte.

Oder etwa doch?

Ich sah mir die Webseite etwas genauer an. Es handelte sich um ein ganz normales Portal zur Partnervermittlung im Internet. Wenn man den Zahlen glauben durfte, hatte sie mehr als hunderttausend Mitglieder und eine Vermittlungsrate von über vierzig Prozent. Das war viel. Gegründet hatte sie ein gewisser Jensen Monroe, zweiter Geschäftsführer war Spencer Downey.

Ich notierte mir die Kontaktdaten der beiden und wollte gerade eine E-Mail an den Geschäftsführer aufsetzen, als mir die E-Mail-Adresse von Jensen Monroe ins Auge fiel. Sie hatte eine ähnliche Endung wie die, die ich im Club erhalten hatte.

Gab es wirklich eine Verbindung?

Ich startete eine Online-Suche nach den E-Mail-Endungen und erhielt zuerst einmal nichts. Bei der von Jensen Monroe wurde ich auf die Webseite von Red Passion geleitet, bei der vom Club landete ich auf einer Domain, die zwar registriert, aber nicht in Benutzung war.

Daraufhin ließ ich mir vom Internet ausspucken, auf wen die Domain registriert war, und hielt die Luft an. Jensen Monroe! Ihm gehörte die Domain, zu der die E-Mail-Adresse des Clubs gehörte! War er der Besitzer des Wild Boys Clubs?

Ich beschloss, Red Passion und Jensen Monroe einmal genauer anzusehen. Schreiben konnte ich heute sowieso nicht, da konnte ich auch vagen Spuren nachgehen, die mich dem Club möglicherweise etwas näherbringen würden. Bei meinem Besuch gestern hatte ich nichts herausfinden können, weder den echten Namen einer Angestellten noch den Namen des Besitzers. Ich hatte ein paar Menschen zu Gesicht bekommen, aber nur in der Bar, wo sich die Anwesenden nicht scheuten, gesehen zu werden. Die Mitglieder, die mehr Wert auf Anonymität legen, blieben unsichtbar.

EINE EXOTISCHE SCHÖNHEIT mit dunklen Haaren und dem Namen Olivia begrüßte mich, als ich die Räumlichkeiten von Red Passion betrat. Ich sagte ihr, dass ich dringend mit Mr. Monroe sprechen müsste, weil ich seine Expertise für meine Masterarbeit benötigte. Erstaunt zog sie die Augenbrauen nach oben.

»Das ist neu«, sagte sie lächelnd und wählte seine Nummer. »So eine Anfrage hatten wir noch nie. Da wird er sicher gern mit Ihnen kooperieren.«

Ich war mir sicher, dass seine Begeisterung an einer Kooperation enden würde, sobald er erfuhr, woran ich wirklich interessiert war.

Immerhin ließ er mich wirklich zu sich kommen. Olivia brachte mich in sein Büro, das einen sensationellen Blick über das südliche Manhattan bot. Sogar die Freiheitsstatue war zu sehen.

»Ms. Richmonds, was kann ich für Sie tun?«, sagte Jensen Monroe, nachdem ich mich vorgestellt hatte, und stand lächelnd auf, um mich zu begrüßen.

Er war ein sehr attraktiver Mann mit Grübchen in den Wangen, die auftauchten, wenn er lächelte. Er war groß und sportlich schlank. Sein Handschlag war fest und sicher. Ein Mann, der wusste, was er wollte.

»Setzen Sie sich!« Er deutete auf einen Sitz vor seinem Schreibtisch und ließ sich wieder in seinem Ledersessel nieder. Er musterte mich aus intensiven Augen, und für einen Moment hatte ich das Gefühl, als würde er mich abchecken. Ich ignorierte es aber, ich war nicht interessiert an dem Besitzer eines erotischen Clubs. Solche Typen waren meist in dunkle Geschäfte verstrickt und selbst die besten Kunden ihrer Ware.

Als ich mich setzte, spürte ich ein feines Kribbeln zwischen meinen Beinen, als würde die Berührung mit dem Stuhl die Stellen meines Körpers elektrisieren, die gestern durch den Unbekannten so intensiv erregt worden waren. Die Erinnerung an den Abend schoss durch mein Hirn und legte für einen Moment meinen Verstand lahm.

Peinlich. Und das ausgerechnet in dem Moment, als ich in der Höhle des Löwen saß.

Nur nicht erröten!

Dieser Kurzschluss im Hirn und dass ich deshalb nicht richtig denken konnte, waren vermutlich daran schuld, dass ich Jensen Monroe nicht geschickt und vorsichtig aushorchte, sondern ihm meine Frage direkt an den Kopf warf. »Gehört Ihnen der Wild Boys Club?«

Das Lächeln verschwand sofort aus einem Gesicht. Unwillig zog er die Augenbrauen zusammen.

»Sind Sie unter einem Vorwand in mein Büro gekommen, um mich nach diesem Club auszufragen? Dann können Sie sofort wieder gehen.«

Er sah auf einmal nicht mehr attraktiv aus, eher teuflisch.

»Es war kein Vorwand. Ich schreibe an meiner Masterarbeit, dabei bin ich auf Ihren Club gestoßen. Seit wann existiert er? Wer ist Mitglied? Warum haben Sie ihn gegründet?«

Er stand auf. »Bitte gehen Sie aus meinem Büro.«

Ich versuchte, Zeit zu gewinnen, um ihn zum Reden zu bewegen, »Also gehört Ihnen der Club wirklich? Ich habe eine Online-Suche nach der Domain gestartet, zu der die E-Mail-Adresse des Clubs gehört, dabei bin ich auf Ihren Namen gestoßen.«

Der Widerwillen wich aus seinem Gesicht, dafür kroch Entsetzen hinein. »So einfach war es, auf meinen Namen zu kommen?«

»Ja, so einfach war das.«

Er setzte sich wieder, und ich atmete erleichtert aus. Vielleicht würde er doch in Ruhe mit mir sprechen. »Ich wäre Ihnen sehr dankbar, wenn Sie mir etwas über den Club erzählen würden. Ich studiere Architektur und Philosophie und ich möchte--«

»Hören Sie, Miss«, unterbrach er mich. »Ich traue Ihnen nicht, und Ihre Masterarbeit ist mir völlig egal. Fakt ist: Wenn Sie den Club ans Licht der Öffentlichkeit zerren, mache ich Sie fertig. Ich überschütte Sie mit Verleumdungsklagen, bis Sie nicht mehr wissen, wo oben und unten ist.«

Ich schluckte. »Das würden Sie nicht tun.«

»Doch, das würde ich. Und glauben Sie mir, ich kenne mehr Richter, Anwälte und Staatsanwälte als Sie. Jeder Mann in New York, der nicht will, dass sein Geheimnis ans Licht kommt, wird dafür sorgen, dass Sie schweigen. Sie werden Ihre Sachen packen und die Stadt verlassen müssen, wenn ich mit Ihnen fertig bin.«

Er klang eiskalt, als würde er bereits abwägen, wem er mich zum Fraß vorwerfen würde. Eine Verleumdungsklage könnte er tatsächlich anstrengen, wenn es nicht stimmte, was ich sagte. Ich musste also Beweise erbringen, dass es den Club wirklich gab. Dann konnte er wenig gegen mich unternehmen. Sicherlich waren einige Mitglieder seines Clubs hohe Tiere, die ein Interesse daran hatten, dass ihre Mitgliedschaft geheim blieb, so dass eine Restgefahr bestand, dass sie mich fertigmachten. Aber bis dahin war ich mit meinen Entdeckungen bereits öffentlich geworden und durch Gesetze geschützt. Außerdem hatte ich meinen Professor hinter mir.

Ich durfte mich von seinen Drohungen nicht einschüchtern lassen.

Immerhin hatte ich dadurch soeben den Beweis erhalten, dass ich mit meiner Vermutung recht hatte, wer hinter dem Club steckte.

»Sie können mir drohen, wie Sie wollen, Mr. Monroe«, sagte ich. »Sie können mir nichts anhaben. Zumindest haben Sie mir soeben bestätigt, was bisher nur eine Vermutung war. Sie besitzen diesen Club und bedeutende New Yorker sind Mitglieder. Das ist mehr, als ich bisher wusste. Mein Professor wird sich sehr darüber freuen. Außerdem können Sie mich nicht wegen etwas verklagen, das jeder ganz leicht herausfinden kann, weil Sie zu ungeschickt sind, Ihre Spuren besser zu verbergen.«

Er sagte kein Wort, sondern sah mich stumm an. Ich wich seinem Blick nicht aus, sondern hielt meinen Kopf aufrecht und starrte ihn nieder. Zumindest kam es mir so vor, als würde ich ihn niederstarren und nicht er mich, denn nach einer gefühlten Ewigkeit war er es, der die Stille brach. »Und was wollen Sie nun von mir, Ms. Oberschlau?«

»Ich möchte, dass Sie mir die Fragen beantworten, die ich Ihnen gestellt habe. Seit wann existiert der Club? Wer ist Mitglied? Warum haben Sie ihn gegründet? Worum geht es wirklich? Wie sind Sie auf die Idee gekommen, die geheimen sexuellen Wünsche Ihrer Mitglieder zu erfüllen?«

»Ich besitze eine Internet-Domain, zu der eine E-Mail-Adresse gehört, an die man Mails schicken kann. Mehr nicht. Der Club existiert nicht, den bilden Sie sich ein. Es gibt ihn nur in Ihrer Fantasie. Und nun gehen Sie, ich habe zu tun.«

Ich starrte ihn mit offenem Mund an, während er sich von mir abwandte und ein paar Dokumenten widmete, die auf seinem Schreibtisch lagen. Er unterschrieb sie, ohne mich eines weiteren Blickes zu würdigen.

»Das ist nicht wahr, es gibt ihn. Ich habe ihn gesehen und kann damit an die Presse gehen«, drohte ich, um ihn wieder zum Sprechen zu bewegen. »Die ganze Sache kann ganz leicht auffliegen, dann müssen Sie offiziell zugeben, was Sie damit anstellen.«

»Dann wäre auch Ihr Thema für die Masterarbeit vorbei. Sie wollen doch sicher selbst eine Sensation landen und nicht der Presse überlassen. Wenn die Presse schneller wäre und andere sich des Themas annehmen würden, würden Sie in die Röhre schauen. Auf Wiedersehen, Ms. Richmonds. Mehr habe ich nicht zu sagen.«

»Sie sind ein verlogener Mensch«, zischte ich und stand auf. »Verlogen und falsch. Statt mir ein wenig entgegenzukommen, blocken Sie alles ab. Arroganter Bastard!«

»Und Sie haben offenbar ein sexuelles Defizit, wenn Sie von Fantasien um zwielichtige Clubs gequält werden. Auf Wiedersehen. Sagen Sie Ihrem Mann oder Freund, er soll sich besser um Sie kümmern.« Er klang spöttisch.

»Sie wissen genau, dass ich recht habe. Doch Sie verderben meine Abschlussarbeit, nur um Ihr schlüpfriges Geheimnis zu hüten.«

»Die Tür ist da vorn.«

Es hatte keinen Sinn, weiter mit ihm zu sprechen. Er würde nicht mit der Sprache herausrücken. Er war ein Arschloch, und ich hatte meine Chance nicht genutzt.

Ich ging zur Tür und lief hinaus. Olivia lächelte mich an, doch als sie mein vor Empörung hochrotes und enttäuschtes Gesicht sah, starb ihr Lächeln.

Einem Gedankenblitz folgend wandte ich mich an sie. »Was weißt du über den Wild Boys Club?«

Sie sah mich verwundert an. »Was soll das sein? Habe ich noch nie gehört. Ein Stripclub?«

Sie wusste nichts davon. Ich konnte ihr ansehen, dass sie die Wahrheit sagte und nicht den blassesten Schimmer hatte, was ihr Chef so trieb.

»Schon gut«, sagte ich. Dann ging ich zur Tür und lief hinaus.

ICH RANNTE DURCH leichten Nieselregen, als würde ich von Furien gejagt. Es dauerte ein paar Minuten, bis ich mich soweit gefasst hatte, dass ich nicht ständig irgendwelche Flüche ausstoßen wollte. Nach einer Viertelstunde konnte ich endlich wieder normal gehen und verspürte nicht das Bedürfnis, jedem Menschen, der mir begegnete, zu sagen, wie schrecklich ich Jensen Monroe fand. Ich holte sogar mein Smartphone aus der Tasche und schaffte es, Thea anzurufen und zu fragen, wo sie sich mit Jamie befand, ohne dass sie meiner Stimme anmerkte, was vorgefallen war. Das sah sie erst, als ich bei ihr und Jamie auf dem Jahrmarkt eintraf, der in einem Teil des Central

Parks vorübergehend anzutreffen war. Jamie nahm kaum von mir Notiz, da er auf einem Karussell fuhr und ständig die Glocke des Feuerwehrautos betätigte, auf dem er saß.

»Was ist passiert?«, fragte Thea und musterte mich. Sie hielt eine Packung Kekse in der Hand, von der ich sofort eine Hand voll nahm. »Du bist verschwitzt. Bist du verfolgt worden? Hast du ihn angezeigt?«

Ich seufzte. »Nein, ich bin nicht verfolgt worden. Mich hat nur dieser schreckliche Kerl aufgeregt, dem der Wild Boys Club gehört.« Ich steckte einen Keks in den Mund, um weiteren Fragen auszuweichen, aber so leicht ließ sich Thea nicht zufriedenstellen.

»Was hat er gesagt? Vermutlich alles geleugnet.«

»Er meinte, ich würde mir den Club nur einbilden.«

»Hast du ihm daraufhin gesagt, dass du gestern den Sex deines Lebens in seinem Club hattest? Das hätte ihn bestimmt zum Verstummen gebracht.«

»Nein, das habe ich ihm natürlich nicht auf die Nase gebunden. Das sollte nicht jeder wissen.«

»Ausgezeichnet. So kannst du weiterhin in seinem Club ein- und ausgehen und spionieren, ohne dass er etwas ahnt.«

»Das ist wahr«, erwiderte ich nachdenklich. »Ich könnte ein richtiges Mitglied werden und von den anderen Mitgliedern alles erfahren, was ich wissen muss.«

»Und du hättest – ganz nebenbei natürlich – fantastischen Sex. Ich wünschte, ich müsste so eine Masterarbeit schreiben!« Sie lächelte mich an, sah aber nur einen Moment später an mir vorbei und riss die Augen auf. »Da ist er!«, flüsterte sie. »Das ist ja unglaublich.«

»Wer?« Ich drehte mich um. Hinter mir befanden sich eine Familie mit vier Kindern und ein einzelner Mann, der an einer Losbude mehrere Lose kaufte.

»Der Kerl, der mir immer begegnet! Er ist hier auf dem Jahrmarkt, das gibt es doch nicht!«

»Was macht ein Mann ohne Kinder an einem Ort wie diesem? Das würde mich skeptisch machen.« Ich betrachtete den Mann. Er war groß und schlank und hatte dichtes blondes Haar, das etwas wild von seinem Kopf abstand, als hätte er heute vergessen, sich zu kämmen. Er trug ein T-Shirt und eine Sporthose, die seinen äußerst knackigen Hintern betonte. Er sah kurz auf und blickte zur Thea, dann wandte er sich aber wieder dem Los-Verkäufer zu.

»Er hat eine ordentliche Beule in der Hose«, murmelte Thea. »Das ist ein gutes Zeichen.«

»Ein gutes Zeichen wofür? Dass er auf kleine Kinder steht und sich deshalb auf einem Jahrmarkt herumtreibt?«

»Sei nicht so negativ.« Thea wandte sich von ihm ab und blickte zu mir. »Es kann durchaus sein, dass er gerne Karussell fährt.«

»Ganz bestimmt. Und vor allem in Trainingshose.«

»Das gibt es bestimmt. In der Bank vor ein paar Tagen waren keine Kinder da, vielleicht nur am Eingang ganz kurz eine Kindergartengruppe. Und als ich ihn neulich sah, stand er vor einer Schule. Das bedeutet nichts! Das ist purer Zufall.«

Ich zog die Augenbrauen nach oben und schüttelte den Kopf. »Das glaubst du doch selbst nicht.«

»Nein«, sagte sie kleinlaut. »Aber die Hoffnung stirb zuletzt. Die meinst also, er ist pädophil?«

Ich wollte ihr antworten, doch in diesem Moment tauchte der Mann hinter Thea auf.

»Hi«, sagte er, so dass sie erschrocken herumfuhr. »Mir ist so, als wären wir uns schon mal begegnet«, fügte er hinzu.

Thea versuchte sich zu sammeln und setzte ihr süßestes Lächeln auf. »Das ist durchaus möglich. Ich kann mich allerdings nicht erinnern, wo das gewesen sein könnte, aber es wird irgendwo gewesen sein.«

»Ich glaube, ich stand neulich am Bankautomaten, als du in die Bank gegangen bist. Du bist mir aufgefallen.« Er lächelte. Es sah freundlich und entwaffnend aus. Also pädophil und ein Schauspieler. Das machte die Sache nicht besser.

»Das ist ... äh ... interessant«, erwiderte Thea und starrte ihn perplex an, als wüsste sie nicht, was sie von ihm und der Begegnung halten sollte. Es war das erste Mal, dass ich sie sprachlos erlebt habe.

»Was machen Sie hier auf dem Jahrmarkt?«, mischte ich mich ein, um Thea aus der Klemme zu helfen.

»Ich bin beim Joggen hier vorbeigekommen und dachte, ich könnte meiner Nichte ein Plüschtier gewinnen. Sie hat morgen Geburtstag. Aber das Glück war mir nicht hold, und mehr Bargeld hatte ich nicht eingesteckt. Dann muss ich eben ganz normal in den Laden gehen.« Er lachte. Es wirkte nett und total harmlos. Vielleicht war er doch kein Mann, der auf Kinder stand. Aber die Sache mit der Schule war noch nicht geklärt.

Thea schmolz dahin. Ich musste dazwischengehen, bevor sie vergaß, die wichtigen Fragen zu stellen.

»Haben Sie Kinder?«, fragte ich.

»Nein, nur eine Nichte, die ich manchmal betreue, weil meine Schwester frisch geschieden ist und noch nicht klarkommt alleine. Ich arbeite zu Hause und kann mir meine Zeit einteilen, deshalb hole ich die Kleine auch manchmal von der Schule ab.«

Okay, damit wäre die Sache auch geklärt. Wohl doch kein Kinderschänder.

»Das klingt hinreißend«, sagte Thea. Offenbar hatte sie sich langsam wieder gefangen. »Wie alt ist deine Nichte?«

»Sieben Jahre. Sie heißt Amelie. Ist das dein Sohn?« Er deutete auf Jamie.

»Nein, das ist meiner«, ging ich unwirsch dazwischen. Offenbar war ich immer noch auf Krawall gebürstet. Zum Glück klingelte in dem Moment mein Handy. Die Nummer kannte ich nicht.

»Ja«, meldete ich mich kurz angebunden und wandte mich von den beiden Turteltauben ab.

»Hier ist Carrie vom Wild Boys Club«, erwiderte die Frauenstimme im Telefon.

Mir fiel fast mein Handy aus der Hand.

»Hi Carrie. Wie geht's?« Ich wusste vor lauter Schreck nicht, wie ich reagieren sollte, und versuchte, mich zu sammeln.

»Ich möchte gern wissen, ob dir dein Erlebnis im Club gefallen hat und ob du Interesse daran hast, ein festes Mitglied zu werden?«

Hektisch strich ich mir durch die Haare. Das war die Gelegenheit, den Club besser kennenzulernen und Jensen Monroe eins auszuwischen. »Es hat mir sehr gut gefallen und ich würde gern wiederkommen.«

»Okay, dann trage ich dich als neues Mitglied ein. Ich brauche dann nur noch deine Kreditkartendaten, dann kannst du regelmäßig bei uns ein- und ausgehen.«

»Wie hoch ist eigentlich der monatliche Beitrag?«

»Tausendzweihundert Dollar für Frauen, tausendvierhundert für Männer.«

»Im Monat?«

»Ja, monatlich.«

Schon wieder schlitterte mein Smartphone nur knapp an einer Katastrophe vorbei. Es wollte meinen schweißnassen Fingern vor Schreck fast entgleiten. Über tausend Dollar? Die hatte ich nicht. Nicht einmal ansatzweise. Ich war davon ausgegangen, der Beitrag würde sich im Rahmen von dem eines Fitnessstudios bewegen. An solche Summen hätte ich nie im Leben gedacht.

»Äh, dann muss ich leider ablehnen.« Shit! »Das kann ich mir leider nicht leisten.« Nochmals Shit! Wie kam ich dann in den Club?

»Das ist schade. Wenn Sie es sich doch noch anders überlegen, rufen Sie mich an. Oder schreiben Sie mir eine E-Mail.«

»Okay.« Die Enttäuschung machte meine Stimme schwerfällig.

»Auf Wiedersehen«, sagte Carrie, dann legte sie auf.

Ich steckte mein Smartphone weg und überlegte fieberhaft, wie ich an das Geld kam. Ich könnte meinen

Professor fragen. Oder Derek. Beide hätten die Summe, aber wären sicherlich nicht sonderlich erbaut darüber. Ich musste mit Thea darüber sprechen. Vielleicht fiel ihr etwas ein.

Sie stand immer noch mit dem Fremden da; als ich zu ihnen stieß, erzählte er gerade, dass er nach dem morgigen Besuch seiner Nichte für ein paar Tage nach Miami fahren würde. Dabei fiel mir ein, dass meine Eltern seit Wochen auf ein Lebenszeichen von mir warteten. Vielleicht sollte ich es ihnen morgen geben, auch wenn es schwerfiel.

»Vielleicht hast du ja Lust, mir deine Telefonnummer zu geben«, sagte der Mann zu Thea, etwas unsicher lächelnd. »Dann können wir uns mal auf einen Kaffee treffen, wenn ich wieder da bin.«

Um ehrlich zu sein, ich fand ihn inzwischen sehr sympathisch. Er schien nicht jeden Tag wildfremde Frauen anzusprechen. Dafür wirkte er viel zu befangen.

Umso mehr überraschte mich Theas Antwort.

»Wir sollten das Schicksal entscheiden lassen«, sagte sie keck. »Es hat unseren Weg bisher mehrmals kreuzen lassen, wenn es wirklich will, dass wir uns auf einen Kaffee treffen, wird es das noch einmal tun.«

Seit wann glaubte sie an das Schicksal? Das waren ja völlig neue Worte!

Er sah sie überrascht an, dann nickte er zögerlich. »Okay, wenn du denkst.« Er klang enttäuscht, was ich ihm nicht verübeln konnte.

»Ja, das denke ich. Du fährst nach Miami, und wenn wir uns danach begegnen, will das Schicksal, dass wir uns wiedersehen. Das fände ich sehr romantisch.« Sie lächelte verklärt.

»Das wäre wirklich romantisch. Okay.« Sein Lächeln kehrte zurück. Es wirkte nicht mehr ganz so entwaffnend wie am Anfang, aber immer noch freundlich. Er schien Thea wirklich anziehend zu finden, wenn er sich auf ihren Unfug einließ.

»Gut, dann machen wir das so. Wir tauschen auch keine Namen aus, damit keiner von uns auf die Idee kommen kann, den anderen bei Facebook zu stalken.«

»Ich habe nicht einmal ein Profil«, murmelte er. Schlagartig wurde er mir noch sympathischer.

»Dann wünsche ich dir viel Spaß beim Kindergeburtstag und in Miami.« Thea sah ihn mit ihrem süßen Lächeln an, mit dem sie jeden Mann, Jamie inbegriffen, um den kleinen Finger wickeln konnte. »Bis bald, attraktiver Fremder.«

»Bis bald, hübsche Fremde«, lächelte er. Er nickte mir zum Abschied kurz zu, dann wandte er sich ab und lief davon. Bevor er hinter der Achterbahn um die Ecke bog, drehte er sich noch einmal zu Thea um. Sie schien nur darauf gewartet zu haben, denn sie winkte ihm zu. Er winkte zurück, dann war er verschwunden.

Thea wandte sich zu mir und strahlte mich an. »Ist er nicht hinreißend? Und nicht pädophil.«

»Und du lässt ihn einfach so gehen und ihr werdet euch vermutlich nie wiedersehen.«

»Doch, das werden wir! Wenn es das Schicksal will, werden wir uns wiedersehen.«

»Ich denke, du glaubst nicht an das Schicksal?«

»Ich stelle es auf die Probe. Wenn es so etwas wie das Schicksal wirklich gibt, wird es uns zusammenbringen.«

»Du denkst also, es war kein Zufall, dass er heute hier war?«

Sie zuckte mit den Schultern. »Das werden wir sehen. Wenn ich ihn nicht wiedersehe, war es Zufall. Wenn ich ihn wiedertreffe, hat das Schicksal seine Finger im Spiel.«

»Das ist ein großer Haufen Mist«, entgegnete ich kopfschüttelnd. »Um diese Theorie zu beweisen, lässt du einen echt scharfen Typen gehen. Du bist verrückt.«

»Du bist aber heute wirklich nicht gut drauf. Immer noch die Sache mit dem Clubbesitzer? Du wirst die Sache von unten aufrollen wie--«

»Nein, werde ich nicht«, unterbrach ich sie. »Carrie rief gerade an und hat mir gesagt, was es kosten würde, Clubmitglied zu werden. Das kann ich mir nicht leisten.«

»Wie viel wollen sie?«

Ich nannte ihr die Summe. Sie starrte mich mit riesigen Augen an und schluckte. »Das ist zu viel.«

»Ja, eindeutig. Also muss ich einen anderen Weg finden, reinzukommen.«

»Ich könnte eine Schnupperstunde nehmen.«

»Das wäre eine Möglichkeit. Und danach?«

»Ich habe keine Ahnung. Ich könnte meinen Vater anpumpen, der hat genügend Geld.«

»Ich könnte es dir niemals zurückzahlen. Und du hasst deinen Vater.«

»Ja, er ist ein gemeines Arschloch, der meine Mutter mit ihrer Yogalehrerin betrogen hat. Eigentlich will ich nichts mehr mit ihm zu tun haben.«

»Dann muss es einen anderen Weg geben.«

»Wir lassen uns etwas einfallen.«

Wir grübelten eine Weile, wie wir an das Geld kommen könnten, aber als Jamie endlich genug vom Karussellfahren hatte, waren wir kein bisschen schlauer geworden.

KAPITEL 8

Jensen

NACH DEM TREFFEN mit dieser unmöglichen Person, die meinen Club in den Dreck der Öffentlichkeit zerren wollte, hätte ich mich gern irgendwie abreagiert. Was bildete sich diese Frau ein? Wer war sie überhaupt, dass sie mir so drohte? Als sie in mein Büro getreten war, hatte ich sie zuerst für ein heißes Sahneschnittchen gehalten, das nicht nur attraktiv aussah, sondern auch noch clever wirkte. Eine Kombination, auf die ich besonders stand. Aber mit ihren Drohungen hatte sie sich ganz schnell ins Aus katapultiert.

Ich googelte ihren Namen, Tonya Richmonds, erhielt aber nur wenige Treffer. Sie war an der New York University eingeschrieben und studierte Architektur und Philosophie, wie sie gesagt hatte. Mehr gab es nicht über sie. Immerhin war sie wirklich keine Journalistin. Mir wurde schlecht bei dem Gedanken, was eine Reporterin mit meinem Club alles anstellen könnte. Wenn die Namen der Mitglieder publik gemacht würden, könnte ich einpacken. Niemand würde mehr eine Mitgliedschaft im Club abschließen. Ich wäre pleite.

Es gab zwei Möglichkeiten, der Katastrophe aus dem Weg zu gehen. Die erste wäre, Tonya Richmonds aus dem Weg zu räumen. In New York gab es mit Sicherheit genügend Männer, die für wenig Geld solche Aufgaben übernahmen. Ich müsste nur eine Anzeige aufsetzen, dass ich jemanden suchte, der Probleme löste, und abwarten, wer sich meldete. Dieser Gedanke behagte mir jedoch nicht sonderlich, aus mehreren Gründen. Ich war im Prinzip ein äußerst friedliebender Mensch. Und ich hasste die Vorstellung, erwischt zu werden und im Gefängnis zu landen. Außerdem war Tonya zu attraktiv dafür, um einfach so sang- und klanglos beseitigt zu werden.

Die andere Möglichkeit bestand darin, einen weiteren Club zu eröffnen, beispielsweise in Los Angeles. Oder in Seattle. Die Idee mit Seattle war bereits vor einiger Zeit geboren worden, als ich mit Aaron, einem Unternehmer in der Stadt an der Westküste, und dessen Frau zu tun gehabt hatte. Diesen Kontakt könnte ich neu beleben. Das wäre sowieso eine gute Idee, unabhängig vom Ausgang des drohenden Desasters mit Tonya Richmonds. Ein weiteres Eisen im beruflichen Feuer wäre hilfreich, um das brachliegende Business anzukurbeln.

Ich nahm das Telefon zur Hand und wählte Aarons Nummer. Er meldete sich sofort.

»Hi Jensen, wie laufen die Geschäfte?«

»Könnten besser sein, aber es ist noch alles im grünen Bereich.«

»Das klingt nicht sehr gut. Was ist los?«

Ich überlegte, ob ich ihm von Tonya Richmonds und ihrer Drohung erzählen sollte, ließ es aber lieber sein. »Mich nervt es, wenn ein Geschäft stagniert oder zu wenig Gewinn abwirft. Und mein Bruder hat private Probleme. Das ist alles. Aber deswegen rufe ich nicht an.«

»Weswegen?«

»Wir hatten vor einer Weile darüber gesprochen, in Seattle einen Club zu eröffnen. Wärst du immer noch an einer Partnerschaft interessiert?«

Er lachte. Hielt er meinen Vorschlag für einen Witz?

»Das ist lustig, Jensen. Gerade vor ein paar Tagen wollte ich dich anrufen und dir dasselbe sagen. Ich habe nämlich gerade eine passende Location für den Club gefunden, ein altes Wohnhaus mitten in der City. Es müsste von Grund auf saniert werden, würde aber jede Menge versteckte Zimmer und Räumlichkeiten bieten, es ist sogar unterkellert. Als ich es sah, musste ich sofort an den Wild Boys Club denken. Sieh es dir mal an, es wäre perfekt.«

Ich lächelte. Das hatte ich nicht erwartet, aber ich war dankbar über seinen Vorschlag. »Das klingt gut, Aaron. Ich werde sofort meiner Sekretärin Bescheid sagen, dass sie einen Flug bucht. Wenn ich weiß, wann ich komme, rufe ich dich wieder an. Wie läuft es sonst bei euch?«

»Hervorragend. Die Zwillinge halten uns auf Trab, aber wir genießen es. Carlie ist glücklich.«

Aarons Frau hatte für eine kurze Zeit für den Wild Boys Club gearbeitet, dann aber aus privaten Gründen gekündigt. Sie wollte an einem alten Freund/Feind Rache üben. Zum Glück konnte sich alles aufklären. Sie lebte jetzt mit Aaron und ihren drei Kindern in Seattle.

»Grüß sie bitte von mir.«

»Das mache ich. Und wie sieht es bei dir aus? Hast du jemanden?«

Für einen winzigen Moment dachte ich an die Nacht mit der Unbekannten. Der beste Sex seit Jahren, aber sie war leider sofort aufgesprungen und gegangen.

»Nein, ich bin kein Familienmann. Ich habe keine Zeit und ich brauche meine Freiheit.«

»So war ich früher auch, bis Carlie kam. Okay, melde dich, wenn du weißt, wann du kommst. Wir hören uns.«

Wir verabschiedeten uns, dann legten wir auf. Ich verspürte ein ungutes Gefühl im Magen, aber das hatte nichts mit dem Gespräch mit Aaron zu tun, sondern mit dem Gedanken an die Fremde im Club. Warum war sie gegangen? Hatte es ihr mit mir nicht gefallen?

Ich hatte doch das Gefühl gehabt, dass sie unter meinen Zärtlichkeiten dahingeschmolzen war!

Noch ein Problem, das mir die Laune verdarb. Ich musste mich unbedingt austoben, wenn ich nicht Amok laufen wollte.

Ich rief meine Sekretärin zu mir und bat sie, für mich einen Flug nach Seattle zu buchen, wenn es mein Kalender hergab. Danach rief ich Blake an und fragte ihn, ob er Zeit für eine Runde Squash hätte. Zum Glück sagte er zu.

WIR TRAFEN UNS wenig später im Sportcenter, wo ich schwitzend und fluchend den ganzen Frust des heutigen Tages auf das Spiel übertrug und Blake in Grund und Boden spielte.

Als Blake fragte, ob ich bereits eine Frau gefunden hätte, die mich für meinen Charakter liebte, log ich ihn an und behauptete, bereits jemanden an der Angel zu haben. Ich bezweifelte, dass er mir meine Lüge abnahm, aber das war mir egal. Ich hatte noch Zeit, um die Wette zu gewinnen. Aber ich wollte ihm den Triumph nicht gönnen, mich erfolglos zu sehen.

Als ich so ausgepowert war, dass mir alle meine Probleme gleichgültig wurden, hörten wir mit dem Spiel auf, und ich fuhr nach Hause. Devon lag auf dem Sofa und studierte die Unterlagen von der Partnervermittlung, die ich neulich mit nach Hause genommen hatte, um nachzuarbeiten.

»Hast du keinen Krimi gefunden?«, knurrte ich. »Das Regal ist voll mit Grisham, Patterson und Deaver.«

»Das hier ist spannender. Weißt du, dass du viel Geld verbrennst, weil du die ITler direkt in der Firma arbeiten lässt? Du könntest sie von zu Hause aus als Freelancer aktiv werden lassen, dadurch sparst du Kosten und sie sind meistens auch produktiver. Das hat eine aktuelle Studie ergeben.« Er nannte mir die Internetadresse der Studie.

Ich setzte mich in den Sessel und legte die Füße auf den Tisch. Mein Körper ächzte. »Wir wollen die Leute direkt im Haus haben, um mit ihnen besser besprechen zu können, was wir uns vorstellen.«

»Das geht auch anders. Du musst mit der Zeit gehen, Freelancing und Homeoffice sind der Trend, es gibt für alles neue Möglichkeiten, auch für die intensiven Besprechungen.«

»Okay, ich werde darüber nachdenken.«

»Außerdem verschwendest du tausende Dollar an Werbung in Zeitschriften. Nur ein Bruchteil der Menschen, die eine Anzeige irgendwo offline gesehen haben, gehen hinterher online, um nachzuschauen, wofür da geworben wurde. Wenn du für ein Unternehmen im Internet wirbst, ist die einzig sinnvolle Maßnahme, die Anzeigen auch im Internet zu platzieren.«

Ich seufzte. »Okay. Was noch?«

»Ich bin noch nicht durch. Wenn ich fertig bin, sage ich dir Bescheid, was wir noch verbessern können.«

»Wir?«

Devon legte die Blätter zur Seite und sah mich mit einem schiefen Lächeln an. »Ich würde gern mit einsteigen, wenigstens für eine kleine Weile, bis sich die Sache mit Roxanne gelegt hat und ich mein eigenes Geschäft aufziehe.«

Ich dachte an mein Gespräch mit Aaron. Vielleicht wäre es gar nicht so schlecht, wenn Devon bei Red Passion die Leitung mit übernahm. Dann konnte ich mich in Ruhe um die Errichtung eines weiteren Wild Boys Clubs in Seattle kümmern.

»Okay. Du kannst die Geschäftsleitung unterstützen und mir ein paar Aufgaben abnehmen.« Ich erzählte ihm von meinen Plänen in Seattle.

»Das wäre fantastisch! Dann war die gestrige Dosis vom eigenen Gift wohl gar nicht schlimm?« Er grinste.

Nun verzog ich den Mund. »Es war okay.«

»Okay? Nur okay? Was ging schief?«

Erneut zögerte ich, mit der Sprache rauszurücken, aber dann erzählte ich ihm von der Unbekannten und ihrem zügigen Abgang.

Devon lachte sich halbtot, als ich fertig war. »Sie hat die Flucht ergriffen? Das ist ja sensationell! Was hast du ihr angetan?«

»Nichts«, knurrte ich. »Es war fantastisch und sie hat geschrien vor Wonne. Ich weiß auch nicht, warum sie so schnell abgehauen ist. Und ich hätte es dir nicht erzählen sollen.«

»Doch, das war gut, dass du mit der Sprache rausgerückt bist. Damit können wir der Sache gemeinsam auf den Grund gehen. So extrem schlecht im Bett kannst du gar nicht sein, du bist ja mein Bruder. Es muss also einen anderen Anlass gehabt haben. Vielleicht war sie peinlich berührt. Oder sie musste dringend aufs Klo. Oder sie musste zurück zu ihrem Ehemann. Wirst du es eigentlich noch einmal mit ihr tun?«

»Ich denke nicht, dass sie an einer Wiederholung interessiert ist.«

»Willst du es denn?«

Ich nickte. Ich würde sie nur zu gern wieder fühlen und ihre süßen Schreie hören. Und das ekstatische Zusammenziehen ihrer engen Pussy um meinen Schwanz spüren.

»Ja.«

»Dann solltest du dafür sorgen, dass du sie ein weiteres Mal in dein Bett bekommst. Frag nach ihrem Namen und ruf sie an.«

»Das ist gegen die Regeln bei der Nacht der 1001 Freuden.«

»Wozu gehört dir denn der Club, wenn du die Regeln nicht ein bisschen biegen darfst?«

Wollte ich wissen, wer sie war? Der Reiz dieser Nacht lag doch gerade darin, dass ich meine Bettgenossin nicht kannte. Ich könnte allerdings Carrie bitten, die Fremde zu kontaktieren und ein erneutes Treffen auszumachen.

»Wenn du neue Ergebnisse erzielen willst, musst du neue Wege gehen«, belehrte mich mein Bruder weiter.

Ich wollte aufspringen, um ihm einen Klaps zu geben, aber mein Körper protestierte. Daher erhob ich mich nur ächzend und langsam und verzichtete auf den Klaps. »Ich rufe Carrie an. Lies endlich die Unternehmensdaten weiter. Wenn es um das Private geht, bist du ein noch schlimmerer Klugscheißer als im Geschäftlichen.«

Devon lachte. »Habe ich bei dir etwa einen Nerv getroffen? Du bist zu altmodisch, Jensen. Aus dir wird nie mehr was.«

»Ja ja, Wichtigtuer.« Ich holte mein Smartphone aus der Jackentasche und wählte Carries Nummer. Dabei ging ich in mein Schlafzimmer, damit Devon nicht mitbekam, was ich mit Carrie besprach. Ich brauchte nicht noch eine Belehrung am heutigen Tag.

»Hi Jensen, es läuft alles bestens«, sagte sie, nachdem ich mich gemeldet hatte.

»Das höre ich gern. Ich rufe nicht an, um mich nach den Geschäften zu erkundigen, sondern eher aus privaten Gründen.« Ein Frosch saß in meiner Kehle, den ich weghustete. Ich fühlte mich total verlegen. Das war absurd! Ich war der Inhaber eines Sex-Clubs und benahm mich verklemmt wie ein pubertierender Teenager, wenn es um meine eigenen Belange in diesem Club ging. Zum Glück bekam Devon das nicht mit. Der hätte sich sonst wieder schlappgelacht.

»Was kann ich für dich tun?«, fragte Carrie, als meine Pause zu lange dauerte.

»Ich würde gern mein Erlebnis mit der Unbekannten wiederholen. Kannst du sie kontaktieren, damit sie für die Nacht der 1001 Freuden in den Club kommt?«

»Ich fürchte, das ist unmöglich, Jensen. Erstens ist alles ausgebucht. Zweitens habe ich heute schon mit ihr gesprochen. Sie kann kein Mitglied im Club werden, da sie den Beitrag nicht bezahlen kann.«

Shit. »Sie ist gar kein Mitglied?«

»Nein, sie war nur zur Schnupperstunde da.«

Kein Wunder, dass sie so unsicher gewirkt hatte. Und vielleicht erklärte das auch, dass sie so schnell geflohen war. Es lag möglicherweise doch gar nicht an mir.

»Wenn ich ihren Beitrag bezahlen würde, würde sie dann wiederkommen?«

Ich konnte hören, dass Carrie Mühe hatte, sich ihre Verwunderung nicht anmerken zu lassen. »Ich kann sie anrufen, wenn du das möchtest.«

Ich hätte die Fremde gerne wiedergetroffen. Schon bei dem Gedanken an eine erneute Nacht mit ihr zuckte mein Schwanz und drängte gegen die Enge der Hose. Er sehnte sich noch viel mehr als ich nach einer Wiederholung.

»Ja, das möchte ich.«

»Okay. Ich rufe dich gleich zurück und sage dir, wie sie sich entscheidet.«

»Danke.«

Wir legten auf, und ich verbrachte ein paar ungeduldige Minuten in meinem Schlafzimmer, wo ich unruhig auf und ab ging und das Smartphone nicht aus der Hand legte. Als es endlich klingelte, drückte ich viel zu schnell auf den Button, um das Gespräch anzunehmen.

»Was sagt sie?«, fragte ich gespannt.

»Sie hat zugesagt.«

Erleichtert atmete ich aus. Offenbar hatte es ihr auch gefallen, nicht nur mir. Und ihre Flucht hatte andere Gründe gehabt.

»Okay«, sagte ich und gab mir Mühe, lässig zu klingen. »Kannst du bitte ein erneutes Treffen arrangieren, wann immer es möglich ist? Vielleicht heute?« Ich dachte an meine müden Knochen. »Nein, lieber morgen.«

»Ich rede mit ihr und gebe dir dann den genauen Termin durch, wenn etwas frei wird.«

»Danke, Carrie. Aber keine Namen!«

»Natürlich nicht, Jensen. Bis gleich.«

Kurz darauf rief sie wieder an und bestätigte tatsächlich den Termin für den morgigen Tag.

Die Unbekannte würde zwanzig Uhr auf mich warten.

Ich legte auf und ging mit einem breiten Grinsen zurück zu Devon.

»Ein neues Treffen ist vereinbart. Morgen werde ich die Frau so unsterblich in mich verliebt machen, dass Blake seine Wette verliert.«

Devon musterte mich skeptisch. »Bist du dir sicher, dass es dir nur um die Wette geht?«

»Natürlich! Worum denn sonst?«

Devon zuckte mit den Schultern. »Was weiß ich schon, Jensen. Meinen Segen hast du, wofür auch immer. Aber kommen wir wieder zurück zum Geschäftlichen. Du hast Mist gebaut.«

Seufzend setzte ich mich zu Devon und ließ mir erklären, wo mein Business weitere Verbesserungen gebrauchen könnte.

KAPITEL 9

Tonya

MEINE MUTTER SAH wie immer makellos aus, als sie mich und Jamie an der Tür begrüßte. Ihre lilafarbige Strickjacke passte perfekt zu ihren Pumps, ihre weiße Bluse war blütenrein, ihr Make-up frisch und ihr Lächeln meisterhaft. Sie drückte Jamie einen Kuss auf die Stirn, bevor sie sich mir zuwandte und mir ihre Wange zum Küsschen hinhielt.

Ich gab ihr, was sie wollte, dann traten wir ein. Mein Vater saß in seinem Schaukelstuhl am Fenster und las die New York Times. Er sah lächelnd auf, als wir eintraten, blieb jedoch sitzen und wartete, dass wir zu ihm traten und ihn begrüßten. Er begnügte sich mit einem Handschlag bei Jamie, von mir erwartete jedoch ebenfalls ein Küsschen auf die Wange.

Es war unheimlich still in der riesigen Wohnung in der Lexington Avenue, nur das Pendel der Standuhr gab ein lautes Ticken von sich. Wann immer ich meine Eltern besuchte, hatte ich das Gefühl, eine Reise in die Vergangenheit anzutreten. Die Möbel in der Wohnung waren zum größten Teil antik, das Porzellan war es auf jeden Fall.

Meine Eltern selbst schienen ebenfalls aus einem anderen Jahrhundert zu stammen. Sie schwärmten von den Zeiten, als es noch keine Computer und Smartphones gab, und sahen am liebsten historische Serien, wenn sie es mal schafften, den Fernseher einzuschalten. Die Einführung des Videorekorders hatten sie völlig verschlafen und waren erst kürzlich durch Freunde auf Bluray aufmerksam geworden, was ihnen den uneingeschränkten Genuss aller Downton Abbey-Folgen verschaffte.

Leider hatten sie auch andere Sachen verpennt, beispielsweise die Emanzipation der Frau. Deshalb war eine alleinerziehende Mutter als Tochter das personifizierte Übel, die Mensch gewordene Sünde und das Schlimmste, was ihnen je passieren konnte. Nach Jamies Geburt stellten sie mir permanent irgendwelche männlichen Kandidaten vor, die mich von meiner Schande befreien sollten. Und sie beklagten, dass ich niemals glücklich werden könnte, weil ich mein Studium abgebrochen hatte. Letzteres nervte mich selbst, so dass ich mir selbst sehr viel Druck machte, meinen Abschluss nachzuholen. Aber für meine Eltern war ein unvollendetes Studium gleichbedeutend mit einer nuklearen Katastrophe und einem Asteroideneinschlag, die die Menschheit auslöschten.

»Wie kommst du mit der Prüfungsarbeit voran?«, fragte meine Mutter, sobald ich saß. Meine Gesundheit war nebensächlich, auch Jamies Wohlergehen musste hinter meinem Studienabschluss anstehen.

»Sehr gut«, schwindelte ich ein wenig. »Es fehlen nur noch ein paar Seiten, dann bin ich fertig. Ein Klacks.«

»Na, Gott sei Dank«, sagte meine Mutter erleichtert. Ich konnte förmlich sehen, wie ihr ein Stein vom Herzen fiel. »Ein Mensch gilt in dieser Gesellschaft leider nichts ohne einen ordentlichen Abschluss. Wenn du etwas werden willst, brauchst du gute Zeugnisse.«

»Ich hoffe, du schließt summa cum laude ab«, sagte mein Vater und sah für einen Moment von der Zeitung auf.

»Ganz sicher, Daddy.« Ich war schon froh, wenn ich überhaupt fertig wurde, dass es mit großer Auszeichnung geschehen würde, wagte ich zu bezweifeln.

»Dann findest du vielleicht doch noch einen Mann. Und einen Vater für Jamie.« Sie flüsterte »Vater für Jamie« nur, wohl weil sie meinte, dass der Junge großen psychischen Schaden nehmen würde, wenn er erführe, dass er ohne Vater aufwuchs.

»Jamie hat einen Vater, wir haben ihn gestern besucht«, sagte ich und nahm ihr dabei grausam die Illusion, eine baldige Heirat könne alle Spuren meiner Schande gänzlich auslöschen. Derek war nun mal Jamies Vater, ob sie es wollte oder nicht. Ihn konnte sie nicht einfach aus der Welt schaffen.

Entsetzt sah sie zu Jamie, der mit den Buntstiften, die sie ihm gegeben hatte, ein weißes Blatt vollkritzelte und nicht einmal aufsah. Er war Schlimmeres gewohnt.

»Was sind das nur für Zustände?«, flüsterte sie. »Was soll denn aus dem Kind werden, wenn es so aufwächst? Es braucht eine gesunde Familie mit einem Vater und einer Mutter.«

»Und wenn ich mich für eine Frau als Lebenspartnerin entscheiden würde? Wäre das ungesund für ihn?« Meine Mutter schaffte es immer wieder, dass ich die Nerven verlor und sie provozierte.

»O mein Gott, Tonya!«, rief meine Mutter entsetzt. »Bloß das nicht! Wie sollen wir das unseren Freunden erklären!«

Das war das nächste Problem. Meine Mutter machte sich permanent Sorgen, wie etwas auf ihre Freunde wirken könnte. Eine unverheiratete Tochter mit Sohn war etwas, worüber sie vor ihren Bekannten nur ungern sprach. Wenn diese Tochter auch noch lieber mit einer Frau leben würde, wäre das ein absolutes Tabu. Wahrscheinlich würden sie mich eher ganz aus ihrem Leben streichen, als diese Schande eingestehen zu müssen.

»Keine Sorge, ich stehe auf Männer«, beruhigte ich sie. Unwillkürlich dachte ich an den Fremden, mit dem ich heute Abend wieder Sex haben würde. Bei dem Gedanken daran meldete sich ein aufgeregtes Kribbeln zwischen meinen Beinen. Ich würde zwar nur hingehen, um mehr über den Club in Erfahrung zu bringen, aber mein Körper sah darin wohl noch einen anderen Vorteil. Und die erste Erfahrung war wirklich unglaublich gewesen, so dass die Versuchung sehr groß war, mich den Freuden mit dem Unbekannten ein weiteres Mal hinzugeben. Wieder kribbelte es, dieses Mal stärker. Es war, als würde mich der Mann allein durch meine Gedanken verführen.

Schnell dachte ich an den schmutzigen Abwasch, der mich zu Hause erwartete, damit meine Mutter nichts von meinen Fantasien mitbekam.

»Gott sei Dank«, atmete sie auf. »Willst du dich nicht mal mit Rico Chesterfield treffen? Er ist der Freund vom Sohn von den Allendales. Er hat Mathematik studiert und ist auf der Suche nach einer Frau, das hat mir Ingrid Allendale erzählt. Mit viel Glück akzeptiert er auch ...« sie senkte wieder die Stimme »... deinen illegitimen Sohn.«

Ich merkte, dass ich sehr müde wurde. Die ewige Leier meiner Mutter und ihre begrenzte Vorstellungskraft von der modernen Welt übte jedes Mal diese Wirkung auf mich aus.

»Soll ich mein Studium vor oder nach der Hochzeit vollenden?«, fragte ich provokativ.

Meine Mutter verzog pikiert den Mund, als sie merkte, dass ich sie nicht ernst nahm.

»Das ist nicht lustig«, sagte mein Vater im Hintergrund. »Du solltest deine Mutter unterstützen und endlich etwas Gescheites tun und nicht nur deinen Willen durchsetzen.«

Langsam reichte es mir. »Es ist mein Leben, Dad. Was ich damit anstelle, bleibt allein mir überlassen. Und wenn ich zehn illegitime Kinder haben möchte, dann mache ich das.«

Meine Mutter hielt vor Entsetzen die Luft an. »Zehn?«

Ich lächelte müde. »Ja, was wäre dann? Meinst du, der Freund vom Sohn von den Allendales würde die auch akzeptieren?«

Meine Mutter starrte mich an, als hätte ich sie tödlich beleidigt.

»Was fällt dir ein, dich so aufzuführen?«, donnerte mein Vater. »Solange wir dir Geld für deinen Lebensunterhalt dazugeben, hörst du dir an, was wir dir zu sagen haben.«

Ich biss mir auf die Zunge. Sie zahlten mir jeden Monat die Miete für mein Apartment. Das Geld, das von Derek kam, sorgte dafür, dass ich mir und Jamie etwas zu essen kaufen und Thea als Babysitterin bezahlen konnte. Mehr Einkommen hatte ich nicht. Meine Ersparnisse aus früheren Jahren gingen für die Semestergebühren drauf. Um unabhängig zu sein, müsste ich mir einen Job suchen, was wiederum bedeutete, dass ich meinen Abschluss nicht machen konnte. Wie ich es auch drehte und wendete, ich war auf ihr Geld angewiesen.

»Ich muss an meiner Arbeit weiterschreiben«, erwiderte ich lahm. »Ich habe nicht mehr viel Zeit und muss los.«

Mein Vater musterte mich mit kritischem Blick, sagte jedoch nichts weiter. Dann sah er wieder in seine Zeitung. Meine Mutter beschloss, die Stimmung zwischen uns zu lockern. »Ich gebe euch frische Erdbeeren mit. Die Georges haben welche aus dem Bio-Kaufhaus mitgebracht.«

»Danke, Mom.«

Sie stand auf, um in die Küche zu gehen. Ich sah mir Jamies Zeichnungen an, die ein wenig drunter und drüber gingen, dann gingen wir in die Küche zu Mom. Sie reichte uns ein großes Schälchen mit herrlich roten Erdbeeren, die verführerisch dufteten. Dann gab sie Jamie einen Kuss auf die Stirn und mir hielt sie die Wange hin.

»Bis bald, Mom«, sagte ich und verabschiedete mich auch von meinem Vater, bevor ich mit Jamie das Haus verließ.

SOBALD ICH UNTEN auf der Straße stand, rief ich Thea an. »Kannst du kommen und Jamie betreuen?«, fragte ich sie sofort. »Ich habe heute Abend wieder ein Date.«

»Okay.« Sie klang allerdings alles andere als begeistert.

»Was ist los?«

»Nichts. Ich bin gerade auf dem Washington Plaza.«

»Wir kommen zu dir. Nach der verstaubten Wohnung meiner Eltern brauche ich ein bisschen Leben.«

Wir trafen uns am Washington Plaza, wo Thea auf der Bank saß und interessiert jeden Vorübergehenden musterte.

»Er ist nicht hier«, sagte sie, sobald ich mich zu ihr setzte, während Jamie zu den Spielgeräten eilte.

»Wer?«

»Der Unbekannte. Hier habe ich ihn das erste Mal gesehen, und ich dachte, das Schicksal will, dass wir uns sofort wiedersehen, aber ich bin bereits seit drei Stunden hier und er taucht einfach nicht auf.«

»Er hat doch gesagt, er ist bei seiner Nichte. Etwas Zeit solltest du ihm lassen.«

»Ich weiß. Aber ich hatte gehofft, dass das Schicksal will, dass wir uns dringend erneut treffen. Weißt du? Ich dachte, wir sind füreinander bestimmt und es will keine Zeit verschwenden.«

»Du hättest die Sache abkürzen und ihm deine Telefonnummer geben können.«

Sie warf mir einen vernichtenden Blick zu. »Ich weiß.« Es klang drohend. »Aber das wollte ich nicht. Ich wollte das Schicksal herausfordern.«

»Offenbar nimmt es deine Herausforderung an und lässt dich zappeln. Warte ab, er wird schon irgendwann auftauchen.«

Thea seufzte, nickte jedoch. »Schade. Okay, dann sind wir eben kein Sonderfall und es eilt nicht.«

»Nein, es eilt nicht. Dafür habe ich gute Nachrichten. Der Fremde aus dem Club will mich treffen und bezahlt sogar meinen Beitrag, so dass ich spionieren kann. Ich weiß nicht, ob ich dir schon erzählt habe, dass ich deinen Namen angegeben habe, damit niemand herausfindet, dass ich diejenige bin, die die Masterarbeit schreibt. Ist das okay?«

Thea sah mich mit großen Augen an. »Das heißt, ich kann den Club auch nutzen? Damit ist es völlig okay. Und er bezahlt wirklich deinen Beitrag? Ist er so verrückt nach dir?«

»Vielleicht.« Ich lächelte. Das Kribbeln kehrte zwischen meine Beine zurück. Dieses Mal mit aller Macht. Und jetzt erlaubte ich es ihm auch. Ich wollte den Fremden wieder spüren und unter seinen Liebkosungen zergehen. Dieses Mal würde ich jedoch hoffentlich nicht so schnell kommen. Es war mir fast peinlich, so ausgehungert gewesen zu sein, dass es keine fünf Minuten gedauert hatte, bis ich explodierte. Immerhin war es heute nicht so lange her, dass ich das letzte Mal Sex hatte. Da konnte sich nicht so viel anstauen.

»Du hast es gut! Das ist fantastisch! Der blöde Typ, wie hieß er doch gleich? Jensen?«

»Jensen Monroe.«

»Der blöde Jensen Monroe kann dich mal. Du vögelst dich gesund und bekommst nebenbei alle Infos, die du brauchst, um deine Arbeit fertig zu bekommen. Das ist das perfekte Arrangement. Ich wünschte wirklich, ich müsste noch mal studieren!«

Ich lächelte. »Wünsch es dir lieber nicht. Stell dir vor, meine Eltern würden erfahren, was ich tue, um an die Fakten zu kommen. Sie würden pausenlos in Ohnmacht fallen. Und mich enterben. Und sie würden all ihre Freunde verlieren und vermutlich nach Alaska auswandern, wo sie niemand kennt.«

»Und sie würden dich auf die Straße setzen.«

Ich wurde ernst. »Ich frage mich aber selbst, ob ich nicht etwas völlig Falsches tue. Ist es verwerflich, sich auf so eine Sache einzulassen?«

Thea zuckte mit den Schultern. »Solange du Spaß hast, ist es nicht verwerflich.«

Ich sah mich vorsichtig um, um zu prüfen, ob uns jemand zuhörte. Zum Glück interessierte sich niemand im Park für uns. »Du meinst, wenn ich niemandem schade, ist es okay, hemmungslosen Sex zu haben, um mein Ziel zu erreichen?«

Sie kicherte. »Genau. Du schadest nur deinem Ruf. Aber in dem Club weiß ja keiner, wer du bist. Also ist dein Ruf auch nicht ruiniert.«

»Und meine Mutter wird es nie erfahren.«

»Niemals.«

Ich hielt auch noch meine Hand vor meinen Mund, damit niemand meine Lippen lesen konnte. »Ich freu mich darauf, wieder auf ihn zu treffen. Er war fantastisch. Besser als Derek oder Conrad und jeder andere, den ich jemals hatte. Er hat sich wirklich Mühe gegeben.«

»Dann sei froh, dass es ihm mit dir auch gefallen hat. Sonst würde er dich nicht anfordern und deinen Beitrag bezahlen.«

»Dieses Mal werde ich nicht davonlaufen.«

Thea schüttelte amüsiert den Kopf. »Das möchte auch sein. Wofür sieht man stundenlang Sex and the City oder Fifty Shades of Grey? Bestimmt nicht, um dann vor einem Mann die Flucht zu ergreifen.«

»Es war ja nicht davor, sondern danach! Weil ich nicht wusste, was er von mir verlangen könnte. Ob er kuscheln wollte?«

»Wenn er kuscheln will, geht er woanders hin, nicht in einen solchen Club.«

»Du hast recht.« Ich spürte, dass ein erregender Cocktail durch meine Adern jagte. Nervosität und Vorfreude.

Thea stieß mir sanft ihren Ellbogen in die Seite. »Und das Beste an diesen Dates ist, dass du dir keine Gedanken darüber machen musst, was du anziehst.«

»Nein, nur die Enthaarung ist wichtig.«

Thea nickte ernst. »Ist in diesem Bereich bei dir alles vorzeigbar?«

Ich dachte kurz nach, dann schüttelte ich den Kopf. »Der Bikinibereich könnte eine Klinge vertragen.«

»Was sitzt du dann noch hier?« Sie klang mahnend.

»Kümmerst du dich um Jamie?«

»Natürlich. Konzentrier du dich auf dein Date.«

Ich stand auf. »Bis später, Thea. Wünsch mir Glück.«

»Viel Glück und ein fröhliches Kopulieren, viele Orgasmen und alles andere, was dazugehört, wünsche ich dir.« Sie sagte es leider so laut, dass es alle anderen im Park, die sich im näheren Umkreis befanden, hören konnten.

»Psst!«, zischte ich ihr zu, während ich rot anlief.

Sie grinste nur. Ich drohte ihr mit einer Faust, dann lief ich zu Jamie, küsste ihn und lief nach Hause, um mich auf das Treffen mit dem Unbekannten vorzubereiten.

DIESES MAL FÜHLTE ich mich nicht mehr ganz so unsicher wie beim ersten Mal, als ich mich in das Bett legte und das Licht erlosch. Ich war aufgeregt, keine Frage, aber ich wusste wenigstens, was mich erwartete. Und als sich nur wenig später die Tür öffnete und ein Schatten durch die Dunkelheit zum Bett schritt, klopfte mein Herz bis in meine Kehle hinein. Das Bett schaukelte leicht, als er sich zu mir legte.

Er war es. Ich konnte den Duft seiner Haut wahrnehmen, ein frisches Shampoo. Er hatte geduscht, bevor er hergekommen war.

»Hi«, flüsterte ich.

»Hi.« Seine Hand wanderte an meine Schulter, als müsste er sich orientieren, wo ich mich befand.

»Ich bin hier.« Ich führte seine Hand an meine Wange. Nur einen Augenblick später spürte ich seine Lippen auf den meinen.

Es war ein erregendes Gefühl. Als er mich das erste Mal geküsst hatte, war ich zurückgezuckt, weil es für mich so überraschend gekommen war. Aber dieses Mal löste die Berührung seiner weichen, sanften Lippen ein sehnsüchtiges Prickeln in mir aus. Meine Clit schwoll an, als wüsste sie, was gleich folgen würde. Er presste seinen nackten Körper an den meinen, während seine Zunge in meinen Mund eindrang und seine Hand über meine Brust zu meinem Bauch wanderte. Als sie zwischen meine Beine glitt und er mit dem Finger prüfte, wie weit ich war, konnte ich die Feuchtigkeit förmlich hören. Mein Körper wusste definitiv, was kommen würde. Und er wollte keine Zeit verschwenden.

Ich hatte das Gefühl, durch die Berührung noch feuchter zu werden.

Sein Finger strich wie zufällig über meinen Eingang, dann über meinen Bauch zurück zur Brust. Er nahm meinen Nippel zwischen die Finger und rieb ihn sanft. Ich ächzte leise vor Verlangen.

Er schien zu lächeln, ich konnte es an meinem Mund spüren. Doch dann lösten sich seine Lippen von den meinen und wanderten zu der anderen Brustwarze. Ich bedauerte es, dass er aufhörte, mich zu küssen. Aber das Gefühl seines Mundes an meinem Nippel war ebenfalls erregend, vor allem, als er an ihm saugte und ihn mit den Lippen dehnte. Und als er sanft hineinbiss und mit der Zunge gegen ihn drückte, stöhnte ich leise.

Ich hatte das Gefühl, dass er erneut lächelte. »Gefällt dir das?«, flüsterte er, nachdem er meine Brustwarze in die Freiheit entlassen hatte.

»Ja.« Verdammt, und wie!

Er hielt sich jedoch nicht länger mit meinen Nippeln auf, sondern seine Lippen wanderten tiefer, auf meine Mitte zu. Als er meine Clit küsste, rauschte ein heißes Prickeln durch meinen Körper. Ich spreizte die Beine, um ihm besseren Zugang zu gewähren. Seine Zunge nahm die Einladung an und glitt heiß zwischen meinen Lippen hindurch zu meinem Eingang.

Wieder stöhnte ich.

Ohne dass ich es merkte, fuhren meine Finger in sein Haar und drückten seinen Kopf tief zwischen meine Beine. Seine Zunge drang in mich ein, geschmeidig wie eine Schlange.

Ich bewegte meinen Körper in sein Gesicht hinein und versuchte verzweifelt, meine Erregung unter Kontrolle zu behalten. Aber es gelang mir nur schlecht. Er war einfach zu gut. Zu beweglich, zu zielsicher.

Ich stand kurz davor, mich zu vergessen, als er seinen Kopf zurückzog und mit seinen Händen meinen Körper entlangglitt. Er legte sich neben mich, dann vernahm ich das vertraute Geräusch eines Kondoms, das aus der Verpackung geholt wird. Ich versuchte, seinen Schwanz zu ergreifen, um ihm dabei zu helfen. Aber ich war zu spät. Als meine vor Erregung zitternden Hände ihn gefunden hatten, saß der Gummi bereits auf der ganzen Länge.

Er war lang und dick. Ich hatte mir schon gedacht, dass er gut ausgestattet sein musste, weil er mich zu solch einer Ekstase getrieben hatte, aber das Ganze zu fühlen, war noch etwas anderes. Mit den Fingern strich ich über seine harte Erektion, doch er hob meinen Kopf nach oben, um mich atemlos zu küssen. Dabei zog er mich auf sich und führte seine Erektion direkt an meinen Eingang. Dort lauerte sie wie ein Ritter auf die Einnahme der Burg, und nur einen Moment später presste er meinen Körper auf sich herab, so dass sein Schwanz endlich in mich gleiten konnte.

Ich schnappte nach Luft und genoss das Gefühl des Eindringens und Weitens, als er seine Hüfte nach oben bewegte und mein Becken gleichzeitig nach unten drückte.

Seine Hände strichen über meine Taille, meine Brüste und meinen Hintern. Dann setzte er sich auf. Seine Lippen fanden meine Nippel, zogen an ihnen und bissen hinein, wie er es vorhin getan hatte. Einer nach dem anderen.

Dabei ritt ich ihn und bewegte meine Hüften auf und ab, während sich in mir das Verlangen immer weiter anstaute und ich das Gefühl hatte, dass es sich schon wieder viel zu früh entladen wollte. Ich verlor erneut die Kontrolle.

Seine Küsse wanderten an meinen Hals, er zog an meinen Haaren und bog meinen Kopf nach hinten, so dass er meine Kehle küssen konnte. Dann meinen Mund. Als seine Zunge in meinen Mund eindrang, kam ich. Ein Schrei explodierte in meiner Kehle und wollte hinaus, aber er küsste mich und hielt meinen Mund an seinem, als hätte er auf diesen Schrei gewartet und würde ihn von mir trinken wollen.

Ich spürte, wie er sich in mir entlud, sein Schwanz pulsierte in mir, als würde er jeden Tropfen in mich spritzen. Er stöhnte leise in meinen Mund.

Dann erst löste er sich von meinen Lippen.

Ich rang nach Luft und ließ mich auf das Laken fallen. Er legte sich ebenfalls, schmiegte sich von hinten an mich und streichelte meinen Bauch.

Als ich langsam zu mir fand, fiel mir ein, weswegen ich hier war. Ich musste mehr über den Club und seine Mitglieder erfahren. Doch die Erinnerung an meine Aufgabe war nur schwach und im Moment so uninteressant wie die Wasserstandsmeldungen von Venedig. Aber ich musste mich dazu zwingen. Ich brauchte dringend Informationen, allerdings sollte ich vorsichtig vorgehen.

»Ist deine Fantasie in Erfüllung gegangen?«, fragte ich ihn leise, als ich bei Atem war.

Ich konnte hören, dass er lächelte. »Ja. Das ist sie. Ich wollte, dass du vor Ekstase schreist, weil du kommst, und ich dich dabei küsse.«

Ich musste ebenfalls lächeln. »Deine Fantasie dreht sich nur um mich? Das ist sehr schmeichelhaft. Aber warum bist du wirklich hier im Club?«

»Nur wegen dir.«

Er küsste meine Schulter und streifte das Kondom ab. Es raschelte, als es auf den Boden fiel. Sein Schwanz glitt feucht und warm zwischen meine Backen. Er war immer noch, oder schon wieder, steif.

»Das glaube ich nicht.« Es fiel mir schwer, mich auf meine Aufgabe zu konzentrieren, zumal er mich an meiner Brust streichelte und offenbar selbst Fragen an mich hatte.

»Es ist aber so. Und du? Wovon träumst du noch?«

Ich dachte einen Moment nach, während er mein Bein nach vorn schob. Sein Finger strich durch meine Mitte, was mir das Nachdenken noch mehr erschwerte. Hatte ich weitere sexuellen Fantasien? Andere als die, mit einem Fremden hemmungslosen Sex zu haben?

»Ich habe keine Ahnung«, wisperte ich. »Ich kenne nur den Standard mit ein paar kleinen Extras.«

»Was für Extras?«

Ich war froh, dass es in dem Raum stockdunkel war, sonst hätte er gesehen, dass ich errötete. Ich war es nicht gewohnt, über Sex zu sprechen.

»Die neunundsechzig«, murmelte ich.

Ich hörte ein leises Grummeln in seiner Brust. Lachte er mich etwa aus?

»Das ist nichts Außergewöhnliches.«

»Mehr weiß ich nicht«, erwiderte ich bockig und richtete mich auf. Wenn er sich über mich lustig machen wollte, quittierte ich den Liebesdienst.

Doch er hielt mich fest. »Entschuldige, ich wollte dich nicht beleidigen. Wenn du willst, können wir hier all deine Fantasien Wirklichkeit werden lassen. Lass dir Zeit und überleg dir, was du tun möchtest.«

»Okay.«

Er streichelte erneut über meine Brust und küsste meinen Rücken. Er schob mich leicht nach vorn, so dass ich auf dem Bauch lag. Dann drückte er mein Bein zur Seite, und plötzlich und unerwartet steckte er seine Finger in mich hinein. Ich schnappte nach Luft und suchte krampfhaft in meinem Kopf nach einem entglittenen Gedanken. Weshalb war ich hier? Was wollte ich tun? Das Gefühl seiner Finger in mir lenkte mich ab. Doch er zog seine Finger heraus, danach hörte ich erneut das Rascheln der Kondomverpackung. Er war bereit für die nächste Runde.

Ich wollte ihn etwas fragen. Was war es doch gleich?

Er nahm mein Bein hoch, so dass er zwischen mir zu liegen kam. Wieder überraschte er mich und drang in mich ein. Tief und heftig.

Es war ein atemberaubendes Gefühl, ihn auf diese Weise zu spüren, stärker als alles andere. Ich wusste nicht, wo er lag. Ich konnte ihn nicht sehen, nicht einmal mehr seine Hände fühlen. Ich merkte ihn nur in mir, wie er wieder und wieder zustieß und einen extrem empfindlichen Punkt in mir trat, so dass die Lust wie ein heißer Strom durch meinen ganzen Körper floss. Ich empfand ihn bis unter den Haarwurzeln. Und ich nahm seinen Atem auf meiner Haut wahr. Er war ganz nah. Ich stöhnte laut, aber ich hörte meine Laute nicht mehr. Ich vernahm nur ein Rauschen in meinen Ohren und dieses überwältigende Gefühl in meinem Körper. Unbewusst krallte ich mich am Bettlaken fest, während sich in mir eine gewaltige Explosion aufbaute. Doch er ließ mich nicht kommen. Er glitt aus mir heraus, so dass meinem Mund ein enttäuschtes Stöhnen entwischte.

Ich hatte meinen Körper nicht mehr unter Kontrolle. Alles, woran ich denken konnte, war er. Dass er mich weiter auf den Höhepunkt zutrieb, dass er mich mit seinen Stößen verrückt machte, bis mein Körper in der Hitze verglühte. Doch er war weg! Ich tastete nach ihm, aber er war nicht in Reichweite.

»Wo bist du?«, fragte ich atemlos.

In diesem Moment legte er seine Hände auf mich. Er

strich über meine Brust und presste meinen Körper an den seinen.

»Ich bin hier«, flüsterte er von hinten in mein Ohr. Sein Mund war so nah an meinem Ohr, dass sein Atem die feinen Härchen auf meiner Haut vibrieren ließ.

»Geh nicht weg«, flüsterte ich. Ich tastete nach seiner Erektion. Er schob mich auf den Rücken und legte meine Beine über seine Schulter. Dann drang er wieder in mich ein.

Ich schrie schon auf, als ich seinen Schwanz in mir fühlte und er die empfindliche Stelle erneut traf. Als er mein Becken hob, um noch tiefer in mich eindringen zu können, war ich am Ende meiner Selbstbeherrschung. Ich krallte meine Finger ins Laken und ließ mich von einem so intensiven Orgasmus davonspülen, dass ich völlig die Orientierung verlor. Für einen Augenblick wusste ich nicht mehr, wo ich mich befand, weil auch keine Anhaltspunkte zu sehen waren.

Einen Moment lang hielt er inne, um mich Luft holen zu lassen, dann stieß er noch zweimal zu, bevor er in mir kam und irgendwo neben mir aufs Laken fiel.

»Ich will dich wieder treffen«, flüsterte er Minuten später, nachdem er mich zärtlich auf den Mund geküsst hatte.

»Ich dich auch«, erwiderte ich. Ich schloss die Augen und genoss die Sekunden in dieser engen Umarmung, die wir zusammen verbrachten, um abzukühlen und zurück in die Realität zu finden. Als ich mich danach erhob, um zurück zu meinen Sachen zu gehen, dachte ich nicht einen Moment mehr daran, ihn über den Club auszufragen. Mein Körper war völlig ermattet, mein Kopf wie leergefegt.

Meine Masterarbeit, meine Eltern und mein Ehrgeiz waren völlig in den Hintergrund gerückt.

KAPITEL 10

Jensen

ABWESEND STAND ICH vor der Nackten auf der Leinwand und hörte kaum, was mir Devon erzählte.

»Es ist wichtig, dich in der Kunst auszukennen, wenn du bei Frauen punkten willst. Aus irgendeinem Grund stehen sie auf solches Zeug. Mir persönlich ist es völlig egal, ob diese Dicke hier von Degas oder Rembrandt gemalt wurde. Aber Frauen fliegen auf dich, wenn du ihnen erzählst, dass sich Manet unglücklich in sein Model verliebt hat und kurz darauf Selbstmord beging.«

Ich wurde nun doch hellhörig. »Manet wollte sich wegen dieser Frau umbringen? Bist du sicher?«

»Keine Ahnung. Aber waren die Maler nicht alle selbstmordgefährdet? Und so eine Geschichte klingt nach großer Romantik, die Frauenherzen schmelzen lässt.«

Ich schüttelte den Kopf. »Du bist unverbesserlich. Gibt es was Neues von der zukünftigen Mutter deines Kindes? Hast du ihr auch diesen Mist erzählt?«

Ich musste mich ablenken. Seit der zweiten Nacht mit der Unbekannten konnte ich keinen klaren Gedanken mehr fassen. Jede Sekunde dachte ich an ihren Körper, ihr

Flüstern in der Dunkelheit und den Geschmack ihrer Haut, ihrer Lippen und ihrer süßen Pussy. Ich wollte sie ein weiteres Mal treffen, unbedingt, aber der Raum im Club war momentan jeden Tag belegt. Ich hatte Carrie angefleht, ein weiteres Stelldichein zu organisieren, aber es war unmöglich. Ich müsste eigentlich froh sein, dass der Club dermaßen boomte, aber in diesem Fall machte es mich fertig. Ich brauchte die Fremde. Ich war süchtig nach ihr.

»Roxanne ruft mich jeden Tag an, aber ich habe das Telefon ausgeschaltet. Das ist ziemlich nervig, vor allem, wenn ich mal schnell was googeln will und dann jedes Mal das Ding erst wieder anschalten muss und dann ihre Nachrichten lese. Und sie schreibt auf Facebook unschöne Kommentare über mich.«

»Ich fürchte, das hast du dir selbst zuzuschreiben.«

»Ich weiß. Aber Mann, es geht wirklich nicht, dass ich Vater werde. Könntest du dir das etwa vorstellen?«

Nein, diese Vorstellung war wirklich schwer. »Dann sprich wenigstens mit ihr. Du kannst ihr und dem Kind doch nicht ewig aus dem Weg gehen!«

»Dann will sie, dass ich zahle. Und nicht zu wenig! Sie hat die Summe sogar noch erhöht!«

Ich seufzte. »Weitere Lösungen sehe ich nicht, Devon. Die Lage scheint nicht sonderlich rosig für dich zu sein.« In diesem Moment klingelte mein Handy. So schnell wie noch nie griff ich nach dem Telefon, weil ich hoffte, dass es Carrie wäre, die mir sagte, dass ich heute Abend eine Verabredung mit der Unbekannten hätte. Ich trat zur Seite, um ungestört reden zu können. Aber es war mein Büro.

»Mr. Monroe, ich habe für morgen einen Flug nach Seattle für Sie gebucht. Es stehen keine Termine an, Sie wären frei für den Tag.«

»Aha.« Ich klang enttäuscht. Dass sich meine Sekretärin melden könnte, daran hatte ich überhaupt nicht mehr gedacht.

»War das falsch? Ich dachte, Sie wollten nach Seattle, wenn es Ihr Kalender zulässt?«

»Das stimmt, Dana. Danke für die Buchung.«

Sie atmete erleichtert auf. »Der Flug geht 7:05 Uhr von JFK.«

»Okay, Dana. Hat eine Carrie zufällig im Büro angerufen?«

»Nein, hat sie nicht, Mr. Monroe.«

Hätte ja sein können, dass mein Handy hier im Museum so schlechten Empfang hatte, dass Carrie den Termin mit mir im Büro besprechen wollte. Aber das war wohl nur ein Wunschtraum. »Danke.« Wir legten auf.

Devon lernte das Schild unter dem Bild der nackten Frau auswendig, um zukünftige Eroberungen mit seinem Wissen beeindrucken zu können. Allerdings handelte es sich weder um den Selbstmord des Malers noch um eine dramatische Romanze. Das Bild war ein Auftragswerk, das jahrelang einem reichen Franzosen gehört hatte und in einem Arbeitszimmer weggeschlossen gewesen war. Ob Devon damit punkten konnte, war mehr als fraglich.

Missmutig kehrte ich zu ihm zurück und stellte mich neben ihn. »Ich muss zurück ins Büro. Die Arbeit ruft.«

»Dann sehe ich mir weiter die Akte aus verschiedenen Jahrhunderten an«, grinste er. »Du verpasst was. Eine interessante Ausstellung haben sie hier auf die Beine gestellt. Ich liebe New York. Hast du die da drüben gesehen?« Er deutete auf das Gemälde einer hübschen Dunkelhaarigen mit einem dichten Busch zwischen den Beinen. Die Fremde im Club war nicht so bewaldet, das hatte ich deutlich fühlen können. Wie sie wohl aussah? So hübsch wie die Frau auf dem Bild? War sie blond oder braunhaarig? Ich wüsste nur zu gern, was für ein Frauentyp sie war. Besaß sie Humor oder war sie eher ernst? Würde ich im Alltag mit ihr klarkommen?

»Ist es die Arbeit, die dich beschäftigt, oder hast du einfach keine Lust auf Kunst?«, fragte Devon. Er hatte gemerkt, dass ich in Gedanken ganz woanders war.

»Ich denke nach«, knurrte ich.

»Worüber?«

Ich zögerte. »Über die fremde Frau in meinem Bett«, gab ich schließlich zu. »Und ich überlege, ob ich sie ausfindig mache und zu einem Date einlade, damit ich nicht auf den Club angewiesen bin, um sie zu treffen.«

»Vergiss sie«, erwiderte Devon kurz und knapp. »Sieh sie als angenehmen Zeitvertreib, aber mehr nicht. Vermutlich würdet ihr niemals miteinander klarkommen, wenn ihr euch im wahren Leben treffen würdet. Wir haben den Club gegründet, um einen Gegenpol zum tristen Alltag zu schaffen, und nicht, damit du Realität und Fantasie miteinander vermischst. Außerdem geht es doch um eine Wette, oder nicht?«

Er hatte recht. Ich musste es eingestehen, wenn auch ungern. Wir wollten damals einen Club schaffen, in dem die Sorgen des Alltags nichts zu suchen hatten, sondern wo die Fantasie regierte. Das durfte ich nicht aufweichen. Und dass ich mich benahm wie ein verliebter Trottel, wenn es doch lediglich um das Gewinnen einer Wette ging, gefiel mir überhaupt nicht.

»Okay. Dann muss ich mir aber noch ein anderes Vergnügen suchen. Die Warterei auf die Fremde macht mich fertig.«

»Schreib eine Mail an den Club und verlange eine willige Geisha für die Zwischenzeit. Oder so was.« Wieder grinste er.

Ich verzog den Mund zu einem schiefen Lächeln. »Vielleicht.«

Was es genau war, was ich im Club erleben wollte, musste ich mir noch überlegen. Aber Fakt war, dass ich unbedingt etwas gegen diese Sehnsucht in meinem Inneren unternehmen musste, um nicht durchzudrehen oder etwas ganz Dämliches zu machen.

Wir gingen weiter und suchten das nächste, beeindruckende Bild, mit dessen Geschichte Devon eine potenzielle Geliebte um den kleinen Finger wickeln konnte, als mein Telefon erneut klingelte. Wieder nahm ich das Smartphone mit erschreckend hoher Geschwindigkeit in die Hand. Die Nummer kannte ich nicht.

»Monroe«, meldete ich mich mit einem leichten Herzklopfen. Doch am anderen Ende der Leitung befand sich ein Mann.

»Sam Pollock, ich bin Kunde in Ihrem Wild Boys Club«, sagte er mit eigenartig knurrender Stimme, als wäre er ungehalten.

»Was kann ich für Sie tun, Mr. Pollock?« Es war erstaunlich, dass er mich anrief. Wenn es Beschwerden gab, richteten Kunden diese immer zuerst an Carrie, die sie dann, wenn nötig, an mich weiterleitete. Von mir als Clubbesitzer wussten eigentlich nur ganz wenige.

»Sie könnten dafür sorgen, dass meine Identität geheim bleibt«, grummelte er.

Ich war ratlos. »Wovon sprechen Sie? Ihre Identität bleibt natürlich gewahrt. In unserem Club ist Anonymität das höchste Gebot!«

»Sagen Sie das mal diesem Professor, der herumschnüffelt und behauptet, ich hätte was mit Ihrem Club zu tun.«

Mir wurde etwas übel. »Welcher Professor?«

»Ein McCallum. Er rief heute an und meinte, eine seiner Studentinnen hätte herausgefunden, dass es den Club gibt. Und er hätte gemerkt, dass ich eine E-Mail von der Uni an den Club geschrieben habe.«

»Haben Sie es getan?«

»Ja.«

Verdammt! Das war diese verdammte Tonya Richmonds! Wieso schrieb der Kerl aber auch von der Uni aus an uns?

»Das tut mir sehr leid, Mr. Pollock. Ich kann Ihnen versichern, dass ich alles daran setzen werde, diesen Störenfried ruhigzustellen. Ihre Anonymität wird gewahrt bleiben, das versichere ich Ihnen.«

»Das hoffe ich, sonst bin ich nämlich weg. Das ist mir

zu heikel. Ich bin mit meiner Frau Mitglied, sie arbeitet im Senat. Ich bin in der Kirche sehr engagiert. Wenn unsere Mitgliedschaft herauskommt, ist der Skandal unvermeidbar. Sie können sich vorstellen, dass wir das auf keinen Fall wollen.«

»Das kann ich mir sehr gut vorstellen, Mr. Pollock. Verlassen Sie sich darauf. Ich werde dafür sorgen, dass niemand weiter nach Ihnen forscht.«

»Okay, Mr. Monroe. Ich gehe davon aus, dass Sie Ihr Wort halten. Falls noch einmal jemand nach uns fragt, erhalten Sie unsere sofortige Kündigung und eine Klage an den Hals.«

»Keine Sorge, dazu wird es nicht kommen.«

»Es tut mir leid, dass ich so mit Ihnen sprechen muss, aber es ist leider wirklich wichtig. Guten Tag, Mr. Monroe.«

»Guten Tag, Mr. Pollock.«

Angewidert legte ich auf und rief sofort bei Red Passion an.

»Olivia, gib mir die Nummer der Studentin, die neulich hier war«, sagte ich, ohne sie zu begrüßen.

Sie suchte einen Moment, dann gab sie mir die Zahlen durch. Ich legte auf, bevor sie ein weiteres Wort mit mir wechseln konnte. Danach wählte ich die Nummer von Tonya Richmonds.

»Ich dachte, ich hätte mich bei unserem Gespräch klar ausgedrückt, Ms. Richmonds«, sagte ich, sobald sie sich meldete. »Wenn Sie meinen Club publik machen, verklage ich Sie wegen böswilliger Verleumdung. Das haben Sie hiermit geschafft. Rechnen Sie mit einem Brief von meinem Anwalt.«

Ich hörte, wie sie nach Luft schnappte. »Was meinen Sie denn damit? Ich bin mit dem Wissen um den Club nicht an die Öffentlichkeit gegangen!«

»Dann ist es nicht Ihr Professor, ein gewisser McCallum, der in den persönlichen Angelegenheiten meiner Kunden herumstöbert?«

Sie fluchte leise am anderen Ende. Also war sie es wohl nicht, der Prof hatte sich ohne ihr Wissen selbstständig gemacht und herumgeschnüffelt. Das half mir nicht unbedingt weiter. Das hieß nur, dass ich zwei Lecks stopfen musste.

»Das wusste ich nicht«, sagte sie kleinlaut. »Ich werde mit ihm sprechen. Bitte verklagen Sie mich nicht.«

Sie tat mir fast ein bisschen leid, aber den Mist hatte sie sich selbst eingebrockt. »Blasen Sie das ganze Thema ab. Es ist sinnlos.«

»Wollen Sie etwa wieder behaupten, dass es den Club nur in meiner Fantasie gibt? Dann habe ich aber eine sehr lebendige Fantasie.« Ich konnte hören, dass sie ein leises Geräusch von sich gab, das ein wenig an ein Kichern erinnerte. Was wusste sie? Wieso war sie sich so sicher, was den Club betraf?

»Lassen Sie die Finger vom Club, das ist meine letzte Warnung!«

»Und wenn nicht? Mit einer Klage gegen die Wahrheit kommen Sie niemals durch.«

»Dann stellen Sie sich vor, wie es wäre, wenn Sie in einem Gerichtsprozess alles verlieren würden. Ihren Ruf, Ihren Job, Ihre Familie. Dann wissen Sie, was Sie zu tun haben.« Ich klang eiskalt.

»Arschloch«, sagte sie nach einer winzigen Pause, dann legte sie auf.

Ich konnte mir ein feines Schmunzeln nicht verkneifen. Sie besaß ein flottes Mundwerk, so viel war sicher. Allerdings schien sie wirklich nicht zu wissen, dass sie Geister geweckt hatte, die sie langsam nicht mehr beherrschte.

Aber beherrschte ich sie denn?

Ich musste mit diesem McCallum sprechen und ihm eine Geschichte über den Club erzählen, die mit der Wahrheit nichts zu tun hatte, die er mir aber dennoch glaubte.

Dieses Mal rief ich meine Sekretärin an und bat sie

darum, mit dem Mann ein Gespräch zu vereinbaren. Als sie zurückrief, nannte sie mir den kommenden Freitag als Termin. Damit konnte ich leben. Ich hoffte nur, dass der Professor in der Zwischenzeit nicht noch mehr Pferde scheu machte.

»Sie hat dieses gewisse Extra, finden Sie nicht auch?«, sagte auf einmal eine Frau neben mir. Sie war groß und schlank und hatte kurze, braune Haare, in denen rötliche Strähnchen funkelten. Sie betrachtete die nackte Frau auf dem Bild vor mir.

»Das kann ich nicht so beurteilen. Mir gefallen Frauen in Fleisch und Blut besser«, erwiderte ich.

»Das ist beruhigend. Trotzdem hat sie was Besonderes.« Sie legte den Kopf schief und sah wieder auf das Gemälde. Das Porträt war modern und etwas unrealistisch, die weiblichen Formen waren aber deutlich zu erkennen. Die von der echten Frau neben mir gefielen mir allerdings wesentlich mehr.

»Sie sollten sich mit meinem Bruder unterhalten«, sagte ich. »Der kennt sich mit Kunst besser aus als ich.« Ich deutete auf meinen Bruder, der am Ende des Raumes vor einem Chagall stand und wieder einmal die Erklärung auswendig lernte.

Sie lächelte. »Und wenn ich Männer lieber mag, die keine Ahnung von Kunst haben?«

Ich schmunzelte. »Dann sind Sie bei mir genau richtig.«

»Das dachte ich mir. Es gehört zu meinen heimlichen Fantasien, mit einem Unbekannten über Kunst zu sprechen.« Sie zwinkerte mir zu. »Und dann irgendwo zu landen, wo es uns besser gefällt als im Museum.« Letzteres fügte sie flüsternd hinzu.

Ich hielt die Luft an. Sie sprach von ihrer Fantasie. Und ihr Flüstern klang vertraut. War sie die Frau von der Nacht der 1001 Freuden? Hatte sie mich ausfindig gemacht? Mein Herz begann schneller zu schlagen.

Ich sah sie mir genauer an. Sie war Mitte dreißig und

sehr attraktiv. Sie besaß ein nettes Lächeln und straffe Brüste. Wenn sie die Frau war, die ich in den zwei Begegnungen zum Schreien gebracht hatte, hatte ich keine schlechte Wahl getroffen.

»Fantasien sollten immer ausgelebt werden«, erwiderte ich lächelnd. »Heute ist allerdings ein schlechter Tag dafür. Ich muss noch ein paar geschäftliche Dinge erledigen, außerdem meinen Bruder vor Dummheiten bewahren. Aber ich bin mit Sicherheit in ein paar Tagen verfügbar.«

»Das trifft sich gut, ich auch. Ich bin in meiner Freizeit Kunst-Bloggerin und schreibe eine Artikelreihe über New Yorker Kunstausstellungen. Ich klappere nach und nach alle ab. Wenn Sie in drei Tagen in der Met sind, treffen Sie mich dort. Rein zufällig.«

»Rein zufällig, wie in der Fantasie.« Ich senkte meine Stimme, damit sie wieder flüsterte.

»Wie in der Fantasie«, hauchte sie und lächelte.

Das musste sie sein! Warum sonst würde sie darauf anspielen? Ich hatte sie gefragt, ob sie irgendwelche anderen Fantasien hatte, und prompt trat jemand zu mir und erzählte mir davon. Das konnte kein Zufall sein!

»Na dann, viel Spaß mit dem Geschäft und dem Bruder«, sagte sie und schritt weiter. Bevor sie um die Ecke bog, drehte sie sich noch einmal nach mir um und lächelte. Ich lächelte zurück, dann ging sie weiter.

Mein Herz klopfte immer noch. Sie sah gut aus. Wenn sie es wirklich war, konnte ich mir zu meinem Glück gratulieren. Blieb nur zu hoffen, dass Blake einsah, dass ich sie durch meine Aktivitäten im Dunkeln von mir überzeugt hatte, nicht durch mein Äußeres.

Aber darüber würde ich erst nachdenken, wenn ich mich mit ihr getroffen hatte.

Morgen früh flog ich erst einmal nach Seattle.

KAPITEL 11

TONYA

WENN ICH GEKONNT hätte, hätte ich diesen unmöglichen Jensen Monroe einfach vor den nächsten Bus geschubst. Oder vom Empire State Building geworfen. Oder im Hudson ertränkt. Es hätte viele Möglichkeiten gegeben, ihn loszuwerden. Aber leider konnte ich nicht. Es war nicht legal. Und ich hatte keine Ahnung, wie ich es anstellen sollte.

Aber er nervte mich kolossal. Wenn er mich wirklich verklagte, war ich geliefert. Dann würde ich meines Lebens nicht mehr froh werden und vermutlich bis ans Grab die Gerichtskosten zahlen. Mal davon abgesehen, dass ich meine Masterarbeit nicht vollenden konnte, wenn ich nichts über den Club veröffentlichen durfte. Das wäre eine Katastrophe!

Ich musste unbedingt einen neuen Ansatz für meine Arbeit finden, etwas, was nicht so direkt mit dem Club zu tun hatte. Oder zum alten Thema zurückkehren. Ich hatte die Nase voll von der Geheimniskrämerei dieses Jensen Monroe und seinem Etablissement in der 7th Avenue. Dafür musste ich aber mit Professor McCallum sprechen.

Ich schnappte Jamie und zerrte ihn zur Uni, wo ich den Professor beim zweiten Frühstück störte.

»Ich fürchte, wir waren zu voreilig«, sagte ich nach einer kurzen Begrüßung. »Jensen Monroe ist alles andere als begeistert, dass wir seinen Club im Visier haben. Wenn ich nicht verklagt werden will, muss ich das Thema wechseln.«

McCallum sah mich missmutig an. »Das meinen Sie doch nicht ernst, Ms. Richmond?!«

»Doch, das meine ich. Monroe droht mir.«

»Deshalb wollen Sie aufgeben? Wo bleibt Ihr wissenschaftlicher Ehrgeiz?«

»Der muss vor meinem Überlebensinstinkt zurückstecken. Ich komme damit auf mein ursprüngliches Thema zurück.«

»Das geht nicht«, knurrte er ungehalten. »Das alte Thema interessiert mich nicht mehr. Wenn Sie die Sache mit dem Club aufgeben, ist Ihre Arbeit ganz gestorben.«

Entsetzt schnappte ich nach Luft. »Aber das geht nicht! Ich muss mein Studium beenden! Und das Thema war vorab vereinbart.«

»Sie haben es gewechselt, nun müssen Sie mit den Konsequenzen leben.«

»Professor McCallum, bitte lassen Sie mich das alte Thema wieder aufgreifen. Die Nutzung der Architektur in Manhattan. Ich bin ja so gut wie fertig damit gewesen.«

Er stand auf, wobei er etwas Unverständliches brummelte. Es klang wie »kein Interesse. Sie müssen das durchbringen«.

Ich wurde langsam verzweifelt. »Okay, dann bleibe ich beim alten Thema, aber ich versuche, so viel wie möglich über den Club einfließen zu lassen, ohne dass wir verklagt werden. Ist das okay?«

»Wie viel wäre das?«

»Ich werde alles verwenden, was mich nicht in Teufels Küche bringt. Und es wäre gut, wenn Sie nicht ebenfalls herumstochern würden, weil das diesen Jensen

Monroe aufgeschreckt hat. Ich liefere Ihnen alles, was möglich ist.«

»Okay«, gab er schließlich nach. »Aber ich will alles wissen, was Sie in Erfahrung bringen. Wirklich alles! Jedes Mitglied, das Sie identifizieren können, jeden verruchten Winkel, den Sie entdecken.«

Ich nickte erleichtert. »Ich werde Ihnen alles berichten, aber nicht alles in die Arbeit einfließen lassen. Sie werden sehen, es wird trotzdem ein Knaller. Verlassen Sie sich auf mich.«

»In zwei Wochen ist Abgabetermin. Ich hoffe, Sie schaffen das!«

»Ja, natürlich. Ich setze mich heute wieder dran und schreibe ein Kapitel. Ich schwöre es Ihnen!«

Er nickte. Ich hatte ihn beruhigt. Ich war noch im Spiel. Es war erstaunlich, dass er sich so an dem Club-Thema festgefressen hatte. Offenbar hatte ich damit einen Nerv getroffen, zumal er extra gesagt hatte, er wolle alles darüber wissen. Ich hatte zwar keine Ahnung, wie ich die Arbeit so hinkriegen sollte, dass ich sowohl den Professor als auch Jensen Monroe zufrieden stellte, aber darüber würde ich später nachdenken. Jetzt musste ich erst einmal raus hier und ein paar Zeilen schreiben.

Ich zerrte Jamie nach draußen und stolperte fast über einen Mann, der in diesem Moment um die Ecke bog.

»Na, nicht so schnell, schöne ... Tonya!«

Ich rappelte mich auf und starrte ihn an. »Rico? Du bist der Freund vom Sohn der Allendales.«

Er lachte. »Ja, genau der bin ich. Die Allendales haben von dir gesprochen, als ich bei James war.«

Was für ein Zufall, ihn hier zu treffen! Oder war es kein Zufall? Ich traute meinen Eltern alles zu.

»Haben sie dich hierhergeschickt?«

Sein Lachen wurde verlegen. »Naja, sie meinten, du könntest etwas männliche Hilfe gebrauchen in deinem Leben. Und dass du regelmäßig zu Professor McCallum gehst. Ich wollte ihn fragen, ob ich dich bei der Arbeit unterstützen soll. Ich bin Tutor, zwar für Mathe, aber vielleicht kann ich dir trotzdem helfen.«

Ich seufzte. Ich war bereits mit einem Tutor liiert gewesen, mein Bedarf war eigentlich gedeckt. Aber Rico sah sehr gut aus. Er hatte dunkle Haare, schwarze Augen und ein umwerfendes Lachen. Vielleicht konnte er mir wirklich helfen. Mehr wollte ich aber nicht. Ich hatte schon genügend Stress in meinem Leben.

Ich nickte. »Okay, das wäre vielleicht wirklich ganz hilfreich.«

»Gut. Dann treffen wir uns Freitagabend und besprechen alles.« Er warf einen schiefen Blick auf Jamie, dann strich er dem Kind etwas ungelenk durch das Haar. Der nahm es kaum wahr, denn er hatte ein Skelett der Medizinstudenten entdeckt, das in einer Vitrine an der Seite des Ganges stand und das er interessiert betrachtete.

»Dann bis Freitag, Rico«, verabschiedete ich mich und wandte mich ab. Jamie wollte sich nur ungern vom Skelett verabschieden, aber ich siegte schließlich und zog ihn hinter mir ins Freie. Draußen holte ich mein Handy aus der Tasche und wählte Theas Nummer. Sie musste sich jetzt unbedingt um meinen Sohn kümmern, damit ich in Ruhe arbeiten konnte.

Sie ging erst nach dem siebenten Klingeln ans Telefon.

»Ich kann gerade nicht«, sagte sie und klang völlig außer Puste.

»Warum nicht? Es ist ein Notfall! Ein ganz dringender Notfall!«

»Bei mir auch. Ich habe ihn noch nicht wiedergesehen. Er müsste seit zwei Tagen aus Miami zurück sein, aber ich bin ihm nicht begegnet. Das Schicksal ist ein mieser Verräter.«

»Gib dem Schicksal Zeit, Thea. Du wirst ihn schon treffen. Bei mir ist es wichtiger. Ich fliege von der Uni, wenn ich meine Arbeit nicht bald fertigstelle und die Sache mit dem Club zufriedenstellend beantworte. Nur leider ist dieser Mistkerl Jensen Monroe völlig dagegen.« Ich berichtete ihr von meinen Gesprächen mit Jensen Monroe und Professor McCallum.

Ich merkte, dass sie nur mit halbem Ohr zuhörte. Im Hintergrund vernahm ich das Rauschen des New Yorker Verkehrs, dann eine U-Bahn und Polizeisirenen. Sie war auf der Suche nach dem Unbekannten. Wie ich, um ehrlich zu sein, nur nach einem anderen. Ich verspürte Sehnsucht nach dem Fremden aus dem Club, der mich schon zweimal so geliebt hatte, dass ich völlig die Kontrolle verlor. Warum rief mich der Club nicht an? Wollte er mich nicht mehr? Er hatte doch gesagt, er würde mich sehr gern wiedertreffen. Vielleicht war er ein Lügner. Oder er war verhindert.

»Gib der Arbeit Zeit, Tonya. Du wirst schon die richtigen Worte finden, wenn es das Schicksal so will.«

»Das war gemein, Thea«, sagte ich leise.

»Entschuldige«, seufzte sie. »Ich bin gerade unausstehlich, weil ich seit zwei Tagen ununterbrochen durch die Stadt laufe, in der Hoffnung, ihn zu treffen. Aber leider umsonst. Meine Füße tun weh, mein Kopf dröhnt.«

»Ich brauche dich wirklich dringend«, flehte ich sie an.

»Ich bin am Union Square. Hier triffst du mich auf der letzten Parkbank. Die mit den rot glühenden Schuhen bin ich.«

»Ich werde dich sicherlich erkennen.« Dann legten wir auf.

THEA SAH WIRKLICH unglücklich aus, als ich sie traf. Sie futterte eine ganze Packung Kekse in sich hinein, was sie wirklich nur bei extrem großem Kummer tat.

Ich hatte jedoch keine Zeit, sie zu trösten. Ich übergab ihr nur Jamie, dann rannte ich nach Hause, um mich um meine Masterarbeit zu kümmern. Ich kam jedoch nur schleppend voran. Mir fehlten viel zu viele Infos, sogar völlig ungefährliche, für die Jensen Monroe mich nicht verklagen konnte. Ich hätte am liebsten mit dem Kopf gegen die Wand geschlagen, wenn mir das geholfen hätte.

Frustriert stand ich auf und machte einen Tee, als mein Telefon klingelte.

Es war Carrie vom Wild Boys Club. Als ob sie geahnt hätte, dass sich in meinem Hirn gerade alles um den Club drehte.

Und sie sagte mir, dass heute Nacht die Möglichkeit bestünde, mich mit dem Fremden zu treffen. »Der Wild Boys Club feiert, weil er sich bald vergrößert. Es wird Zuwachs in Seattle geben. Deshalb bieten wir unseren Kunden heute ein zusätzliches Tanz-Special an, und das Paar, das den Raum gebucht hat, nimmt lieber an dem Special teil. Daher ist der Raum frei für Sie und Ihren Partner.«

›Ich kann nicht‹, wollte ich sagen, aber ich brachte es nicht über meine Lippen. Ich müsste dringend weiterarbeiten, aber ohne Infos über den Club kam ich nicht voran. Und, um ganz ehrlich zu sein, ich wollte den Fremden unbedingt wieder spüren, seine zärtlichen Hände und die sanften Lippen fühlen. Ich wollte, dass er mich liebte, bis ich nicht mehr wusste, wo oben und unten war. Bis mein Körper kapitulierte und sich ihm völlig hingab.

Bei dem puren Gedanken daran wurde ich feucht. Und ich merkte, wie meine Sorgen um meine Arbeit und die Klage von Jensen Monroe plötzlich nicht mehr so schwer auf meinem Herzen lagen. Bei dem Fremden konnte ich meine Probleme wenigstens für ein paar wunderbare Momente vergessen. Er war mein Mister Temptation, der Mann, der mich verführte und in Versuchung brachte, mehr von dem lieblichen Gift seiner Leidenschaft zu naschen, so dass alles andere nebensächlich wurde.

»Okay. Ich komme«, flüsterte ich.

»Dann bis später!«

Fieberhaft überlegte ich, wie ich bei meinem Date an Infos über den Club kommen konnte, die mich nicht meinen Kopf kosteten. Die einzige Idee, die ich hatte, war nicht fair, und ich empfand ein schlechtes Gewissen. Ich durfte mich dieses Mal nicht sofort von dem Fremden verführen lassen, sondern musste mich auf meine Fragen konzentrieren, wie er auf den Club aufmerksam geworden war. Dann konnte Jensen Monroe mich nicht verklagen, weil ich lediglich das wiedergab, was ein Dritter erzählt hatte. Und wer weiß, vielleicht gab der Fremde mir einen entscheidenden Tipp, wie auch andere den Club finden konnten. Dann war ich raus aus dem Schneider. Der einzige Haken an der Sache: Ich brauchte den Namen des Fremden, um ihn als Quelle zitieren zu können. Aber das würde ich schon irgendwie hinkriegen.

ER ROCH GENAUSO gut wie sonst, und als er mich in dem völlig abgedunkelten Raum mit einem »Hi« begrüßte, konnte ich das Lächeln in seiner Stimme hören. Offenbar freute er sich auch, wieder mit mir zusammen zu sein.

Nachdem das Schaukeln des Bettes mir gezeigt hatte, dass er sich zu mir gelegt hatte, küsste er mich.

Ich entzog mich jedoch seiner Nähe. »Du hast mir beim letzten Mal nicht darauf geantwortet, warum du wirklich in diesen Club gehst. Dass es wegen mir war, glaube ich dir nicht. Woher kennst du den Club?«

»Ich bin süchtig nach dir, deshalb komme ich her. Und ich hoffe, du nimmst mir nicht übel, dass diese Fantasie nun der anderen zuvorkommt«, flüsterte er und strich verlangend über meinen Oberschenkel.

»Welche andere Fantasie? Ich habe mir noch nichts überlegt«, erwiderte ich und hatte schon wieder Mühe, mich zu konzentrieren. Seine Nähe machte mich verrückt und ließ mein Blut in die unteren Regionen meines Körpers fließen, so dass es im Gehirn fehlte.

»Ich dachte, du hättest eine konkrete Idee. Aber ich freue mich, dass du diese hier trotzdem mit mir auslebst.«

»Ich hatte einen grauenhaften Tag und will ihn gern vergessen. Deshalb bin ich hier.« Ich küsste seine Hand, die sanft über mein Gesicht strich. »Und weil ich möchte, dass du mir endlich mal sagst, woher du den Club kennst.«

Ich hatte das Gefühl, dass er zögerte. »Magst du Kunst?«, fragte er vorsichtig und streichelte mein Gesicht, ohne auf meine Frage einzugehen.

Ich seufzte innerlich. Offenbar hatte er keine Lust auf eine Antwort. Und ich verlor unter seinen Zärtlichkeiten erneut das Interesse an meiner Arbeit. »Ich habe nur leider keine Zeit für Kunst und Kultur. Das letzte Mal, dass ich in einer Ausstellung war, war vor ...«

Vor Jamies Geburt, wollte ich eigentlich sagen, biss mir aber rechtzeitig auf die Zunge. Das war zu viel Privates für den Club. Er wollte doch sicherlich nicht wissen, dass ich eine alleinerziehende Mutter war, die versuchte, ihr Studium zu beenden, aber kaum einen Fuß auf die Erde bekam, sich stattdessen aber immer Ärger von ihren Eltern einfing. Das wäre zu viel des ganz normalen Wahnsinns von Tonya Richmonds. Wenn er den erführe, würde er mich nie wieder treffen wollen.

»Vor was?«, fragte er und küsste meine Wange, dann wanderten seine Lippen zu meinem Mund. Dabei hatte ich schon fast vergessen, was ich eigentlich sagen wollte.

»Vor ein paar Jahren«, erwiderte ich und fuhr mit den Händen über seinen nackten Rücken. Er fühlte sich wunderbar an, so fest und muskulös, als würde er regelmäßig Sport treiben. Ich konnte das Spiel seiner Muskeln unter meinen Fingerspitzen fühlen, als er sich mit den Ellbogen neben meinem Kopf aufstützte und mich wieder und wieder küsste.

»In dieser Woche warst du nicht im Museum?«

Ich lachte leise auf. »Nein, ganz bestimmt nicht. Diese Woche war eine der schrecklichsten in meinem Leben, da hatte ich ganz sicher keine Zeit für Statuen und andere Kunst.«

»Es waren Gemälde«, flüsterte er verwundert und zögerte einen Moment. Was war los? Er schluckte seine Irritation jedoch hinunter und knabberte an meinem Ohrläppchen.

»Dann bist du eben weiter meine schöne Unbekannte.« Er strich über meine Brust. »Du hast wunderschöne Brüste«, flüsterte er. »Sie passen perfekt in meine Hand.«

Ich konnte jetzt gar nicht mehr denken. Mein Körper lechzte danach, von ihm eingenommen zu werden. Alles andere war absolut uninteressant geworden. Als würde seine Nähe mein Hirn abschalten und dafür ein uralter Instinkt die Macht über mich und meine Handlungen übernehmen. Ich schlang meine Beine um seine Hüften.

»Was wünschst du dir von mir heute?«, wisperte er, als sein Mund über meine Brust glitt und dann sanft in einen Nippel biss.

Ich seufzte leise und genoss das Gefühl, das seine Zähne, seine Lippen und Hände in mir verursachten.

»Mach mit mir, was du willst.« War das meine Fantasie? Ihm ausgeliefert zu sein?

»Vertrau mir«, flüsterte er. Seine Hände strichen über meine Haut, und ich hatte das Gefühl, als würden sie dabei meinen Körper entzünden. Als wäre seine Berührung eine elektrische Spannung, die sich entlud.

»Was wirst du tun?«, fragte ich eine Spur zu laut.

Er lachte leise. Es klang wie ein fernes Donnergrollen in seiner Brust. O Gott, das war total sexy. »Soll ich dir den Hintern versohlen, weil du gesprochen hast?«

Nun lachte ich leise. »Ich weiß nicht. Ich dachte, du verzauberst mich wieder mit deinem Zauberstab.«

»Hinterher. Dreh dich um.«

Ich gehorchte und legte mich auf den Bauch. Er hob meinen Hintern in die Höhe und massierte zärtlich meine Backen. Plötzlich verspürte ich einen schmerzhaften Klaps auf der rechten Backe.

»Autsch«, murmelte ich.

Er lachte wieder dieses leise Donnergrollen. »Mehr davon?«

Der nächste Klaps landete auf meiner Pobacke. Aber, um ehrlich zu sein, das war nicht das, was ich mir erhofft hatte.

Seine Hand glitt zwischen meine Beine. Dort merkte er ebenfalls, dass es mir nicht so gefiel wie erwartet.

»Das scheint nicht zu deinen Fantasien zu gehören«, sagte er. Dann spürte ich seine Lippen auf meinem Hintern. Danach zwischen meinen Beinen, wo soeben seine Hand gewesen war. Sofort wurde ich feucht.

Sein Daumen glitt in mich hinein und entlockte mir das erste wohlige Stöhnen des Tages. Danach massierten seine Hände meine Brüste, und sein Schwanz drückte heiß und hart gegen meinen Eingang. Ich wünschte, er würde ihn einfach in mich schieben. Aber er ließ sich Zeit. Er rieb sich gegen meine Hitze und zwickte meine Brustwarzen. Ein herrlicher Strom an Erregung floss durch meinen Körper.

Mehr davon, wollte ich murmeln, doch plötzlich fühlte ich seine Lippen an meinem After. Danach seine Zunge.

Was tat er da?

Ich wollte zurückweichen, doch seine starken Arme hielten mich fest. Seine Zunge leckte und neckte mich so geschickt zwischen meinen Backen, dass ich meinen Widerstand aufgab und kaum merkte, wie ich meine Beine spreizte, um ihn besser dazwischen zu lassen.

Als er mit dem Finger erneut prüfend zwischen meine Schenkel glitt, war ich klatschnass. Ich atmete schwer.

»Möchtest du das?«, fragte er leise.

»Das war ungewohnt, aber sehr sexy«, murmelte ich. Ich war so erregt, dass meine Stimme zitterte.

»Willst du mehr?«

»Ja, ich will dich«, stöhnte ich.

»Du bist unglaublich heiß«, flüsterte er. Ich hörte das Rascheln der Kondomverpackung. Danach spürte ich den Druck seines Schwanzes an meinem After.

O Gott, er würde es tun!

So explizit hatte ich es nicht gemeint, dass ich ihn in meinem Hintern haben wollte. Aber er schien es so aufzufassen. Ich hatte noch nie ernsthaft darüber nachgedacht, mit einem Mann anal Verkehr zu haben. Aber ich hatte es von Thea gehört und sie darum beneidet. Ganz tief in mir schlummerte offenbar der Wunsch danach, auch wenn es mir nicht bewusst gewesen war.

Seine Finger rieben die Feuchtigkeit von meiner Mitte an seinen Schwanz und an meinen After. Danach drangen sie vorsichtig in mich ein und weiteten mich. Es tat nicht weh, es war nur ein seltsames Gefühl.

»Ist das okay?«, fragte er mich. »Soll ich lieber aufhören?«

»Nein, es ist gut«, erwiderte ich.

Danach fühlte ich seinen Schwanz an der Öffnung. Und dann tat es weh.

»Lass dich gehen«, murmelte er. »Vertrau mir und öffne dich.«

Konnte ich einem Mann vertrauen, den ich noch nie gesehen hatte? Ich hatte mich auf ein Experiment eingelassen, das mich an die Grenzen meiner Erfahrungen brachte. Mit einem Freund, mit dem ich jahrelang zusammen war, würde ich es mit Sicherheit hinbekommen, mich zu öffnen. Aber bei einem völlig Fremden?

»Entspann dich«, flüsterte er. »Ich will dich glücklich machen, Baby. Vertrau mir bitte.«

Er hatte sich von Anfang sehr viel Mühe gegeben, mich zu befriedigen. Er dachte nicht nur an sich, sondern auch an mich. Ich konnte ihm vertrauen.

Ich ließ los. Und auf einmal war es, als würde eine gewaltige Lust in mir entfacht. Es war der absolute Kick, und ich merkte, dass ich mich ihm unterworfen hatte. Ich hatte den Sex nicht mehr in der Hand, sondern war auf ihn und seine Erfahrung angewiesen. Die Kontrolle lag ganz bei ihm. Und dann war das Gefühl, völlig von ihm ausgefüllt zu sein. Ich spürte ihn tiefer in mir als bei den anderen Malen, die wir zusammen gewesen waren. Es war unglaublich.

Ich stöhnte laut.

Sein Atem ging mit jedem Stoß schneller. Offenbar war er von der Situation genauso erregt wie ich. Dann glitt sein Finger in meiner Spalte.

Das war zu viel. Die Erregung steuerte auf einen gewaltigen Höhepunkt zu. Ich drückte mein Gesicht in die Kissen, um nicht so laut zu schreien, doch er zog meinen Kopf an meinen Haaren nach oben.

»Ich will dich schreien hören«, sagte er mit rauer Stimme und stieß ein weiteres Mal zu. Seine Finger bohrten sich in mich, und da kam ich. Heftiger als je zuvor. Mein Schrei hallte in dem Raum wider, während ich spürte, wie er sich in mir entlud und dabei stöhnte. Meinen Kopf hielt er immer noch. Er zog ihn leicht zur Seite, damit unsere Lippen sich finden konnten.

Ich konnte kaum Luft holen, geschweige denn, ihn küssen. Ich war noch viel zu erregt und außer Atem.

Ich merkte, wie er vorsichtig aus mir herauszog, dann hörte ich das leise Knistern des Kondoms, das er auf den Boden warf. Als er meinen Kopf losließ, sank ich erschöpft in die Kissen, als wäre ich das Empire State Building hochgerannt. Zehnmal ohne Pause.

Er fiel neben mir aufs Bett. »Wer auch immer du bist«, flüsterte er. »Du wirst es nicht glauben, aber ich liebe dich.«

Immerhin fand ich die Kraft zu lächeln. »Wer auch immer du bist, du schaffst es jedes Mal, mich meinen schrecklichen Tag vergessen zu lassen. Danke dafür. Danke, dass ich dir vertrauen kann. Du bringst mich soweit, dass ich nicht einmal mehr daran denke, dir Fragen zu stellen.«

»Was für Fragen?« Er strich sanft über mein Gesicht. Ich mochte das Gefühl seiner Hand auf meiner Haut. Er war so zärtlich, als würde er wirklich etwas für mich empfinden. Vielleicht war es ja so.

Meine Hand suchte seine Wange und streichelte sie.

»Woher du den Club kennst, wie du darauf gestoßen bist. Solche Fragen.«

»Warum willst du das wissen?«

»Ich muss so eine blöde Arbeit schreiben. Aber um deine Antworten auswerten zu können, müsste ich auch deinen Namen kennen. Und das ist ja verboten. Außerdem habe ich langsam ohnehin keine Lust mehr auf das Thema. Es bringt viel zu viel Stress mit sich.«

Seine Hand hielt inne. Ich konnte hören, dass er nach Luft schnappte.

Ich tastete nach seinem Mund, um zu fühlen, ob er lächelte oder entsetzt die Lippen zusammenpresste.

Er lächelte. Das Lächeln wirkte unter meinen Fingern fast amüsiert, zumindest verschmitzt.

»Meinen echten Namen erfährst du nicht«, flüsterte er mit einem Hauch von Heiterkeit in der Stimme, »aber alles andere erzähle ich dir gern.«

KAPITEL 12

Jensen

NIE IM LEBEN hätte ich gedacht, wen mir der Teufel in meinen Club und in mein Bett gespült hatte. Tonya Richmonds persönlich.

Die dreiste Oberschlaue, die mich ruinieren wollte.

Nachdem ich die Entdeckung gemacht hatte, dass sie diejenige Unbekannte war, nach der ich mich seit Tagen verzehrte, hatte ich sofort meine Mitarbeiter im Club rebellisch gemacht und ihnen eingebläut, Tonya kein Sterbenswörtchen über den Club zu verraten. Zum Glück konnte jeder bestätigen, dass sie zwar ein paar Fragen gestellt hätte, aber vor den Treffen mit mir immer viel zu aufgeregt gewesen wäre, um ernsthaft etwas in Erfahrung bringen zu wollen.

Ich fand das ja irgendwie süß. Sie wollte unbedingt ihre Masterarbeit schreiben, ließ sich aber von mir derart durcheinanderbringen, dass sie nicht mehr dazu in der Lage war. Das war extrem süß.

Ob sie mich mochte? Ich hatte schon den Eindruck, dass sie die Treffen mit mir genoss. Allerdings wusste sie nicht, wer ich wirklich war. Wenn sie meine wahre Identität kennen würde, wäre es vorbei mit den Freuden.

Im Bett hatte ich ihr gesagt, mein Name wäre Oliver, nach dem Lieblingsroman meiner Jugend, Oliver Twist. Und ich hatte ihr erzählt, ich wäre durch einen Freund auf den Club aufmerksam geworden. Dessen Name verriet ich ihr jedoch nicht, angeblich, weil ich ihn nicht mehr wüsste. Ich hatte ihr lediglich angedeutet, er würde mit A beginnen. Mehr nicht. Damit war sie hoffentlich eine Weile beschäftigt, um die Daten zu überprüfen. Um ganz sicher zu gehen, dass sie keine Dummheiten anstellte, würde ich mir noch etwas Besonderes für sie einfallen lassen.

Der Mann, den ich dafür ausgesucht hatte, war klein und schmal und fiel auf der Straße überhaupt nicht auf.

»Sie sind Jensen Monroe?«, fragte er mich, als ich zu ihm ins Büro trat.

»Ja, der bin ich, Mr. Darren.« Ich reichte dem Mann die Hand. Immerhin besaß er einen festen Händedruck.

»Ich habe schon für Ihren Vater gearbeitet. Nur deshalb nehme ich mir die Zeit für Sie. Ihr Vater war ein sehr guter Kunde.«

Als mein Vater von der New Yorker Mafia bedroht und erpresst wurde, hatte Reynold Darren für meinen Vater gearbeitet, nicht unbedingt als Bodyguard, aber als Spitzel und Privatdetektiv. Er war einer der besten in New York und ständig ausgebucht.

»Danke, Mr. Darren, ich bin Ihnen sehr dankbar, dass Sie mir Ihre Zeit schenken.«

»Worum geht es? Ich hoffe, es ist keine Scheidung, darum kümmere ich mich schon lange nicht mehr.«

»Nein, keine Scheidung. Es gibt eine junge Frau, die meinen Club in ihrer Masterarbeit erwähnen will. Das wiederum möchte ich nicht, weil es viele meiner Kunden in Schwierigkeiten bringen würde. Ich will wissen, mit wem sie sich trifft, was sie alles anstellt, um an Informationen zu kommen.«

»Wie ist der Name der Frau?«

»Tonya Richmonds.« Ich gab ihm noch weitere Daten von Tonya.

»Okay, ich übernehme den Fall.« Als er seinen Stundensatz nannte, wäre ich fast vom Stuhl gekippt, aber ich ließ mir mein Entsetzen nicht anmerken. Es musste sein. Ich musste wissen, was sie anstellte. Und, um ehrlich zu sein, ich wollte auch mehr über sie wissen. Mit wem sie sich traf, ob sie verheiratet war oder einen Freund hatte.

»Sobald ich etwas in Erfahrung bringe, kontaktiere ich Sie. Oder wollen Sie lieber, dass ich alles sammle und dann in einem Paket überreiche?«

»Nein, bitte informieren Sie mich, sobald sich etwas tut. Ich muss sofort wissen, was sie in die Wege leitet, um Gegenmaßnahmen ergreifen zu können, falls es notwendig werden sollte.«

»Dann beginnt meine Arbeit ...« Er sah auf die Uhr an seinem Handgelenk. Eine Rolex, wie ich sie trug. Wahrscheinlich sogar ein teureres Modell. »... jetzt.«

»Dann will ich Sie nicht länger stören.« Ich verließ sein Büro und fuhr zurück in meins. Dort war gerade die Hölle los, weil in der Nacht Vollmond gewesen war, der die ganzen Liebeshungrigen auf die Straße und ins Netz auf meine Datingplattform getrieben hatte, so dass der Server überlastet gewesen war. Ich hatte alle Hände voll zu tun, um das Chaos einigermaßen in den Griff zu bekommen.

Bereits am Abend erhielt ich eine Mail von Reynold Darren. Er schickte mir Fotos von Tonya mit einer Frau namens Thea. Thea wäre Tonyas beste Freundin, schrieb er, die beiden würden viel Zeit miteinander verbringen. Sie hätte aber mit der Arbeit nichts zu tun.

Okay, nichts Brisantes.

Kurz nachdem ich alles gelesen hatte, rief mich mein Vater an.

»Jensen, wenn du etwas Zeit erübrigen kannst, dann würde sich deine Mutter heute über einen Besuch freuen. Es gibt Kalbsleber. Devon wird auch da sein.«

»Okay, Dad«, erwiderte ich und seufzte. Ich hatte mich auf einen entspannten Abend gefreut, an dem ich in Ruhe darüber nachdenken konnte, wie ich mit Tonya Richmonds verfuhr, ob ich sie weiter im Club treffen oder unsere Rendezvous vorsichtshalber einstellen sollte. Letzteres würde mich schwer treffen.

Aber die Entscheidung musste ich auf morgen verschieben.

MEINE MUTTER BEGRÜSSTE mich mit einer herzlichen Umarmung, mein Vater klopfte mir freundschaftlich auf den Rücken, als ich eintraf. Devon grinste mich nur an. Er war vor mir eingetroffen und hielt schon ein Glas Scotch in der Hand. Zum Glück wartete mein Vater nicht lange und bot mir ebenfalls eins an. Nach dem ersten Schluck entspannte ich mich langsam.

»Wie laufen die Geschäfte?«, fragte mein Vater. Er hatte früher eine kleine Druckerei besessen, war aber schlau genug gewesen, sie rechtzeitig zu verkaufen, bevor das Internetzeitalter viele Drucksachen überflüssig gemacht hatte. Jetzt lebte er mit meiner Mutter von dem Verkaufserlös, von ein paar Gewinnen durch seine Börsenspekulationen und den Einnahmen meiner Mutter als freiberufliche Esoterik-Fachfrau.

»Ganz gut, Dad. Hin und wieder die übliche Krise, aber ich kann mich nicht beschweren.«

»Und du willst Devon unter die Arme greifen, hat er gesagt? Das finde ich gut. In der Familie muss man zusammenhalten. Deshalb ist er ja extra nach New York gekommen.«

Devon hatte meinen Eltern also nichts von der Sache mit dem ungeborenen Kind erzählt. Verständlich.

»Ja, wir Brüder kriegen das schon hin«, sagte ich.

»Sehr gut. Die Wirtschaft ist gar nicht so schlecht, da können die Gurus noch so unken und alles schlecht reden. Die leben davon, Angst zu schüren. Aber davon darf man sich nicht verrückt machen lassen. Man muss nur den richtigen Riecher haben und Mut zum Risiko. Und man muss wissen, wann es Zeit wird, auszusteigen.«

»Genau, Dad«, sagte Devon. »Deshalb will ich jetzt mein eigenes Fitnessstudio aufbauen.«

»Das ist richtig. Du musst nur etwas Besonderes finden, um im Dschungel gefunden zu werden.«

»Ich weiß. Ich arbeite schon daran.«

Die beiden diskutierten eine Weile über den Fitness-Markt in New York, dann über den Dow Jones und den Nikkei, während ich versuchte, mich auf das Gespräch zu konzentrieren. Es gelang mir jedoch nur schlecht. Ich dachte plötzlich wieder an Tonya. An ihr Vertrauen in mich in der vergangenen Nacht, als ich in ihren süßen Hintern eingedrungen war. Sie wirkte so unerfahren, aber auch so offen und willig, dass ich bestimmt noch viel mehr Spaß mit ihr haben würde.

Das einzige Problem an der Sache war, dass ich die Wette mit Blake nie und nimmer gewinnen konnte. Sobald sie mich sah, wäre es aus und vorbei zwischen uns. Sie würde sich niemals aufgrund meiner netten Art in mich verlieben und dann bei mir bleiben, wenn sie wusste, wer ich wirklich war. Dafür war ich ihr viel zu sehr zuwider.

Das bedeutete, ich musste mich entscheiden: die Wette oder sie.

»Was macht die Liebe?«, fragte auf einmal meine Mutter dazwischen, als sie das Essen servierte.

Ich riss mich aus meinen Überlegungen und versuchte ein Lächeln. »Was ist das? Kann man das essen?«

Sie schüttelte lächelnd den Kopf. »Wie lange willst du mich denn noch auf Enkelkinder warten lassen? Du wirst es später bereuen, dass du so spät angefangen hast.«

»Vielleicht ist Devon ja schneller.« Ich sah zu meinem Bruder, der mir einen warnenden Blick zuwarf. »Aber okay, Mom, ich werde sehen, was ich tun kann, um eine nette Frau zu finden«, fügte ich beruhigend hinzu.

Irgendwie übte gerade jeder Druck auf mich aus, was meine Beziehungen zu Frauen betraf. Dabei hatte ich sonst auch genug zu tun.

»Werdet ihr wenigstens zu Tante Sophies Geburtstag mit Begleitung erscheinen?« Herausfordernd sah sie ihre Söhne an.

»Es sieht eher schlecht aus, weil ich gerade erst aus Philadelphia hergekommen bin und noch keine Frau in New York kenne«, murmelte Devon entschuldigend. »Aber ich werde mein Bestes geben.«

»Auch ich werde sehen, was ich tun kann«, versprach ich, obwohl ich nicht die leiseste Ahnung hatte, wen ich zu der Feier einladen sollte.

»Ich hoffe auf euch.« Sie lächelte erwartungsvoll. Dann setzten wir uns an den Tisch. Mom sprach ein Tischgebet, und wir langten zu.

Als ich nach dem Nachtisch griff, brummte mein Smartphone. Eine neue Nachricht von Darren.

»Sie trifft sich gerade mit einem Mann. Name: Rico Chesterfield.«

Wer war Rico Chesterfield?

Ich spürte ein ungutes Gefühl in meinem Bauch. Traf sie sich mit einem Kerl, der meinen Club ins Unglück stürzen würde? Oder war er ihr Freund?

Shit. Beide Möglichkeiten gefielen mir ganz und gar nicht. Aber am meisten wurmte mich die Vorstellung, dass sie heute Nacht mit diesem Typen ins Bett gehen könnte. Dass er sie genauso glücklich machen würde wie ich sie.

Verdammter Mist! Ich musste sie wiedersehen. Unbedingt. Ich wollte sie spüren und zur Ekstase treiben. Ich wollte ihre enge Pussy fühlen, ihren Saft schmecken und ihren Körper bis auf den letzten Zentimeter besitzen. Sie gehörte mir, niemandem sonst! Ich musste herausfinden, wer dieser Chesterfield war und ob er sie ebenfalls haben wollte. Falls er mir in die Quere kommen sollte, musste ich unbedingt etwas unternehmen.

Sie durfte nur niemals erfahren, wer ich war, denn dann wäre der Spaß vorbei. Ich bezweifelte, dass sie sich gern mit dem Mann im Bett vergnügte, den sie als Arschloch bezeichnet hatte. Ich musste es hinkriegen, dass sie weiterhin mit mir schlief, ohne dass sie jemals erfuhr, mit wem sie es wirklich zu tun hatte.

Das ging nur gut, solange sie lediglich die Nacht der 1001 Freuden kosten wollte.

Sobald sie etwas anderes verlangte, war ich geliefert.

KAPITEL 13

TONYA

RICO CHESTERFIELD WAR nicht unbedingt mein Traummann, aber mit ihm Zeit zu verbringen, war überhaupt kein Problem. Er konnte witzige Episoden aus seinem Alltag als Mathematik-Student erzählen, die sehr kurzweilig waren. Darüber hinaus war er ganz angenehm anzusehen. Er blinzelte etwas zu oft und sagte ständig »wenn du mich fragst«, aber das waren nur Kleinigkeiten. Ich sollte nicht so pingelig sein. Wenn meine Mutter wüsste, dass ich mich daran störte, dass er blinzelte und gefragt werden wollte, würde sie mich massakrieren.

Zum Glück wusste sie nicht, dass ich mich mit Rico traf.

Das hoffte ich jedenfalls.

Wir saßen nun schon seit zwei Stunden in einem Pub in der 13th Street, und der Gesprächsstoff war uns noch nicht ausgegangen. Besser gesagt, ihm. Eigentlich redete er die meiste Zeit, ich gab nur ab und zu mal einen Kommentar ab oder lachte.

»Wenn du willst, können wir noch zu mir gehen«, schlug er plötzlich vor. »Ich wohne nicht weit von hier.

Und unten im Haus befindet sich ein Café mit leckeren Donuts, für das Frühstück morgen.«

Ich schluckte. Das war eindeutig. »Äh ... ich kann nicht. Thea, die Babysitterin wartet auf mich.« Das war lahm. Thea könnte locker bei mir übernachten. Sie hatte mir extra gesagt, ich solle nicht auf sie Rücksicht nehmen, sondern das Date genießen. Das erste normale Date seit Jamies Geburt. Die Treffen mit dem Unbekannten im Club zählten bei ihr nicht als reguläre Verabredungen.

»Bist du sicher?«

War ich mir sicher? Ja. Oder doch nicht? Rico sah gut aus, er war witzig, klug und sogar vermögend, wenn man meinen Eltern glauben durfte. Und doch sträubte sich in mir etwas dagegen, mit ihm die Nacht zu verbringen. Ich dachte plötzlich an den Fremden im Club. Oliver hieß er. Mit ihm wollte ich wieder schlafen, aber nicht mit Rico.

Ich stöhnte innerlich. Das war verrückt! Ich war verrückt! Ich konnte mich doch nicht in einen Mann verlieben, den ich noch nie gesehen hatte! Und trotzdem fühlten sich das Herzklopfen bei dem Gedanken an ihn und das Widerstreben bei einem anderen wie Verliebtheit an.

»Ich kann nicht«, sagte ich leise.

»Dass du einen Sohn hast, stört mich nicht, wenn es das ist, was dich abhält.«

»Nein, das ist es nicht. Es hat nichts mit dir zu tun. Das war ein wirklich netter Abend heute. Aber da ist noch jemand anderes. Tut mir leid.« Ich stand auf.

»Deine Eltern sagten, dass du Single wärst.«

»Das ist nicht ganz falsch, aber auch nicht ganz richtig. Es ist kompliziert.«

Er verzog den Mund zu einem schiefen Lächeln. »Wenn du es dir anders überlegst, ruf mich an. Ich fand den Abend auch nett. Und ich denke, wir zwei würden gut zueinander passen. Wir haben einen ähnlichen Hintergrund, unsere Eltern kennen sich über ein paar Ecken, und über unser Studium können wir immer plaudern.«

»Das stimmt. Vielleicht später.«

Er erhob sich ebenfalls. »Vielleicht. Gute Nacht, Tonya.« Er gab mir einen Kuss auf die Wange. Er war ein Gentleman, und ich ließ ihn abblitzen wegen eines Kerls, den ich noch nicht einmal kannte, aber der mich anal geliebt hatte. Ich musste komplett wahnsinnig sein.

Ich ging hinaus in die unromantisch laute New Yorker Nacht. Ein paar Jugendliche lümmelten an der Straßenecke, als ich die 2nd Avenue kreuzte. Als sie mich sahen, pfiffen sie. Ich war aber viel zu tief in Gedanken versunken, um sie aufmerksam wahrzunehmen. Ich hörte nur ihre Stimmen und das Klacksen von Blechdosen, die zerdrückt wurden.

Doch als ich in die U-Bahnstation gehen wollte, waren sie plötzlich direkt hinter mir. Einer von ihnen drängte sich von hinten an mich heran.

»Hey, Baby, was geht?«

Ich sprang zur Seite, doch dort stand der nächste. »Hi Süße«, sagte er und griff nach meiner Handtasche.

Ein Dritter zog das Handy aus meiner Hosentasche.

»Hey, lasst das!«, rief ich, doch die fünf Jungs ließen sich von mir nicht beeindrucken. Sie grölten und rannten blitzschnell weg. Ich lief ihnen ein paar Meter hinterher, ließ es dann aber sein. Es war sinnlos, sie waren zu schnell. Immerhin hatten sie mich nicht verletzt. Ich konnte froh sein, dass sie mich nicht erstochen oder vergewaltigt oder erwürgt hatten. Tödliche Raubüberfälle gab es oft in New York.

Sie hatten jedoch meine Handtasche mit der Geldbörse genommen, in der das ganze Geld für diesen Monat steckte. Mein Handy, in dem alle wichtigen Nummern eingespeichert waren. Und ein paar Bilder von Jamie.

Ich setzte mich auf die Stufen der U-Bahnstation und begann zu weinen. Eine freundliche ältere Frau mit einer gewaltigen Zahnlücke fragte, ob sie mir helfen könne. Ich bat sie darum, die Polizei zu rufen.

Ungefähr eine Stunde später saß ich in einem überheizten Polizeirevier bei einem müde aussehenden Polizisten, der meine Personalien aufnahm. Danach musste ich ihm den Überfall beschreiben und versuchen, die Jungs in einem Album mit Hunderten Gleichaltriger finden. Es gab nur einen darin, der mir bekannt vorkam. Aber zweifelsfrei konnte ich ihn nicht als einen der Angreifer identifizieren.

Als ich aus dem Zimmer trat, war es fast Mitternacht. Ich war todmüde und bitter enttäuscht. Meine Sachen würde ich vermutlich nie wiedersehen. Der Polizist meinte zwar, es würde eine Untersuchung geben, um die Täter zu ermitteln, aber er machte mir wenig Hoffnung, dass es Zeugen geben würde, die etwas zu den Jungs sagen könnten, um sie festzunageln.

Ernüchtert und erschöpft ging ich durch das Revier auf die Tür zu, als sich plötzlich der Fahrstuhl öffnete und der Mann eintrat, den ich am liebsten schon längst umgebracht hätte. Jensen Monroe.

Als er mich erblickte, stürzte er auf mich zu. »Geht es Ihnen gut? Ist Ihnen etwas passiert?«, fragte er atemlos, als sei er extra hierher gerannt, um sich nach meinem Wohlbefinden zu erkundigen.

Was hatte der denn geschluckt?

»Es wird Sie nicht freuen zu hören, aber ja, es geht mir gut. Mir wurde die Handtasche geraubt. Was machen Sie hier? Wollen Sie mich deswegen auch verklagen? Oder wollen Sie jubeln?«

Er atmete erleichtert auf, als wäre er wirklich froh, dass ich nichts abbekommen hatte. Das war mehr als seltsam.

»Ich war in der Nähe«, meinte er schulterzuckend.

»Und Sie rennen ganz zufällig hierher und wissen, dass mir etwas passiert ist? Da geht doch etwas nicht mit rechten Dingen zu.«

Er lächelte. »Das Leben ist schon manchmal sonderbar, nicht wahr, Ms. Richmonds?«

Ich kniff die Augen zusammen. Hier war tatsächlich etwas ganz und gar sonderbar, und das war dieser Mann.

»Wollen Sie wissen, was ich über Ihren Club geschrieben habe? Nichts. Sie können sich Ihre Klage also sparen.«

Er zögerte einen Moment, bevor er antwortete. »Ich denke, ich überlege es mir anders. Ich will Ihrem Uni-Abschluss schließlich nicht im Wege stehen. Wenn Sie noch mehr Informationen benötigen, fragen Sie mich.«

Ich verschluckte mich fast an meiner eigenen Spucke. Was war denn mit dem los? Er lächelte immer noch, ich traute ihm jedoch nicht über den Weg.

»Sie wollen mir eine Falle stellen.« Ich schob ihn zur Seite, um zum Fahrstuhl zu gehen. Er drehte sich einfach um und folgte mir.

»Das will ich nicht. Wenn Sie wollen, nehme ich Sie morgen mit zu einer Familienfeier, wo mein Onkel Thomas sein wird. Er war ein Kunde der ersten Stunde und kann Ihnen sicherlich viel über den Club erzählen.«

Ich blieb abrupt stehen. »Sie wollen mich auf den Arm nehmen. Lassen Sie das, das ist nicht witzig. Ich habe Mühe, mein Studium abzuschließen, und mir wurden gerade mein ganzes Geld, meine Kreditkarte und mein Handy gestohlen. Mir ist also wirklich nicht nach Späßen zumute.«

»Das kann ich verstehen, deshalb scherze ich auch nicht. Mein Vorschlag ist ernst gemeint. Meine Tante Sophie hat morgen Geburtstag. Und mein Onkel war wirklich Kunde im Wild Boys Club, bis er voriges Jahr fast einem Herzinfarkt erlegen ist. Seitdem halten sich seine sexuellen Eskapaden in Grenzen.« Er schmunzelte. Er sah verdammt gut aus, wenn er schmunzelte. Seine Grübchen waren echt süß.

Wenn er nicht so ein ausgemachtes Arschloch wäre, würde ich ihn sicherlich sehr attraktiv finden.

Ich lief weiter, auf den Fahrstuhl zu, und drückte den Knopf.

»Also, was ist? Kommen Sie mit?«, hakte er nach, weil ich nicht sofort auf sein Angebot reagiert hatte.

Ich starrte ihn an und wusste nicht, was ich sagen sollte. Er schien es wirklich ernst zu meinen. Oder war ein Haken daran?

»Warum ändern Sie plötzlich Ihre Meinung? Wollen Sie mich vielleicht von der Spur abbringen? Wird Ihr Onkel mir Lügen erzählen? Irgendwelchen Mist, der die Wahrheit verschleiert? Ich habe noch jemanden an der Hand, der mir etwas berichten kann, das wird auf jeden Fall in die Masterarbeit fließen.«

Er zuckte mit den Schultern. »Es ist lediglich ein Angebot an Sie. Wenn Sie es nicht nutzen wollen, lassen Sie es sein. Ich könnte Ihnen auch anbieten, Mitglied im Club zu werden. Vielleicht würde Ihnen ja das gefallen.«

Ich biss mir auf die Zunge, um ihm nicht zu sagen, dass ich bereits ein Mitglied war, allerdings unter einem anderen Namen.

»Danke, kein Bedarf«, erwiderte ich nur.

»Schade, Sie hätten dort bestimmt viel Spaß.«

Der Fahrstuhl kam, wir stiegen ein. Mir war nicht wohl zumute, ihn so nah bei mir zu spüren. Er roch allerdings gut. Und auf einmal schoss der Gedanke an Oliver aus dem Club durch meinen Kopf. Ich dachte an seine Zärtlichkeiten, sein Flüstern in der Dunkelheit, den wahnsinnigen Sex mit ihm. Mein Unterleib machte mir sofort deutlich klar, was er von solchen Gedanken hielt. Und dass er gerne eine Fortführung der Freuden hätte.

Schnell schüttelte ich das Gefühl ab, damit Jensen Monroe nichts davon mitbekam.

»Soll ich Sie nach Hause bringen?«, fragte er, als wir unten ankamen.

»Nein, ich nehme die U-Bahn.«

»Sie haben kein Geld für eine Fahrkarte.«

Er hatte recht. Mein Monatsticket befand sich unter den gestohlenen Sachen.

Ich hatte eigentlich keine Lust, noch mehr Zeit mit Jensen Monroe zu verbringen, aber die Aussicht, nach Hause laufen zu müssen, machte mich noch unglücklicher.

»Okay«, murmelte ich.

Er führte mich zu einer schwarzen Limousine, die auf dem Parkplatz des Reviers stand, und öffnete die Beifahrertür für mich.

Ich ließ mich in den weichen Ledersitz fallen und seufzte. Was für ein Tag!

»Wo wohnen Sie?«, fragte er, sobald er neben mir saß. Ich nannte ihm meine Adresse, dann fuhr er los.

»Sie halten mich bestimmt für den Teufel persönlich«, sagte er plötzlich lächelnd. »Ich fürchte, wir sind uns unter etwas unschönen Umständen begegnet. Aber eigentlich bin ich gar nicht so schlimm.«

Das wagte ich zu bezweifeln. Ich warf ihm einen skeptischen Blick zu. »Ehrlich? Aha.«

Er lachte leise. Es klang sexy. Wieder musste ich an Oliver denken. Ob ich ihn morgen treffen konnte? Ich sehnte mich plötzlich nach ihm, nach seiner Nähe und seinen Küssen. Am liebsten würde ich jetzt in seinen Armen liegen und diesen ganzen Tag vergessen.

»Waren Sie heute bei einem Date, bevor Sie überfallen wurden?«

»Das geht Sie nichts an«, knurrte ich.

»Da haben Sie recht. Ich wundere mich nur, dass Ihr Date Sie nicht beschützt hat. Wenn Sie sich mit mir getroffen hätten, hätte ich Sie nicht allein durch die New Yorker Nacht laufen lassen. Das weiß man doch, dass das viel zu gefährlich ist.«

»Ich bin früher aufgebrochen und habe ihn sitzengelassen.«

»Warum?«

Bildete ich mir das ein, oder klang er wirklich erfreut?

»Weil ich nicht mit zu ihm nach Hause wollte.«

Er umklammerte mit den Händen das Lenkrad, so

dass seine Knöchel weiß hervortraten. »Er wollte mit Ihnen in sein Apartment gehen?«

Wieso regte ihn das auf? Was war denn mit ihm los?

»Ja, aber ich wollte nicht. Können wir bitte nicht mehr über mein Privatleben sprechen?«

Er schwieg und musterte mich von der Seite. Ich tat so, als würde ich es nicht bemerken und sah zum Fenster hinaus.

Aus dem Augenwinkel bemerkte ich, dass er das Radio einschaltete. Zuerst ertönte Rap, doch er schaltete auf den USB-Stick um, der im Dunkeln des Wagens blau flackerte. Danach erklang ein Softsong von John Legend. Wieder musterte er mich.

»Wie viel Zeit haben Sie eigentlich noch, bis Sie Ihre Masterarbeit abgeben müssen?«

»Zwei Wochen.«

»Wie weit sind Sie?«

Ich sah zu ihm, da ich nicht glauben konnte, dass er wirklich so neutral war, wie er klang. Machte er sich lustig über mich? Wollte er mich aushorchen?

»Die Sache mit dem Club hat leider nicht geklappt, weil der Inhaber sich gesträubt hat zu kooperieren. Deshalb stecke ich jetzt in Schwierigkeiten.«

Er biss sich auf die Lippen, sagte jedoch nichts. Wir bogen in meine Straße ein, wo er vor dem gelben Backsteinhaus anhielt.

»Das mit meinem Onkel war ernstgemeint. Und wenn Sie möchten, erzähle ich Ihnen auch etwas.« Er klang plötzlich nachdrucksvoll. »Aber bitte verstehen Sie auch meine Bedenken. Ich kann die Identität meiner Kunden nicht preisgeben. Wenn auch nur der kleinste Skandal entsteht, sind alle weg. Und der Club kann dichtmachen.«

»Das möchte ich natürlich nicht.«

»Kommen Sie morgen mit zum Geburtstag meiner Tante Sophie und reden Sie mit meinem Onkel und mit mir. Dann werden Sie genügend Material für Ihre Masterarbeit bekommen.«

Ich war mir nicht sicher, ob ich ihm trauen konnte. Aber als ich in sein Gesicht blickte, sah ich keine Falschheit. Er wirkte ehrlich.

»Okay«, erwiderte ich.

»Ich hole Sie am Nachmittag ab.«

»Bis morgen.«

Ich stieg aus dem Auto.

»Gute Nacht, Ms. Richmonds«, sagte er lächelnd.

»Gute Nacht.« Dann knallte ich die Autotür zu.

Ich stieg die Stufen zur Haustür hinauf und klingelte. Als ein paar Momente später eine verschlafene Thea in der Wechselsprechanlage nach dem Codewort fragte, drehte ich mich zur Straße um. Er stand noch immer am Bürgersteig und wartete. Erst als sich die Haustür öffnete und ich eintrat, fuhr er los. Ihm lag meine Sicherheit wohl wirklich am Herzen.

Thea sah verschlafen aus, wurde aber sofort hellwach, als sie mein Gesicht sah. Ich sah zuerst zu Jamie, der friedlich schlief, dann ließ ich mich auf das Sofa fallen, das Thea schon in ein Bett umgewandelt hatte. Ich erzählte ihr alles, was an dem Abend geschehen war. Ihre Augen wurden dabei immer größer.

»Ich habe noch ein paar Fragen. Hast du deine Kreditkarte sperren lassen? Was hat Jensen Monroe wirklich dort gemacht? Und warum bist du nicht mit Rico mitgegangen? Du hättest dir den Rest ersparen können.«

»Die Kreditkarte habe ich gleich auf dem Polizeirevier sperren lassen. Wenn ich gewusst hätte, was folgt, wäre ich bestimmt mit Rico in die Wohnung gegangen. Aber mir war in dem Moment überhaupt nicht danach. Ich hätte mich schmutzig gefühlt, als würde ich Oliver betrügen. Das wollte ich nicht.«

»Oliver?« Sie zwinkerte mir zu. »Du magst ihn wirklich?«

»Ja, irgendwie. Es ist seltsam. Wenn man miteinander schläft und sich verstehen muss, ohne sich zu sehen und mit nur wenigen, geflüsterten Worten auskommt, dann ist es so, als würde man sich viel näher kommen, als wenn man normal Sex hat. Wirklich eigenartig.«

»Das klingt echt heiß.« Sie seufzte tief. »Meinst du, ich könnte mich in dem Club als du ausgeben und auch mal eine heiße Nacht mit einem Unbekannten erleben? Immerhin läuft deine Mitgliedschaft ja auf meinen Namen. Mein Traummann ist mir leider immer noch nicht über den Weg gelaufen.«

»Ich soll morgen mit Jensen Monroe zum Geburtstag seiner Tante gehen, von mir aus kannst du die Gelegenheit nutzen. Du musst nur Emily und Carrie aus dem Weg gehen, die kennen mich.«

Nun war sie so aufgedreht, als hätte sie eine Kanne Kaffee getrunken.

»Das mache ich. Entweder die Nacht der 1001 Freuden oder etwas anderes ganz Cooles. O mein Gott, endlich wieder Sex!« Sie sprang auf. »Vielleicht sollte ich mich erstmal informieren, was es Besonderes gibt. Oder nochmal Fifty Shades of Grey lesen. Oder fragen, was sie im Angebot haben. Was haben sie denn genau im Angebot?«

»Du kannst dir überlegen, welche Fantasien du ausleben willst. Sie machen alles möglich.«

»Ich würde gern auf einer Insel stranden und dann von wilden Piraten gefangen genommen werden. Du weißt schon, dann nimmt mich der Captain der Piraten und rettet mich, um mich für sich allein zu haben. Er reicht nach Schweiß und Mann und hat Schwielen an den Händen. Meinst du, das kriegen sie hin?«

Ich musste schmunzeln. »Bestimmt. Schreib ihnen eine E-Mail, dann arrangieren sie das.«

Ihre Augen verklärten sich. In Gedanken war sie schon bei ihrem Piraten.

Oder auch nicht.

»Ich fände es allerdings auch scharf, von einem sexy Dom gequält zu werden. Oder von einem wilden Biker entführt und geliebt zu werden. Oder von zweien und dreien gleichzeitig. O mein Gott, es gibt so viele geile Fantasien!«

Sie starrte mit glasigem Blick in die Luft. Ich wollte gar nicht wissen, welche Bilder gerade in ihrem Kopf abspulten. Die waren mit Sicherheit alle nicht für die Öffentlichkeit bestimmt.

»Dann mach dir morgen einen schönen Abend, während ich mich mit Jensen Monroe rumärgere und ... o verdammt.« Erschrocken setzte ich mich auf. »Was mache ich mit Jamie?«

»Du nimmst ihn mit zu Tante Jensen.«

»Sophie, die Tante heißt Sophie.«

»Entschuldige, ich kann nicht mehr denken. Mein Hirn steht zu sehr unter Druck, die passende Fantasie für morgen zu finden.«

»Dann geh mal lieber ins Bett, damit es sich erholen kann und morgen fit für die Aufgabe ist.«

»Okay. Darf ich hierbleiben?«

»Natürlich.«

Ich putzte mir die Zähne und zog mich aus, dann legte ich mich zu Thea ins Bett. Sie quasselte noch ein Weilchen über ihre Fantasien, doch ich hörte nur mit halbem Ohr hin. Ich überlegte, wie ich mein Leben wieder in Ordnung brachte. Und ob es an Jensens Angebot irgendwo einen Haken geben könnte.

Irgendwann gab mein Kopf die Denkarbeit endlich auf und ich schlief ein.

Thea folgte mir kurz darauf ins Reich der Träume.

KAPITEL 14

Jensen

TONYA RICHMOND WAR keine leichte Nuss zu knacken, so viel war schon mal sicher. Selbst als ich von Darren erfahren hatte, dass sie überfallen worden war, und sofort zu ihr geeilt war, um ihr behilflich zu sein, hatte sie sich verhalten, als wäre ich ihr Todfeind. Sie konnte natürlich nicht wissen, dass wir uns auch anders kannten, im Gegensatz zu mir ahnte sie nichts davon, dass ich der Unbekannte in ihrem Bett war.

Sie hasste mich aus tiefster Seele, aber das hatte am Anfang unserer etwas holprigen Beziehung außerhalb des Clubs auf Gegenseitigkeit beruht. Ich hatte meine Meinung über sie inzwischen geändert. Bei ihr konnte die Änderung ebenfalls noch eintreten. Dafür müsste ich mich jedoch noch ziemlich anstrengen. Ich hatte allerdings keine Ahnung, auf welche Weise ich das anstellen sollte.

Als ich zu ihrem Haus fuhr, empfand ich ein leichtes Kribbeln im Magen. Ich ärgerte mich über mich selbst, dass ich offenbar nervös war, weil ich eine Frau zu einer Geburtstagsfeier abholte. Das war doch nicht das erste Mal, dass ich ein Date zu meiner Familie mitnahm. Es war allerdings schon ein paar Jahre her. Aber irgendwie fühlte es sich dieses Mal anders an. Vielleicht weil Tonya mich nicht mochte. Oder weil ich mein Geheimnis vor ihr bewahren musste. Oder weil ich im Stillen überlegte, wie ich ihr vorsichtig verklickerte, dass wir schon ein paar heiße Nächte miteinander verbracht hatten.

Vielleicht sollte ich damit anfangen, ihr zu beichten, dass ich inzwischen mit ihrem Professor gesprochen hatte, der sich als noch sturer als sie entpuppt hatte. Aus irgendeinem Grund hasste er meinen Club. Immerhin hatte ich ihn mit ein paar Drohungen davon abhalten können, weiter meine Mitglieder zu belästigen.

Ich parkte den Wagen und ging zur Haustür, um zu klingeln. Nur einen Moment später ertönte Tonyas Stimme durch die Wechselsprechanlage.

»Wir kommen«, sagte sie. Sie klang etwas blechern, so dass ich mir nicht sicher war, ob ich sie richtig verstanden hatte. Wir? Ich musste mich verhört haben.

Ungeduldig klopfte ich mit dem Fuß auf den Boden, bis sie endlich auftauchte. Sie sah atemberaubend aus. Sie trug ein enges Kleid, das ihre weiblichen Rundungen betonte, und hohe Schuhe, die ihren Beinen atemberaubende Formen verliehen. Ihr Haar hatte sie nach oben gesteckt. Sie wirkte wie Audrey Hepburn. Nur noch viel besser.

»Hi«, sagte ich und starrte sie an.

»Hi«, erwiderte sie etwas verhalten.

»Hi«, sagte eine niedliche Stimme etwas weiter unten. Ich blickte in die Richtung und hielt die Luft an. Dort stand ein Junge mit blonden Locken und großen Augen, der mich neugierig betrachtete.

»Das ist Jamie, mein Sohn«, erklärte sie.

Ihr Sohn? Sie hatte ein Kind? Ich fühlte mich plötzlich, als hätte mir jemand in den Magen geboxt. Ich taumelte sogar leicht.

»Hi Jamie«, hörte ich mich sagen. »Ich bin Jensen.«

»Gehen wir zum Geburtstag deiner Tante?«, fragte der Kleine.

»Das ist richtig. Sie wird schon siebzig Jahre alt.« Langsam fing ich mich wieder.

»Dann ist sie eine Oma?«

»Ja, eine Oma. Okay, fahren wir.«

Ich sah zu Tonya und merkte, dass sie mich heimlich beobachtete. Dann ließ sie mich links liegen und ging mit ihrem Sohn zu meinem Wagen, wo sie ihn auf den Rücksitz verfrachtete und angurtete. Anschließend setzte sie sich auf den Beifahrersitz. Ich stieg ein und fuhr nach New Jersey, wo meine Tante wohnte.

Wir sprachen nur über belanglose Dinge während der Fahrt, über das Wetter und den New Yorker Verkehr am Wochenende. Jamie mischte sich hin und wieder mit einer Frage ins Gespräch ein und ich versuchte, sie ihm zu beantworten. Oder Tonya machte es. Sie ging sehr liebevoll mit ihrem Sohn um. Mich interessierte brennend, wer der Vater war. Aber sie sah nicht so aus, als würde sie mir diese Frage jetzt einfach so beantworten. Wenn ich etwas sagte, kamen ihre Antworten meist sehr knapp und kurz angebunden, als würde es sie nerven, mit mir sprechen zu müssen. Na gut, dann eben später.

Das Haus, besser gesagt, der Garten war bereits voll, als wir bei Tante Sophie ankamen. Ich besaß eine große Familie mit mehreren Tanten und Onkeln. Mein Vater hatte drei Brüder und vier Schwestern, meine Mutter zwei Brüder und eine Schwester. Tante Sophie war eine Schwester meines Vaters und gleichzeitig meine Patentante. Als Kind hatte ich die Ferien oft bei ihr in New Jersey verbracht, um aus der Stadt herauszukommen. Sie besaß ein Haus in Hoboken mit einem riesigen Garten, in dem es sogar Kaninchen gab. Heute waren dort mehrere Pavillons aufgestellt, in denen sich die Gäste befanden. Andere Besucher standen unter den Apfelbäumen oder saßen auf Bänken neben den Rosenbüschen.

»Wow, das ist hübsch«, sagte Tonya erstaunt, als hätte sie etwas völlig anderes erwartet.

»Hier habe ich früher immer die Ferien verbracht. Mit Devon.« Ich hatte ihn gerade unter den Gästen entdeckt, deshalb erwähnte ich ihn. Er stand bei Tante Sophie und meiner Mutter.

»Devon?«

»Mein Bruder. Kommen Sie mit.«

Ich steuerte mit ihr im Schlepptau die drei an. Als wir angekommen waren, reichte ich Tante Sophie den riesigen Blumenstrauß, den ich besorgt hatte, und das Geschenk, eine Perlenkette. Sie nahm alles an und umarmte mich zum Dank. Dann erst fielen mir die verwunderten Blicke meiner Mutter auf. Und die von Devon.

»Das ist Tonya«, stellte ich ihnen schnell meine Begleitung vor. »Und der kleine Mann hier ist Jamie.«

Tonya reichte allen dreien die Hand, und ich konnte sehen, dass meine Mutter die Kinnlade, die ihr heruntergeklappt war, rasch wieder im Griff hatte. Ich hoffte nur, sie hielt Tonya nicht für meine Freundin. Das würde Tonya sicherlich nicht amüsiert auffassen.

Plötzlich zog mich Devon zur Seite. »Wer ist das? Wieso hast du mir noch nichts von ihr erzählt? Sie ist verdammt heiß.«

»Sie ist nur eine Geschäftsbekanntschaft«, log ich. Ich wollte nicht, dass er wusste, wer sie wirklich war, damit er sich nicht aus Versehen verplappern konnte. »Ich erkläre dir später alles.«

»Okay. Willst du mehr von ihr oder darf ich sie anbaggern?«

»Halt dich von ihr fern«, sagte ich mit drohender Stimme.

»Alles klar. Hat sie vielleicht eine Schwester?«

»Ich weiß nicht, hoffe aber, bald mehr über sie zu erfahren.«

»Ich bitte darum.«

Er ließ mich los, damit ich zurück zu Tonya gehen konnte, die sich mit meiner Mutter über den Stoff ihres Kleides unterhielt. Offenbar hatten die Frauen ein spannendes Thema gefunden.

»Wie wäre es mit einem Stück Kuchen?«, fragte ich Tonya und Jamie, um sie von meiner Mutter wegzulotsen.

»O ja!«, rief Jamie. »Erdbeerkuchen!«

»Mal sehen, was wir so finden.«

Jamie ergriff meine Hand und ließ sich von mir zu einem der Pavillons führen, wo mehrere Tische mit Kuchen standen. Tonya folgte uns.

Es gab zehn verschiedene Kuchensorten, einer sah leckerer als der andere aus.

Jamie entschied sich schließlich für den Erdbeerkuchen, Tonya wählte den Rhabarberkuchen. Ich nahm ein Stück Schokokrokant mit Rum, obwohl sich mein Magen immer noch nicht beruhigt hatte.

»Und wer ist dieser Onkel, mit dem ich sprechen soll?«

Ich sah mich um und deutete auf einen Mann um die siebzig, der einen hellen Anzug und weiße Schuhe trug. Er war total kahl und hatte eine goldene Brille auf der Nase. »Das ist Onkel Thomas. Er ist seit der ersten Stunde Mitglied im Club und kann Ihnen sicherlich viel erzählen.«

Sie hatte einen kleinen Krümel am Mund. Ich hätte ihn am liebsten weggeküsst, musste mich jedoch beherrschen. Das hätte sie sicherlich als bösen Affront aufgefasst.

»Und was wollen Sie mir berichten?« Sie wandte sich mir zu und sah mich herausfordernd an.

Ich musste unwillkürlich lächeln. Sie wirkte so kampfbereit, als würde sie jeden Moment auf der Hut sein und damit rechnen, mir die Augen auskratzen zu müssen. Das gefiel mir an ihr. Unter anderem.

»Das besprechen wir später, wenn Sie mit Onkel Thomas geredet haben und noch Fragen offen sind.«

Misstrauisch legte sie den Kopf schief. »Ich hoffe, Sie halten Ihr Wort.«

»Ich habe Sie ja auch schon mit hierher genommen. Denken Sie, das würde ich tun, um Sie dann hinters Licht zu führen?«

»Ihnen traue ich alles zu.«

Wieder musste ich lächeln. Sie war wirklich ein harter Brocken. Aber kein aussichtsloser Fall. »Sie werden sehen, dass ich selbst Sie noch positiv überraschen kann.«

»Da bin ich ja mal gespannt.«

Als wir aufgegessen hatten, holte sie einen Notizblock hervor. »Ich würde jetzt gern mit ihm sprechen.«

»Okay. Da das Gespräch mit Sicherheit nicht ganz jugendfrei ist, würde ich mich in der Zwischenzeit um Jamie kümmern, wenn Sie wollen.«

Wieder dieser misstrauische Blick, doch sie nickte zustimmend. »Okay.«

Ich ging mit Jamie an der Hand und mit ihr an meiner Seite zu Onkel Thomas.

»Jensen, meine Güte, ist das lange her, dass ich dich gesehen habe. Wann war das? Zur Silberhochzeit deiner Eltern? Und wen hast du hier? Deine Mutter hat gerade schon hocherfreut erzählt, dass du deine Freundin mitgebracht hast. Was für eine reizende Dame. Seien Sie gegrüßt, Madame!«

Ich konnte sehen, dass Tonya vor Empörung rot anlief. Sie mochte es gar nicht, als meine Freundin betrachtet zu werden.

»Das ist so nicht wahr, Onkel--«

»Und wer ist dieser kleine Mann hier?« Er ließ mich nicht aussprechen und beugte sich zu Jamie. »Jensen! Davon wusste ich doch gar nichts. Er ist dir wie aus dem Gesicht geschnitten. Herzlichen Glückwunsch!« Er strich über Jamies Haar.

Ich konnte mir nur mit Mühe ein Grinsen verkneifen.

»Er ist nicht sein Sohn, sondern meiner«, meldete sich Tonya zu Wort. »Und ich bin nicht Jensens Freundin.«

»Ach nein? Eine offene Beziehung?« Onkel Thomas wirkte positiv überrascht. »So was hatte mir auch immer vorgeschwebt, aber Sophie war dagegen. Sie ist in der Beziehung sehr konservativ. Es hat alles so seine Vorteile und ich--«

»Onkel Thomas«, unterbrach ich ihn. »Ms. Richmonds ist beruflich hier und möchte mit dir sprechen. Es geht um den Club.«

»Der Club!« Er machte große Augen und sah sich verschwörerisch um. »Ich bin zu alt geworden für den Club, aber ich kann Ihnen gern erzählen, was früher da abging. Was wollen Sie wissen?«

Tonya entspannte sich. Offenbar glaubte sie mir nun, dass ich es ehrlich mit ihr meinte und Onkel Thomas tatsächlich was erzählen konnte.

»Viel Spaß«, wünschte ich ihr und zwinkerte ihr zu. Der Hauch eines Lächelns huschte über ihre hübschen Lippen, und mein Herz machte einen Hüpfer. Was hätte ich darum gegeben, diesen Anblick öfter zu sehen! Aber sie wandte sich von mir ab und ging mit meinem Onkel in eine ruhige Ecke, während ich mit Jamie zurückblieb.

Was stellte ich denn in der Zwischenzeit mit dem kleinen Kerl an?

»Wollen wir noch etwas Kuchen essen?«, fragte ich ihn.

Er schüttelte den Kopf und sah seiner Mutter hinterher.

»Was hältst du davon, wenn ich dir die Kaninchen zeige?«

Sehr viel hielt er davon, denn seine Augen begannen zu leuchten.

»Wo sind sie?«, fragte er.

»Komm mit, ich zeige sie dir.«

Ich führte ihn in den hinteren Teil des Gartens an den Zaun, wo Himbeeren wuchsen und Bienen im Lavendel brummten. Vor einer Hummel hatte Jamie Respekt, die ließ er erst vorüberfliegen, bevor er weiterlief. Neben den Himbeeren befand sich ein mit Efeu bewachsener Verschlag.

Als wir ihn betraten, benötigten wir einen Moment, bis wir uns an das Dämmerlicht gewöhnt hatten. An der Wand befanden sich vier große Ställe, in denen sich insgesamt zehn Hasen tummelten.

»Wow«, staunte der Kleine und ging auf die Stallungen zu.

»Willst du mal einen auf den Arm nehmen?«

»Ja, gerne!«

Ich öffnete den obersten Stall und nahm das zutraulichste Häschen heraus, um es zu streicheln. Es hielt ganz still. Dann legte ich es vorsichtig in Jamies Arme. Der Junge verhielt sich ganz ruhig und wagte kaum zu atmen, als hätte er Angst, es kaputt zu machen.

»Es ist ganz weich«, flüsterte er.

»Wenn es dir zu schwer wird, nehme ich es dir ab.«

»Es ist nicht schwer.« Tapfer schüttelte er den Kopf.

Das Kaninchen gewöhnte sich langsam an den fremden Menschen und wurde etwas mutiger. Es drehte seinen Kopf zur Seite und schnupperte Jamie an. Darüber erschrak der Junge dann doch und ließ das Tier vor Schreck fallen. Das Kaninchen hatte nichts Besseres zu tun, als schnurstracks durch die Tür ins Freie zu hoppeln.

»O nein, es läuft davon!«, rief Jamie entsetzt und lief ihm hinterher.

»Wir fangen es wieder ein.« Wir folgten dem Häschen durch das Gras, doch irgendwie schaffte es das Tier, in einem dichten Gebüsch zu verschwinden.

»Du bleibst hier, Jamie, ich gehe auf die andere Seite, damit es uns nicht entwischt.«

»Okay.«

Wir teilten uns auf, und ich lief auf die andere Seite des Busches, wo gleich der Zaun begann. Es war jedoch kein Häschen zu sehen.

»Ist es bei dir?«, rief ich Jamie zu.

»Nein, hier ist es nicht.«

Ich lief zur Seite, einmal rund um den Busch, aber von dem Kaninchen war keine Spur zu entdecken. Das bedeutete wohl, dass es noch mitten im Gestrüpp saß.

»Wenn es sich einen Gang durch den Zaun buddelt, ist es weg.«

Jamie sah mich entsetzt an. »Wir müssen es finden.«

»Das kriegen wir hin. Pass auf. Ich bücke mich und schaue unter den Busch. Und du passt auf, dass es nicht weghoppelt, wenn es mich sieht.«

Ich beugte mich hinab und bückte mich, um nach dem Tier zu sehen. Es saß tatsächlich seelenruhig unter dem Busch und knabberte an einem Löwenzahnblatt. Ich wollte es in Jamies Richtung scheuchen, aber es blieb völlig unbeeindruckt von mir. Bei meinen Bewegungen regneten nur Blätter und vertrocknete Blüten auf mich herab.

»Ich hab eine Idee, Jamie. Ich bin gleich wieder da, bitte rühr dich nicht vom Fleck und pass auf, dass das Kaninchen nicht wegrennt. Okay?«

»Okay.«

Ich eilte zurück zum Haus und steuerte die Küche an. Dort suchte ich die Speisekammer von Tante Sophie auf, die momentan rappelvoll mit Speisen für die Feier war. Zum Glück fand ich in der Ecke beim Gemüse ein Bund Möhren. Das schnappte ich mir und lief zurück zum Gebüsch. Jamie hatte sich zum Glück nicht von der Stelle gerührt.

»Pass auf, Jamie. Wir basteln jetzt eine Angel, an die wir die Möhre hängen.« Ich suchte einen passenden Stock in einem Apfelbaum auf der Wiese, an den ich mit etwas Strick, den ich im Verschlag fand, die Möhre knüpfte.

Dann gab ich das Konstrukt Jamie. Er warf die Möhre an der Angel unten ins Gebüsch, ich half ein bisschen nach, damit sie direkt zum Häschen fiel. Dann warteten wir einen Moment. Das Kaninchen nahm tatsächlich Witterung auf und schnupperte mit der Nase die

Möhre an. Dann begann es daran zu knabbern.

»Du musst jetzt vorsichtig an der Angel ziehen«, sagte ich leise.

Jamie war zwar nicht vorsichtig, aber das Kaninchen war so hungrig, dass es trotz der Ruckelei der Möhre folgte.

»Es kommt näher!«, flüsterte Jamie begeistert.

»Dann ziehe noch ein bisschen, aber vorsichtig.«

Jamie ruckelte wieder an der Angel, und das Häschen folgte. So kam es Stück für Stück aus dem Busch heraus. Als es endlich draußen war, schnappte ich es mir und nahm es hoch. Ich richtete mich auf und erstarrte. Vor mir stand Tonya und sah mich stirnrunzelnd an.

»Wir haben das Kaninchen mit der Möhre geangelt«, sagte Jamie begeistert. »Es ist ganz lieb. Es hat mich angestupst, da habe ich es fallengelassen.«

Abermals dieser Hauch eines Lächelns auf ihren Lippen, dieses Mal noch ein bisschen mehr.

»Sind Sie zufrieden mit dem, was mein Onkel Ihnen erzählt hat?«

Sie nickte. »Ja, es war sehr interessant. Waren Sie unter dem Busch? Zusammen mit der Möhre?« Dieses Mal lächelte sie wirklich. Mein Herz schmolz dahin.

»Sehe ich so aus, als wäre ich da unten gewesen?«

»Ja. Und als hätten sie versucht, den Busch von allen Blättern und Blüten zu befreien.«

»Ja, ich dachte, dann sehen wir das Kaninchen besser. Aber der Busch hat sich verteidigt. Er ist sehr eigen, was seine Blätter betrifft.«

Jamie kicherte. Ihr Lächeln vertiefte sich. »Immerhin haben Sie das Kaninchen erwischt. Das ist schon mal viel wert.«

»Das finde ich auch. Ich bringe es in den Stall.«

Jamie klemmte sich an meine Fersen, als ich das Tier zurück in seinen Stall brachte. Tonya folgte uns und bestaunte mit Jamie die übrigen Kaninchen. Auch sie durfte einmal streicheln. Ich hielt das Tier dabei fest. Für einen winzigen Moment berührte ihr Hand die meine, und es fühlte sich an, als würde ein elektrischer Schlag durch meinen Körper ziehen. Doch der Augenblick war schnell vorüber. Sie schien es nicht einmal gemerkt zu haben.

Danach verließen wir den Verschlag.

»Wann werden Sie auspacken?«, fragte sie mich, als Jamie einen Schmetterling jagte.

»Wann Sie wollen. Jetzt oder später, wenn Jamie schläft?«

»Mama! Kann ich mit dir auf der Wiese spielen?«

»Jetzt ist es vielleicht wirklich etwas ungünstig. Später wäre besser.«

»Okay. Wenn Sie Spielzeug für Jamie brauchen, ich versuche, etwas aufzutreiben.«

Dankbarkeit kroch in ihren Blick, was ein Hochgefühl durch meine Adern rauschen ließ. Es wäre doch gelacht, wenn ich diese Frau nicht von meinen Fähigkeiten überzeugen könnte!

Ich lächelte und zeigte ihr meine Grübchen.

»Das wäre nett.« Sie schien beeindruckt und ließ ihren Blick einen Moment länger als gewöhnlich auf mir ruhen.

Es sah gut aus für mich, sehr gut sogar.

Lächelnd wandte ich mich ab und lief zu Onkel Thomas.

»Was hast du ihr erzählt?«, fragte ich ihn. »Sag es mir schnell, und dann erzähl mir, wo ihr einen Ball oder so was aufbewahrt.«

»Einen Ball? Irgendwo im Schuppen. Ansonsten findest du eine Frisbee-Scheibe in dem Baum, in den du sie vor Jahren geworfen hast. Und ein paar Trainingsschuhe über der Telefonleitung.«

Ich verzog das Gesicht. »Ich brauche was für Jamie.«

»Er kann mit den anderen Kindern spielen. Deine Nichten und Neffen sind doch auch da.«

Tatsächlich waren unter den Gästen inzwischen viele Kinder, ein paar auch in Jamies Alter.

»Ein Ball wäre trotzdem hilfreich, damit ich bei ihr punkten kann.«

»Also willst du was von ihr?«

»Könnte man sagen, ja.«

»Dann ist es ja gut, dass ich dich in einem positiven Licht habe erscheinen lassen, was den Club betrifft.«

Entsetzt sah ich ihn an. »Gibt es etwa auch ein negatives Licht?«

»Natürlich. Ich könnte sagen, dass du die gesellschaftliche Ordnung untergräbst und Ehen gefährdest, dass gegen deinen Club Sodom und Gomorra Kindergärten waren und du froh sein kannst, dass die Gesundheitsbehörde nichts von dem Club weiß.«

»Das hast du ihr hoffentlich nicht gesagt. Ich hoffe, das erzählst du niemandem. Es ist nämlich auch nicht wahr.«

Er legte freundschaftlich seinen Arm um meine Schultern. »Natürlich nicht. Ich liebe deinen Club. Und die Männer und Frauen, die mich darin glücklich gemacht haben. Ich hoffe, du bist es auch.«

Ich sah zu Tonya, die mit Jamie auf dem Gras saß und Gänseblümchen pflückte.

»Ja, bin ich. Ich fange allerdings gerade erst an, die Freuden des Clubs zu genießen.«

»Mit ihr? Sie ist sehr sexy. Schnapp sie dir, bevor es ein anderer tut.«

»Ich bin dabei.« Ich grinste ihn an. »Also, was hast du ihr erzählt?«

»Nur meine ersten Erfahrungen. Sie wurde ganz rot dabei. Niedlich.«

Ich runzelte lächelnd die Stirn. »Du weißt, dass sie das alles in ihrer Masterarbeit verarbeiten will?«

»Solange sie meinen wahren Namen nicht nennt, darf sie alles veröffentlichen. Aber du solltest wieder zu ihr gehen. Sie wartet auf dich.«

Ich sah erneut zu ihr. Sie schaute gerade in meine Richtung. Als sich unsere Blicke begegneten, sah sie schnell weg, als hätte ich sie bei etwas Unanständigem ertappt.

Das war ein guter Anfang.

»Dann gehe ich jetzt in den Schuppen und suche den Ball.«

»Viel Glück!«

Ich fand keinen Ball, aber dafür ein Springseil und meine alte Spielzeugpistole, die man mit Wasser füllen konnte. Damit ging ich zurück zu Jamie und reichte sie ihm. Er war mehr als glücklich darüber und sprang auf, um damit zu spielen. Ich zeigte ihm auch die anderen Kinder, mit denen er schließlich Kontakt knüpfte. In der Zwischenzeit setzte ich mich zu Tonya.

»Hat Ihnen gefallen, was mein Onkel erzählt hat?«

Sie errötete leicht. »Es war sehr interessant.«

Sie sah hinreißend aus, wenn sie so verlegen war. »Er hat mich in den Anfängen des Clubs beraten. Ich hoffe, Sie wahren seine Anonymität und halten seinen Namen aus dem Text heraus.«

»Darum hat er mich auch gebeten, das werde ich natürlich tun.«

»Was wollen Sie nun von mir wissen?«

»Warum haben Sie den Club gegründet?« Sie nahm das Notizbuch zur Hand.

»Es war eine Schnapsidee. Einer meiner Freunde sehnte sich danach, einige gewisse Fantasien auszuleben, aber es gab keinen Ort, an dem er das tun könnte. Ein paar andere Freunde waren seiner Meinung. Da beschlossen wir, solch einen Ort selbst zu gründen.«

»Um was drehten sich seine Fantasien?«

Sie tat so, als würde diese Frage sie nicht weiter berühren, aber die Röte in ihrem Gesicht verstärkte sich. Ich musste mir ein Lächeln verkneifen.

»Er wollte Frauen lieben, ohne sie zu sehen, ohne zu wissen, um wen es sich handelte. Blinden, hemmungslosen Sex, ohne über Konsequenzen nachdenken zu müssen.«

»Die Nacht der 1001 Freuden war das erste, was es im Club gab?«

»Ja, mit dieser Idee war der Club geboren.«

Verlegen strich sie sich eine Strähne aus dem Gesicht, die sich aus ihrer Frisur gelöst hatte. »Das wusste ich nicht.«

»Würden Sie so etwas mögen?«, fragte ich sie.

Entsetzt sah sie mich an. »Ich? Äh, ich ... ich weiß nicht ... es ist ... Können wir zur nächsten Frage kommen?«

Sie war knallrot im Gesicht. Sie tat mir fast ein bisschen leid.

»Natürlich. Fragen Sie mich.«

»Wie haben Sie es angestellt, dass niemand Ihren Club finden kann? Jedenfalls niemand, der nichts davon weiß.«

Ich lächelte. »Das, liebe Tonya, kann ich Ihnen leider nicht verraten. Da greift der fünfte Zusatzartikel der amerikanischen Verfassung. Ich muss nichts sagen, was mich selbst belastet.«

»Es ist also illegal?«

Sie war in der Beziehung offensichtlich hartnäckig.

»Studieren Sie Jura oder Architektur und Philosophie?«

Betreten verzog sie den Mund. »Gut, ich ziehe die Frage zurück. Wer sind Ihre Kunden?«

»Auch das kann ich nicht sagen, das werden Sie hoffentlich verstehen.«

»Ich möchte keine Namen, nur soziale Schichten. Kommen eher Männer oder Frauen? Arbeiter oder Intellektuelle? Alt oder jung?«

»Mittlerweile beide Geschlechter, am Anfang fehlten Frauen, da mussten wir welche bezahlen. Inzwischen ist es ausgewogen. Das Alter ist ebenfalls bunt gemischt. Was die Bildung betrifft, dominieren die Höhergebildeten. Das liegt aber schon allein am Mitgliedsbeitrag.«

Sie nickte wissend. »Das kann ich mir vorstellen.«

»Er ist sehr hoch.«

»Ich weiß.«

Ich sah sie an und wartete, dass sie sich noch mehr verriet, aber sie schien zu merken, dass sie Mist gebaut hatte, denn sie biss sich auf die Zunge. »Das habe ich jedenfalls gehört«, fügte sie hinzu.

»Wenn Sie Mitglied wären, was würden Sie bevorzugen?«, fragte ich sie leise. »Welche Fantasien haben Sie?«

Sie starrte mich an. »Ich bin kein Mitglied«, murmelte sie. Ihr Gesicht leuchtete rot wie ein Feuerwehrauto ihres Sohnes.

»Sie könnten eine Schnupperstunde nehmen.«

Sie verriet sich immer noch nicht. »Es ist nur eine Abschlussarbeit, kein persönliches Vergnügen.«

Ich nickte. »Bei mir auch. Ich habe mich bisher immer daran gehalten, nie von der eigenen Droge zu naschen.« Bis sie kam.

»Sie selbst sind kein Mitglied?« Sie wirkte überrascht.

»Der Club gehört mir. Ich muss kein Mitglied sein, um seine Freuden genießen zu können. Aber nein, ich habe bisher nie mitgespielt.«

Ich glaubte, Erstaunen und so etwas wie Respekt in ihren Augen zu sehen.

»Ich suche meine Frauen auch nicht über die Partnervermittlung, die mir gehört. Ich bin Geschäftsmann, kein Lustmolch.«

Sie lächelte amüsiert. Ein unglaublich bezaubernder Anblick. Ich musste auf einmal an das Gefühl ihres Körpers unter meinen Händen denken. An ihren Hintern und ihr heftiges, lustvolles Stöhnen, als ich sie anal genommen hatte. Mein Schwanz zuckte gewaltig in meiner Hose. Er hatte schon die ganze Zeit, seitdem Tonya zu mir ins Auto gestiegen war, Mühe, seine Erregung unter Kontrolle zu halten. Aber diese Vorstellung war zu viel für ihn. Er stemmte sich gegen die Enge meiner Hose und sehnte sich danach, wieder in diese heiße Frau einzudringen, die mir gegenübersaß. Egal wo und wie.

Ihre Beine lagen schlank und sexy im Gras, der Rock ihres Kleides war ein wenig nach oben gerutscht. Dass sie so dalag und meinen Blicken ausgeliefert war, half dem Kerl in meiner Hose nicht unbedingt weiter. Er richtete sich weiter auf und pochte verlangend.

»Wann genau haben Sie den Club gegründet?«, fragte sie. Ihr Mund war so sexy. Was würde wohl passieren, wenn sie meinen Schwanz mit ihren vollen Lippen umschloss und an ihm lutschte?

Verdammt! Ich musste aufhören, nur an Sex mit ihr zu denken. »Vor fünf Jahren«, antwortete ich und versuchte, gelangweilt zu klingen, damit sie nicht merkte, wie sehr sie mich erregte.

»Wie viele Kunden haben Sie insgesamt?«

»Mehr als hundert.«

Sie zog ein erstauntes Gesicht, so dass ihre Lippen eine Schnute ergaben. Heiß! Mein Schwanz bäumte sich erneut auf.

»Und jeder bezahlt seinen Mitgliedsbeitrag? Das ist ein lohnenswertes Geschäft.«

Ich musste mich konzentrieren. »Sie dürfen nicht vergessen, dass der Club auch hohe Kosten verursacht. Die Darsteller und Mitspieler in den Fantasien kosten viel Geld. Auch dass das Geheimnis des Clubs gewahrt bleibt, ist nicht billig.«

»Meinen Sie die Schmiergelder?« Sie lächelte wieder amüsiert.

Ich ignorierte ihre Anspielung. »Wenn Sie weitere Infos benötigen, kann ich Ihnen die Nummer einer Person geben, die Ihnen etwas mehr zu den Sexpraktiken erzählen kann. Eine Domina, die in meinem Club arbeitet.«

Ich konnte sehen, dass sie den Atem anhielt. »Das wäre gut.«

»Sie heißt Madame Beatrix. Sie ist nicht immer aktiv, nur manchmal, aber sie kann eine Menge erzählen.« Ich schrieb die Nummer in ihr Notizbuch.

»Danke.«

»Wer ist eigentlich der Vater Ihres Sohnes?«

Diesen abrupten Themenwechsel hatte sie nicht erwartet. Erstaunt sah sie mich an. »Das geht Sie nichts an.«

»Kennen Sie ihn?«

»Natürlich kenne ich ihn! Wofür halten Sie mich?«

Vorsichtig, Jensen! Ich musste aufpassen, das Vertrauen, das ich aufgebaut hatte, nicht mit einer dummen Frage einzureißen. »Entschuldigung, so war das nicht gemeint. Ich frage mich nur, ob Sie noch Kontakt zu ihm haben.«

»Ja, habe ich. Er unterstützt mich und Jamie, damit ich meinen Uni-Abschluss machen kann.«

Wie großzügig. Ich musste mir eine bissige Bemerkung verkneifen, doch in diesem Moment kehrte Jamie zurück.

»Mama, komm mit. Dort ist eine Schaukel. Wir gehen schaukeln.« Er zerrte an ihrer Hand und schien felsenfest davon überzeugt zu sein, dass sie mitkommen musste.

Meine alte Schaukel.

»Entschuldigen Sie mich«, sagte sie und stand auf, um mit Jamie über die Wiese zur Schaukel zu gehen. Sie ging auch noch unglaublich sexy und drehte ihren Hintern leicht bei jedem Schritt. O Mann, sie machte mich völlig fertig! Wenn ich sie nicht bald wieder nackt unter mir spüren durfte, würde ich durchdrehen.

Ich dachte einen Moment an die Aktenberge in meinem Büro, um meinen Schwanz zu beruhigen, dann erhob ich mich ebenfalls und ging zu Devon, der mit einer unserer entfernten Cousinen an der Seite stand und flirtete.

Wir plauderten eine Weile zu dritt, bis sich Helen, die Cousine, verabschiedete und zu ihrem Mann lief. Nun war der Zeitpunkt gekommen, Devon zu erklären, um wen es sich bei Tonya handelte. Er fiel fast um.

»Das ist die Frau, mit der du es im Club getan hast? Woher weißt du das?«

»Sie hat sich aus Versehen verraten. Und ich hatte zufällig geschäftlich mit ihr zu tun.«

»Weiß sie, wer du bist?«

»Nein, und das darf sie auf keinen Fall erfahren. Dann würde sie mich umbringen, fürchte ich.«

»Meine Lippen sind versiegelt.«

Er war in der Beziehung wirklich ein Meister der Verschwiegenheit. Bei seiner Vergangenheit war es aber auch bitter nötig, dass er Geheimnisse bewahren konnte.

»Willst du mehr von ihr?«

»Möglicherweise.«

Devon grinste. »Immerhin weißt du schon mal, dass es im Bett klappt.«

»Ja, das ist ein wichtiges Element.«

Er klopfte mir auf den Rücken. »Hast du wenigstens in der Zwischenzeit herausgefunden, ob sie eine Schwester hat?«

»Nein, aber ich bleibe dran.«

In der nächsten Zeit war es allerdings nicht mehr möglich, in Ruhe allein mit ihr zu sprechen. Zuerst nahm meine Mutter sie in Beschlag, dann mein Vater. Sie erzählte ihnen, dass wir nur beruflich miteinander verbunden seien, was ihr aber weder mein Vater noch meine Mutter abnahm. Mein Vater schließlich lud sie zu einem Scotch ein, das typische Verbrüderungsgetränk in meiner Familie. Sie lehnte nicht ab, sondern trank das Glas in einem Schluck aus, als würde sie so etwas jeden Tag tun.

Mein Vater war sichtlich beeindruckt. Ich auch.

Am Abend, als es Bowle gab, saß ich wenigstens wieder neben ihr und hatte Jamie auf dem Schoß, der langsam müde wurde und sich gegen meine Brust lehnte. Als er eingeschlafen war, bat sie darum, sie nach Hause zu bringen.

Ich trug das Kind ins Auto und fuhr zurück in die City. Als wir vor ihrem Haus hielten, blieb sie einen Moment sitzen.

»Es kann sein, dass ich Ihnen Unrecht getan habe, Mr. Monroe«, sagte sie leise. »Vielleicht sind Sie doch nicht so schlimm, wie ich immer dachte.«

Mein Herz machte einen kleinen Hüpfer. »Das freut mich zu hören. Ich finde Sie nämlich überhaupt nicht schlimm.«

Sie lächelte, was mich zu einer Dummheit hinreißen ließ. Ich strich mit der Hand die lose Haarsträhne aus ihrem Gesicht und klemmte sie hinter ihr Ohr.

Erschrocken wich sie zurück. »Das heißt aber nicht, dass ich Sie näher kennenlernen möchte«, murmelte sie verlegen und öffnete die Tür. »Es war ein netter Tag, aber ich bin nur wegen meiner Masterarbeit mitgekommen. Mehr ist es nicht.«

Shit.

»Das habe ich auch angenommen«, brachte ich mühsam hervor und versuchte, cool zu bleiben. »Gute Nacht.«

»Gute Nacht.« Sie stieg aus und nahm Jamie in den Arm. Ich wollte ihr helfen, aber sie war so schnell die Treppen nach oben gelaufen, dass ich zu spät kam. Nur einen Moment verschwand sie im Haus.

Wenn ich so dumm gewesen war, anzunehmen, dass ich sie in der Realität im Sturm von mir überzeugen könnte, so war diese Illusion mit ihren letzten Worten und ihrer Flucht gestorben. Sie war noch nicht soweit. Sie zu erobern und zu spüren, würde noch eine Weile dauern. So lange würde ich es ohne sie auf keinen Fall aushalten.

Ich musste sie wieder besitzen, unbedingt. Aber sie durfte auf keinen Fall erfahren, wer ich wirklich war. Sonst wäre alles aus.

KAPITEL 15

TONYA

DAS HANDY, DAS ich mir gestern erst gekauft hatte, weckte mich mit seinem schrillen Klingeln am Morgen nach der Feier von Jensen Monroes Tante viel zu früh. Verschlafen tastete ich nach dem Gerät. Es krachte zuerst einmal nach unten, blieb zum Glück aber heil.

Noch ein neues Telefon könnte ich mir nicht leisten, zudem ich noch keine neue Kreditkarte besaß!

Wenigstens war ich durch den Schreck etwas wacher geworden.

Thea meldete sich mit erstaunlich munterer Stimme am anderen Ende der Leitung.

»Du hast recht, der Club ist der Hammer!«, plärrte sie in den Hörer. »Es war unglaublich! Ich habe einen Dom ausprobiert und bin immer noch völlig fertig. O mein Gott, es war himmlisch. Der Mann war unglaublich, ich wünschte, ich könnte mein Herz herausreißen und mich einfach nur noch solchen Freuden hingeben.«

Ich versuchte ein Lächeln, auch wenn es mir um diese Uhrzeit noch schwerfiel. Dabei stand ich auf und öffnete die Tür, um die Zeitung reinzuholen.

»Das klingt nach einem erfolgreichen Abend. Ich hoffe, es war nicht Oliver?!«

Bei dem Gedanken, ihn mit meiner besten Freundin im Bett zu erwischen, wurde mir schlecht.

»Nein, er hieß Sebastian. Er ist der Hammer, extraordinaire, ma chérie. Absolut gigantisch.«

Thea bekam sich gar nicht mehr ein.

Ich öffnete in der Zwischenzeit die Zeitung mit den Stellenanzeigen.

»Falls du wissen willst, wie es bei mir und Jensen Monroe war, kann ich dir auch etwas erzählen. Und vor allem, was mir sein Onkel über den Club erzählt hat.«

»Alles, was den Club betrifft, will ich wissen. Ich muss wieder dorthin. Ich glaube, ich bin jetzt schon süchtig danach!«

»Das ist ge--« Ich hielt inne und starrte auf eine Anzeige. Seit ein paar Monaten suchte ich nach einem passenden Job für mich, den ich nach dem Ende meines Studiums beginnen könnte. Der hier wäre perfekt: wissenschaftliche Mitarbeiterin der großen New Yorker Nationalbibliothek in der Abteilung Stadtgeschichte und Architektur.

»O mein Gott«, murmelte ich. »Ich muss eine E-Mail schreiben. Kann ich dich später zurückrufen?«

»Was ist los?«

»Ich habe meinen Traumjob gefunden. Ich rufe dich später an.«

»Wenn du willst, triffst du mich im Schönheitssalon. Ich muss mich regenerieren und für meinen nächsten Besuch im Club hübsch machen. Komm mit, dann können wir in Ruhe quatschen.«

»Okay, bis später.«

Ich legte auf und nahm meinen Computer zur Hand. Mit klopfendem Herzen las ich die Anzeige noch einmal, dann schrieb ich eine Bewerbung und sandte meine Unterlagen an die Personalabteilung der Nationalbibliothek. Mit schweißnassen Händen drückte ich auf

Senden und wischte mir den Schweiß von der Stirn. Das wäre mein Traumjob, die absolut fantastischste Stelle, die ich je ergattern konnte. Ich würde beten, hoffen, alle magischen Kräfte dieser Erde anrufen, damit sie mir halfen, diesen Job zu bekommen.

Danach ging ich unter die Dusche und versuchte, nicht alle fünf Minuten meine E-Mails aufzurufen und nachzuschauen, ob sie schon geantwortet hatten. Als Jamie wach wurde und bei mir im Badezimmer stand, hatte ich mich soweit gefangen, dass ich lächelnd summte und davon träumte, wie es wohl wäre, in der Nationalbibliothek zu arbeiten. Einen vorsichtigen Blick in meine E-Mails wagte ich, aber es war natürlich noch keine Antwort da. Heute würde mit Sicherheit nichts mehr kommen.

Ich zog Jamie an, wir frühstückten gemütlich zusammen, dann gingen wir hinaus in den Sonntag und besuchten Thea im Schönheitssalon.

Ich konnte mir die teuren Anwendungen leider nicht leisten, deshalb setzte ich mich mit Jamie auf einen Stuhl daneben und sah zu, wie Thea eingecremt, massiert und verwöhnt wurde.

»Er hat alles mit mir getan, was man sich nur wünschen kann«, sagte sie etwas nebulös, um Jamies Ohren zu schonen. »Ein Meister seines Fachs. Du solltest es versuchen, ich kann es nur empfehlen. Ehrlich.«

»Ich möchte aber nur Oliver.«

»Dann bitte Oliver, es mit dir zu tun. Die völlige Unterwerfung ist ein echter Kick. Probier es aus!«

»Vielleicht.«

»Dieser Jensen war mir zwar am Anfang äußerst unsympathisch, nachdem zu urteilen, was du mir erzählt hast, aber langsam finde ich ihn gut. Wer so einen Club gründet, kann kein schlechter Mensch sein.« Sie kicherte.

Ich musste schmunzeln. »Sein Onkel hat erzählt ...« Ich sah zu Jamie, der mit ein paar Cremedosen spielte und ein Haus daraus baute. Ich kramte die Kopfhörer aus der Tasche und setzte sie ihm auf. Dann schaltete ich Pippi

Langstrumpf an meinem Handy an und verband es mit den Kopfhörern. Ruhig saß er da und lauschte. Und er konnte nicht hören, was wir besprachen.

Danach wandte ich mich wieder Thea zu. »Onkel Thomas hat gesagt, der Club hätte ihn und seine Ehe gerettet. Er wollte immer mal ausprobieren, wie es wäre, mit einem Mann Sex zu haben, obwohl er nicht schwul ist. Er wollte aber seine Frau nicht vor den Kopf stoßen, da ist er in Jensens Club gegangen und hat sich ausgetobt, bis es ihm gereicht hat. Danach hat er noch ein paar andere Sachen getestet, zum Beispiel diese Dom-Sache, Dom und eine Domina. Beides. Und er hat seinen Lederfetisch ausgelebt. Wenn er das nicht gehabt hätte, wäre er durchgedreht, meinte er. Und seine Frau wäre davongelaufen.«

Die Kosmetikerin hatte aufgehört, sich um Thea zu kümmern und starrte mich gebannt an. Offenbar wollte sie kein Wort verpassen.

»Und was erzählt Jensen? Hat er auch solche Geschichten auf Lager?«

»Nein, er nutzt seinen Club nicht, sagt er.«

»Ist er verrückt? Oder extrem langweilig?«

»Ich würde sagen, weder noch.« Ich dachte plötzlich daran, wie er meine Haarsträhne hinters Ohr stecken wollte. Es passte so gar nicht zu seinem früheren Verhalten. Zuerst hatte er mich bedroht und mir fast eine Klage an den Hals gehängt. Doch plötzlich nahm er mich zur Familie mit und spielte mit Jamie. Und er wurde im Auto fast zärtlich. Als hätte er auf einmal eine Kehrtwende gemacht. Wieso tat er das?

»Ich an seiner Stelle würde jeden Tag von den Früchten meiner Arbeit naschen.« Sie kicherte erneut. Dann sah sie kritisch zu der Kosmetikerin, die Thea immer noch vernachlässigte und stattdessen aufmerksam zuhörte. Als die junge Frau Theas Blick bemerkte, nahm sie ihre Arbeit jedoch schnell wieder auf.

»Ich glaube, er will es nicht, weil er weiß, dass es süchtig macht. Ich finde es gut, dass er sich davon fernhält.«

»Du findest etwas gut, was er macht? Was ist mit dir los? Ich denke, du hasst ihn?«

»Das tue ich auch!«, rief ich schnell. »Er ist ein Monster, das mich vernichten will und von dem ich mich fernhalten muss. Aber vielleicht hat er auch gute Seiten. Ich bin mir nicht sicher.«

Thea lächelte unter all der Creme. »Oliver hat dich verändert. Endlich öffnest du dich wieder den Männern. Das wird aber auch Zeit. Es sind nicht alle solche Idioten wie Derek.«

Ich seufzte. »Das hoffe ich. Jensen ist es aber. Vermutlich. Nur Oliver ist anders.«

»Wann trefft ihr euch das nächste Mal?«

»Ich weiß es nicht. Vielleicht sollte ich ihn anfragen?«

»Ja, mach das. Unbedingt. Das tut dir gut, es ist deutlich zu merken. Schreib eine E-Mail, jetzt sofort.«

Ich holte tief Luft. »Okay, ich tue es.«

Ich wollte mein Smartphone zur Hand nehmen, doch das war gerade mit Pippi Langstrumpf besetzt.

»Nimm meines«, bot Thea an. Ich griff in ihre Tasche und holte ihr Handy hervor. Ich wählte das E-Mail-Programm und wollte eine neue Mail schreiben, doch die Adresse tauchte bereits in der Zeile auf. Schnell gab ich meine Anfrage ein, dann schickte ich die Mail weg. Bevor ich es mir anders überlegte.

»Erledigt?«, wollte Thea wissen.

»Erledigt.«

»Braves Mädchen.« Sie kicherte erneut. »Du wirst es nicht bereuen.«

Ich lächelte.

Wir plauderten noch ein Weilchen über Belanglosigkeiten, dann war sie endlich fertig und erhob sich frisch geschminkt, mit gezupften Augenbrauen und strahlender Haut aus dem Stuhl.

Ich nahm Jamie die Kopfhörer ab, dann gingen wir alle drei hinaus ins Freie.

Kaum standen wir draußen, entschlüpfte Thea ein kleiner Schrei. Denn keine drei Meter vor uns überquerte ihr Traummann die Straße.

»Das ist er!« Kaum hatte sie zu Ende gesprochen, stürmte sie auf ihn los. Noch bevor er sie sehen konnte, zerrte sie an seinem Arm.

»Nun hat uns das Schicksal doch noch zusammengeführt. Ich hatte die Hoffnung schon aufgegeben.«

Als er sie erkannte, lächelte er. »Ich muss gestehen, ich habe versucht, das Schicksal auszutricksen und dich gesucht. Aber offenbar wollte es das nicht. Aber hier bist du.«

Sie strahlte über das ganze Gesicht. »Willst du meine Nummer noch? Und willst du noch mit mir Kaffee trinken?«

Er nickte. »Wenn du es dieses Mal wirklich möchtest und nicht wieder das Schicksal oder jemand anderen vorschiebst, will ich auch.«

»Das Schicksal kann mich mal. Morgen Abend? Oder heute Nachmittag? Oder lieber jetzt sofort?«

Er lachte. »Sofort. Ich war gerade bei der Post, aber hätte nun Zeit.«

»Ich auch.« Sie drehte sich zu mir um und zog ein verliebtes Gesicht. »Wir sehen uns später. Ich kümmere mich heute Abend um Jamie.«

»Danke. Viel Spaß!« Ich beobachtete, wie die beiden zusammen in den nächst gelegenen Coffeeshop gingen, und ein kleiner Funke Neid entfachte sich in mir. Ich hätte auch gern wieder einen Mann, mit dem ich ausgehen, Hand in Hand durch die Straßen spazieren und glücklich sein konnte. Aber momentan hatte ich nur Oliver. Und ob der daran interessiert war, sich mit mir in der Öffentlichkeit zu zeigen, war fraglich. Ich wusste ja nicht einmal, wer er wirklich war, was er machte und wie er aussah. Ich wusste nur, wie er sich anfühlte und wie er schmeckte. Aber das war immerhin etwas.

Ich ging mit Jamie nach Hause, wo ich ihn wieder mit Pippi Langstrumpf ruhigstellte, damit ich die Erlebnisse von Onkel Thomas aufschreiben konnte. Ich musste mit der Arbeit endlich fertig werden, damit ich meinen Traumjob beginnen konnte. Ein vorsichtiger Blick ins Postfach verriet mir, dass sich die Nationalbibliothek noch nicht gemeldet hatte. Ich musste also weiterhin geduldig sein. Und fleißig.

Als ich Jensens Angaben notierte, kehrte Thea von ihrem Date zurück. Sie strahlte immer noch. Vielleicht sogar ein bisschen mehr.

»Er ist himmlisch«, sagte sie und setzte sich. »Ich glaube, ich liebe ihn.«

Ich musste schmunzeln. »Aber du kennst ihn gerade mal zwei Stunden. Er könnte ein Serienmörder sein.«

»Das ist er nicht. Er ist ein Computer-Experte und wird hin und wieder zu Firmen gerufen, die seine Hilfe brauchen. Er reist sogar manchmal nach Europa, wenn die mit ihren Computern nicht klarkommen.«

»Ist er verheiratet?«

»Nein. Seine Ex hat ihn wegen eines anderen verlassen. Und da er meist zu Hause arbeitet, mehr als acht Stunden am Tag, und in New York selten rauskommt, ist er noch Single. Ich mag ihn.« Sie klang plötzlich wie ein kleines Mädchen. Ich glaubte ihr und seufzte.

»Wann seht ihr euch wieder?«

»Wir gehen morgen frühstücken. Und vielleicht am Wochenende ins Konzert. Wenn ich nicht auf Jamie aufpassen muss.«

»Ich gebe dir frei«, erwiderte ich großzügig. »Ach, du hast es gut. Ich wünschte, ich wäre so verliebt wie du. Ich hoffe für euch, dass es wirklich klappt.«

»Danke. Du wirst auch noch deinen Traummann finden, da bin ich mir sicher.«

»Hoffentlich.« Ich dachte an Oliver, und für einen

winzigen Moment huschte sogar Jensen durch meinen Kopf. Den vertrieb ich aber schnell.

Danach sah ich meine Aufzeichnungen an und wollte weiterarbeiten, doch da entdeckte ich die Handynummer der Domina, die mir Jensen gegeben hatte.

»Leihst du mir noch mal dein Handy?«, fragte ich und sah zu Jamie, der immer noch mit meinem Smartphone Geschichten hörte.

Thea reichte es mir, und ich wählte die Nummer von Madame Beatrix, der Domina. Es dauerte einen Moment, bis sie antwortete.

»Ja?«, fragte sie kurz angebunden mit unfreundlicher Stimme.

»Hi, ich habe Ihre Nummer von Jensen Monroe erhalten. Er meint, Sie könnten mir etwas zu Ihrer Aufgabe im Wild Boys Club erzählen.«

Sie schwieg lange, und ich dachte schon, sie hätte einfach aufgelegt. »Madame Beatrix?«

»Ja, ich bin noch da. Treffen Sie mich in einer Stunde im Zoo von Queens. Ich stehe vor dem Löwenkäfig.« Dann legte sie auf.

Verdattert sah ich auf das Telefon, dann reichte ich es Thea zurück. »Sie will mich im Zoo treffen. Es klingt, als hätte sie äußerst geheimnisvolle Dinge zu berichten.«

Thea wünschte mir viel Erfolg, dann nahm ich auch schon meine Tasche und lief zur U-Bahn.

VOR DEM LÖWENKÄFIG entdeckte ich eine Schulklasse, eine Mutter mit ihrer kleinen Tochter und eine Frau um die sechzig mit langen dunklen Haaren, die sie zu einem Pferdeschwanz gebunden hatte. Sie trug eine Brille und eine dunkelblaue Strickjacke mit einem goldenen Emblem auf der linken Brust. Sie sah aus wie die Mutter einer braven Vorstadtehefrau. War sie die Domina?

»Hi«, sagte ich unsicher, während ich zu ihr trat. »Sind Sie Madame Beatrix?«

»Ja, die bin ich.« Sie sah sich vorsichtig um. Es achtete jedoch niemand auf uns.

»Haben Sie Angst, entdeckt zu werden?«, fragte ich verwundert.

Sie runzelte die Stirn. »Es muss niemand wissen, dass ich mich wegen der Sache mit Ihnen treffe. Ich habe auch noch ein Privatleben, das recht wenig mit dem Club zu tun hat. Also, was wollen Sie wissen?«

Sie war unfreundlicher, als sie aussah. »Ich möchte, dass Sie mir alles erzählen, was Sie über den Club wissen. Und was Sie erlebt haben. Welche Kunden Sie glücklich machen und was die von Ihnen fordern. Und vielleicht auch, wer Sie in Wirklichkeit sind. Einfach alles.«

»Erstens: Wer ich in Wirklichkeit bin, geht niemanden etwas an. Mein Name, den Sie verwenden, ist Madame Beatrix. Mehr wissen Sie nicht über mich. Okay?«

»Okay.«

»Zweitens: Ich bin seit fünf Jahren Domina in dem Club, seitdem Jensen ihn gegründet hat. Ich habe so viel erlebt, davon könnten Sie zehn Bücher füllen. Das kann ich Ihnen alles unmöglich an einem Nachmittag erzählen. Drittens sollten Sie eines wissen: Im Wild Boys Club verschwimmen Realität und Fantasie. Und wenn geheime Sehnsüchte erfüllt werden, wird in dir ein Feuer entfacht, das so heiß lodert, dass es dein Herz völlig verzehren kann. Dieses Feuer hat mir viel Probleme bereitet, weil ich mich nicht davon befreien konnte. Meine Ehe fing an zu zerbrechen. Mein Mann darf niemals erfahren, dass ich das tue.«

»Ich werde Ihren Namen ganz sicher raushalten. Bitte berichten Sie mir wenigstens das Wichtigste. Warum haben Sie dort angefangen?«

Sie zögerte noch einen Moment, doch dann fing sie an. »Ich hatte schon immer einen Hang für das Besondere. Mein Mann konnte das jedoch nie nachvollziehen. Deshalb suchte ich schon früh in meiner Ehe einen Geliebten, mit dem ich all die Dinge tun konnte, die mein

Mann eklig fand. Wir haben mit unseren Exkrementen experimentiert und alles ausprobiert, was es in der Szene gab. Mein Sexpartner hat mich gefesselt und gewürgt, ich habe ihn geschlagen und gequält. Dabei lernt man absolutes Vertrauen und völlige Hingabe. Vertrauen in den Partner, dass er im richtigen Moment die Reißleine zieht. Komplette Hingabe des eigenen Körpers und sogar des Lebens. Denn bei manchen Spielen wären die Konsequenzen tödlich gewesen. Das Wichtigste war dabei das Safeword, das wir vereinbarten. Wenn er es missachtet hätte, stünde ich vielleicht nicht mehr hier. Aber er musste aus beruflichen Gründen fortziehen, er ging nach Washington, um in die Politik einzusteigen. Ich musste mir einen neuen Partner suchen. Ich gab eine Anzeige auf, erhielt jedoch keine zufriedenstellenden Zuschriften. Dann schließlich meldete sich jemand, der auf Jensens Club verwies. Nachdem ich das erste Mal zu ihm gegangen war, hatte ich Blut geleckt. Ich kehrte immer dahin zurück, wenn es meine Zeit erlaubte, so dass mein Mann nichts davon mitbekam. Ich legte mich aber nicht auf einen Partner fest, sondern probierte viele verschiedene aus. Und irgendwann fragte mich jemand vom Club, ob sie mich auch anfordern könnten, wenn jemand eine Domina wie mich verlangte. Da habe ich zugesagt. Das einzige Problem ist das Umfeld. Niemand darf wissen, dass ich das tue. Ich arbeite in einem angesehenen Job als Managerin eines international aufgestellten Unternehmens. Wenn mein Privatleben herauskäme, wäre ich geliefert. Und mein Mann würde sich scheiden lassen.«

»Ich werde Ihren Namen ganz sicher nicht verraten.«

Sie blinzelte den Weg hinunter zu den Luchsen, als würde sie dort jemanden sehen, der ihr verdächtig erschien.

»Gehen wir weiter«, sagte sie und zog mich in einen anderen Bereich des Zoos. Vor dem Affengehege blieb sie wieder stehen und drehte sich um. Niemand war uns gefolgt.

»Ich habe seit einiger Zeit das Gefühl, dass mein Mann ahnt, dass ich etwas Ungewöhnliches tue. Und dass er mir manchmal heimlich folgt. Deshalb komme ich nur noch selten in den Club, obwohl mich die Abstinenz von seinen Freuden innerlich verzehrt.« Sie sprach ganz leise, damit niemand sie hören konnte.

»Vielleicht kommt es Ihnen nur so vor, dass er Ihnen folgt?«

»Nein, ich fürchte nicht.«

»Was tun Sie eigentlich, wenn Sie Domina sind?«

»Ich lasse die Männer, oder manchmal auch Frauen, ihre Fantasien ausleben. Viele Menschen träumen davon, jemandem hörig zu sein. Alles zu tun, was von ihnen verlangt wird. Erstaunlicherweise sind das oft Männer in hohen Positionen, die so den Druck, der den ganzen Tag auf ihnen lastet, loswerden wollen. Frauen lassen sich gern nackt und mit gespreizten Gliedmaßen auf ein drehbares Wagenrand fesseln, die Brustwarzen in Klemmen gesteckt. Dann werden sie mit feinen Peitschen bearbeitet oder bekommen abwechselnd heißes Wachs und Eiswürfel auf die Haut. Manche stehen besonders auf Streicheleinheiten mit einem Handschuh, auf dem lauter Reißzwecken befestigt sind. Da hat jeder Mensch andere Fantasien, aber das gehört schon fast zum Standard.«

»Und das gibt es alles in Jensens Club?« Ich war sprachlos. Ich kannte nur die Nacht der 1001 Freuden.

»Das und noch viel mehr. Der Club bietet Lack- und Leder-Abende, auch für Homosexuelle, Dinner mit mehrgängigem Menü für Männer im Smoking und ihre nackten Begleiterinnen, Nackt-Tango-Tanzabende und Pokerrunden, bei denen man Frauen oder Männer gewinnen und verspielen kann. Sie sollten mal mitspielen. Vielleicht gefällt Ihn--«

Sie hielt inne und starrte entsetzt auf einen Mann, der bei den Schimpansen stand und langsam zu uns kam.

Ich runzelte verwundert die Stirn, denn ich kannte den Mann. Es war Professor McCallum.

»Professor McCallum! Sie werden es nicht glauben, ich arbeite gerade an meiner Masterarbeit und Madame Beatrix ist so nett--«

»Madame Beatrix?«, unterbrach er mich. »So nennt sie sich also!«

Verwundert sah ich zu der Domina, die blass geworden war.

»Philip, wir sollten uns in Ruhe unterhalten. Nicht hier.«

Einen Augenblick lang wusste ich nicht, was hier gerade abging. Doch dann schwante mir auf einmal Übles. McCallum war der Mann von Beatrix.

Und plötzlich ergab alles Sinn, was mir vorher seltsam erschienen war. Deshalb war McCallum so an meinen Recherchen über den Club interessiert gewesen, weil er seine Frau verdächtigte. Deshalb hatte er auch heimlich nachgehakt.

Und ich war mitten zwischen die Fronten geraten.

»Es tut mir leid, ich hatte keine Ahnung!«, stammelte ich. »Ich wusste nicht, dass Sie und Sie ... ich wünschte, ich hätte dieses verdammte Thema niemals angefangen.«

»Das haben Sie aber«, donnerte McCallum. »Ich will jetzt jedoch nichts mehr damit zu tun haben. Ich weiß, was ich niemals wissen wollte. Sie sind raus! Raus aus meiner Uni! Ich will Sie und Ihre Masterarbeit nicht mehr sehen!«

Mir wurde hundeelend. »Aber ich bin schon so gut wie fertig! Ich brauche den Abschluss, sonst bekomme ich nie einen Job!«

»Das hätten Sie sich früher überlegen sollen, bevor Sie sich auf solch ein schmutziges Thema einlassen! Sie sind durch bei mir. Gehen Sie mir aus den Augen!«

»Nein! Professor McCallum, bitte nicht!«

Er achtete nicht mehr auf mich und meine verzweifelten Rufe. Ich war Luft für ihn. Eine dumme Studentin, die versagt hatte.

Ich warf einen verzweifelten Blick auf Beatrix, aber deren Gesicht war wie versteinert. Sie achtete überhaupt nicht auf mich, sondern starrte ihren Mann an. »Wie kann jemand nur so verknöchert und spießig sein«, murmelte sie.

»Wie kann jemand nur so verdorben und pervers sein!«, konterte er laut und heftig, so dass feine Speicheltropfen durch die Luft flogen.

»Es gibt noch mehr zwischen Himmel und Erde als die Missionarsstellung und deine verklemmten Ansichten«, erwiderte sie. »Es ist furchtbar, dass du dir das nicht vorstellen kannst!«

»Was für ein Mensch bist du wirklich, wenn du so abartige Fantasien hast? Folterst du gerne? Sehnst du dich nach dem Tod oder danach, andere umzubringen?«

Beatrix verdrehte die Augen und wandte sich ab. »Du hast ja keine Ahnung.«

Er folgte ihr und schimpfte weiter auf sie ein, während sie versuchte, ihm zu erklären, worum es beim harten Sex wirklich ging.

Ich wagte noch einen Versuch, ihn zum Bleiben zu bewegen, doch es war umsonst. Mit hängenden Schultern und der blanken Panik im Gesicht blieb ich zurück.

Ich war geliefert. Mein Studium war vorbei, ohne dass ich es ordnungsgemäß zu Ende bringen konnte. Ich würde niemals einen gescheiten Job finden, den in der Nationalbibliothek sowieso nicht. Meine Eltern würden mich niemals achten. Und ich hatte die ganze Zeit umsonst geschuftet. Der ganze Ärger mit Jensen Monroe war ... Meine Gedanken überschlugen sich an dieser Stelle. Wusste er davon? McCallum hatte ihn kontaktiert, Jensen kannte also den Namen meines Professors. Wusste er auch, dass Madame Beatrix dessen Frau war?

Vermutlich, immerhin arbeitete sie seit Jahren in diesem Club.

Er hatte mich reingelegt. Er hatte mir ihre Telefonnummer gegeben, damit die ganze Sache aufflog und die Arbeit niemals geschrieben würde.

Wie betäubt taumelte ich durch den Zoo zurück zur U-Bahn und fuhr nach Hause. Kaum war ich angekommen, setzte ich Jamie wieder die Kopfhörer auf und ließ mich tränenüberströmt zu Thea auf die Couch fallen. Ich erzählte ihr alles, was vorgefallen war.

Sie beruhigte mich, so gut es ging, aber es gab wenig, das sie für mich tun konnte.

»Falls es dich tröstet«, sagte sie schließlich, »es ist eine Mail vom Club gekommen. Oliver ist bereit, dich heute zu sehen.«

Entsetzt sah ich auf. »Ich gehe nie wieder in diesen Club von diesem schrecklichen Verbrecher Jensen Monroe!«

»Das kann ich verstehen. Deshalb solltest du Oliver fragen, ob er dich auch in freier Wildbahn sehen will. Falls du ihn noch treffen möchtest.«

»Ihn würde ich gerne sehen«, gab ich zu.

»Dann gehe ein letztes Mal in den Club und frage ihn.«

Ich nickte schniefend. »Okay. Du hast recht.«

»Ich weiß, Baby. Deshalb nennen mich auch alle immer Thea, die Weise.«

Ich musste lächeln. »Ja, das passt zu dir.«

»Also dann, zieh dich um und mach dich hübsch für ihn.«

»Okay. Obwohl er es ohnehin nicht sieht.«

»Doch, heute sieht er es. Du hast angefragt, ob er mit dir etwas anderes spielen will.«

»Das habe ich nicht!«

»Doch.«

Sie zeigte mir die Mail. Entsetzt las ich mir durch, was ich angeblich geschrieben hatte. Es stimmte nur so überhaupt nicht mit dem überein, was ich in Erinnerung hatte. Doch als ich mich an die Mail erinnerte, die einfach aufgegangen war, fiel bei mir der Groschen. Thea hatte vor mir im Club angefragt, und ich hatte aus Versehen Theas Mail noch einmal abgeschickt.

Ich stöhnte leise über diesen Fehler, aber der Gedanke, eine andere Fantasie als sonst mit Oliver ausleben zu können, erregte mich dennoch.

ICH WAR WIEDER so aufgeregt wie beim ersten Mal, als ich im Wild Boys Club eintraf. Das hatte damit zu tun, dass ich Oliver fragen wollte, ob er bereit war, sich auch außerhalb des Clubs mit mir zu treffen. Und weil ich nicht wusste, was mich bei diesem Treffen erwartete. Die Dinge, die Madame Beatrix beschrieben hatte, würden mich wohl eher überfordern.

Als ich eintrat, führte mich Emily in einen Raum im zweiten Stock, wo ich mich in Ruhe umsehen konnte. Es handelte sich um einen Playroom, der mit blauem Samt ausgelegt war. Sogar die Tapeten waren samtig blau. Wie der Himmel zur Mitternacht.

Ein riesiges Bett mit hohen Bettpfosten stand in der Mitte, ebenfalls mit blauem Samt bezogen. Außerdem gab es einen Stuhl und einen in die Wand eingelassenen Schrank. Ich hätte zu gern gewusst, was sich dahinter verbarg, aber es war von außen nichts zu sehen.

»Ihr Partner hat mich gebeten, Ihnen die Augen zu verbinden«, sagte sie und holte ein schwarzes Tuch aus ihrer Tasche.

»Muss ich mich ausziehen?«, fragte ich.

»Das können Sie mit Ihrem Partner alles gleich selbst absprechen. Er wird jeden Moment hier sein.«

Sie band das Tuch um meinem Kopf und führte mich zu dem Bett, auf dem ich mich niederließ. Nur einen Moment später verließ sie den Raum.

Unruhig wartete ich einige Minuten, bis sich die Tür wieder öffnete. Ich konnte seine starke Präsenz wahrnehmen, bevor ich seine Hand an der Wange spürte.

»Hallo«, flüsterte er und beugte sich zu mir herab, um mich zu küssen. Hart und verlangend, wie ein ausgehungerter Wolf. Als wüsste er, dass ich genau das jetzt brauchte.

Seine Zunge schob sich in meinen Mund, füllte ihn aus und stieß hungrig zu, bis ich nach Atem rang. Als sich seine Lippen lösten, lächelte ich.

»Ich habe dich auch vermisst.«

Er antwortete nicht, sondern küsste mich erneut, dieses Mal kleine, fest Küsse, die hart und gierig an meinen Lippen und meiner Haut zupften. Dabei strich er durch mein Haar und über meinen Nacken.

»Kannst du mich sehen?«, fragte ich, als mir plötzlich bewusst wurde, dass er gar nicht vorsichtig tastete, sondern genau wusste, was er tat.

»Ja, meine Augen sind nicht verbunden.«

»Gefalle ich dir?«

Ich hörte das leise Lachen in seiner Brust. »Ja, sehr.« Er küsste mich erneut, wieder so heftig wie eben. Seine Zunge drängte in meinen Mund. Ich ergriff seinen Kopf und zog ihn zu mir herab. Doch er widersetzte sich mir und löste den Kuss.

»Knie dich hin«, befahl er.

Ich gehorchte, und plötzlich rauschte eine neue Erregung durch meine Adern. Thea hatte recht gehabt. Ihm ausgeliefert zu sein, verpasste mir einen unglaublich erotischen Kick.

Ich tastete nach ihm und erwischte sein Bein. Meine Hand suchte seinen Schritt. Als ich seine Erektion berührte, zuckte er leicht zusammen. Ich öffnete seinen Hosenstall und wollte nach seinem Schwanz greifen, doch er hielt meine Hand fest.

»Keine Alleingänge, auch wenn es mir das Herz bricht.«

»Was dann?«

»Das sage ich dir. Und du darfst nur sprechen, wenn ich es dir erlaube. Zieh dich aus.«

Er klang nicht befehlend laut, sondern flüsterte immer noch.

Ich gehorchte und zog mein T-Shirt über meinen Kopf. Dann öffnete ich den BH. Meine Knie taten langsam weh, aber ich biss die Zähne zusammen.

Ich konnte hören, dass er die Luft anhielt. Offenbar gefiel ihm was er sah. Seine Hand wanderte an meine Brust. Meine Clit schwoll vor Erregung an. Ich beugte mich leicht nach vorn, so dass sich mein Kopf an seine heiße Erektion lehnen konnte. Doch er schob mich erneut von sich.

»Noch nicht. Steh auf.«

Ich tat, was er befohlen hatte, und er zog meine Hose aus, dann meinen Slip. Seine Finger kreisten spielerisch über meinen Bauch und wanderten dabei immer tiefer. Als er sanft zwischen meine Beine fuhr, holte ich tief Luft.

»Du bist schon wunderbar feucht für mich«, flüsterte er in mein Ohr. Und noch ein Schub Feuchtigkeit folgte.

»Leg dich hin und spreize die Beine«, befahl er.

Ich gehorchte. Dann spürte ich plötzlich einen Lufthauch. Dann war er weg.

Ich versuchte, den Kopf zu heben, aber ich konnte sowieso nichts sehen. Ich hörte nur, dass er den Schrank öffnete. Nur einen Moment später war er wieder hier.

»Wenn es dir wehtut, musst du sagen, dass ich aufhören soll«, flüsterte er.

»Brauchen wir ein Safeword?«

»Ja, wenn du willst. Was schwebt dir vor?«

»Äh ... vielleicht Rosenmarmelade.«

Er lachte leise. »Okay. Dann nehmen wir Rosenmarmelade.«

Er hatte kaum ausgesprochen, da empfand ich einen scharfen Schmerz zwischen meinen gespreizten Beinen, genau auf meiner Mitte.

»Au!«, rief ich. »Das tat weh!«

»Rosenmarmelade weh oder ging so?«

»Ging so.« Ich wollte noch nicht, dass er aufhörte, denn nach dem Schmerz fühlte es sich unglaublich erregend an. Als wäre meine Clit noch sensibler geworden.

Wieder kam der Schmerz wie ein Peitschenhieb.

Dieses Mal verkniff ich mir einen Schmerzensschrei und genoss das Gefühl, das dem Schmerz folgte. Er schlug noch dreimal zu, dann rieben seine Finger an meiner Mitte. Und er steckte einen Finger in mich.

Ich schob ihm mein Becken entgegen, weil ich wollte, dass er tiefer in mich eindrang, aber er nahm den Finger heraus und der Peitschenhieb-Schmerz kam zurück. Danach spürte ich seine Hand an meiner Brust, an beiden. Er klemmte etwas an meine Brustwarzen. Es tat zuerst weh, doch dann durchflutete meinen Körper eine unglaubliche Erregung, die in mein Becken strömte und mich noch feuchter werden ließ.

»Gefällt dir das?«, flüsterte er.

»Ja.« Seine Finger strichen erneut durch mein Zentrum, ich konnte die Feuchtigkeit förmlich hören. Ich war klatschnass. Meine Atmung beschleunigte sich. Danach hörte ich das Rascheln von Kleidung. Zog er sich endlich auch aus?

Ich setzte mich auf, doch er schob mich zurück aufs Bett.

»Du wirst doch nicht etwa wieder einen Alleingang starten wollen?«, neckte er mich und bestrafte mich mit einem härteren Schlag auf meine Clit. »Leg dich hin!« Er schob mich höher aufs Bett. Dann hörte ich ein feines Klimpern. Er streckte meinen Arm und hielt meine Hand an den Bettpfosten. Dann vernahm ich ein feines Klicken und kühles Metall berührte mein Handgelenk. Dasselbe machte er mit der anderen Hand. Er fesselte mich ans Bett. Die Füße fixierte er auf die gleiche Weise.

Auf einmal spürte ich etwas Feines, Leichtes auf meiner Haut. Wie eine Feder. Sie kitzelte mich an meiner Brust, deren Nippel immer noch in den Klemmen steckten, dann am Bauch und zwischen meinen Beinen. Seine Lippen folgten der Spur der Feder über meinen Körper.

Als sein Mund zwischen meinen Beinen angekommen war, verlor ich langsam die Kontrolle. Es fühlte sich so wunderbar an, ihn an meinen empfindlichsten Stellen zu spüren, dass heiße Lust durch meinen Körper strömte und ihn bis in die letzten Spitzen erfüllte. Jeder Nerv schien zu vibrieren, jede Zelle im Rhythmus seiner Zunge zu schwingen.

Ich hörte kaum noch, dass ich glucksende Laute von mir gab. Dieser Klang schien ihn noch mehr anzuspornen. Er leckte mich, bis mein Körper flimmerte und der Punkt kam, an dem ich gleich den Höhepunkt erklomm. Doch in diesem Moment hörte er auf.

»Nicht aufhören«, flehte ich und zerrte instinktiv an den Fesseln, aber er erhörte mich nicht. Ich bemerkte das Wackeln des Bettes, dann drang er plötzlich in mich ein.

Ich stöhnte laut. Dieser Klang schien ihn wieder anzuregen, denn er stieß härter zu. Tiefer und heftiger.

Der Klang unserer Körper, die aufeinandertrafen, mein Stöhnen und sein erregtes Atmen vermischten sich zu einem lustvollen Klangteppich in dem kleinen Raum. Als er meinen Kopf zur Seite beugte, spürte ich seine Zähne an meinem Hals, dann seine Zunge. Sein Atem auf meiner Haut erregte mich genauso wie seine Hände an meinem Hintern, den er nach oben drückte, um noch tiefer in mich eindringen zu können.

Mein Herz raste. Abermals baute sich die Erregung in mir auf und strebte auf den Höhepunkt zu. Und ich betete, dass er mich dieses Mal erlöste. Unermüdlich stieß er zu, hart und fest, und ich fühlte den Orgasmus nahen. Doch er zog aus mir raus, bevor ich soweit war.

Frustriert schrie ich auf.

Dann setzten erneut Peitschenhiebe an meiner Clit ein. Und dann war es soweit. Eine heiße, unglaublich intensive Welle spülte über mich hinweg und trug mich den höchsten Gipfel hinauf, den ich jemals erklommen hatte. Ich spürte Oliver nicht mehr, er war nicht einmal mehr in meiner Nähe. Ich nahm nur diesen intensiven Höhepunkt wahr, der meinen Körper aufbäumen und mich an meinen Fesseln zerren ließ. Er strömte bis in die letzten Nervenenden und schien kein Ende nehmen zu wollen.

Erst nach einer halben Ewigkeit im Himmel ebbte der Orgasmus ab, und ich lag schweißnass und heftig atmend auf dem Bett.

Plötzlich war Oliver wieder da und küsste mich. Sanfter dieses Mal.

Ich wusste jedoch, dass er noch keine Erfüllung gefunden hatte.

»Ich möchte dir dienen«, flüsterte ich außer Atem. »Sag mir, was ich für dich tun soll.«

Ich hörte das Klicken der Handschellen. Er gab mir die Freiheit zurück.

»Ich möchte, dass du mich schmeckst«, erwiderte er und führte meine Hand zu seinem Schwanz. Ich streifte das Kondom ab, dann legte ich meine Lippen um seine heiße Spitze.

Er stöhnte und griff in mein Haar. Ich saugte an der Spitze, dann nahm ich ihn tiefer in meinen Mund. Seine Hand in meinem Nacken bedeutete mir, ihn noch weiter aufzunehmen, so dass ich ihn bis in meine Kehle dringen ließ. Der Würgereiz war nicht schlimm, sobald ich daran dachte, dass ich Oliver die Freude machte, der Mann, der mir selbst so viel Vergnügen und Lust beschert hatte. Ich hörte, dass sich die Frequenz seiner Atmung erhöhte, als ich meine Zunge um seine Spitze kreisen ließ. Sein Stöhnen wurde lauter. Und dann kam er in meinem Mund. Er schien in der Ekstase nicht zu wissen, was er tat, denn seine Hände verwuschelten meine Haare. Und erwischten dabei auch die Augenbinde. Sie verrutschte, so dass ich meine Umgebung wahrnehmen konnte. Ich erkannte den blauen Raum mit dem samtigen Bett, eine kleine Peitsche und meine Sachen auf dem Boden.

Und dann sah ich ihn.

Er saß auf dem Bett, die Lider vor Erregung geschlossen. Und als sie sich öffneten, starrte ich in seine von Lust verdunkelten Augen. Der Mann, der mich ruiniert hatte, saß vor mir und musterte mich unter halbgeschlossenen Lidern hindurch. Sein Schwanz in meinem Mund. Seine Hände in meinem Haar.

Ich spuckte alles aus, was von Jensen Monroe in meinem Mund war. »Sie?«, kreischte ich voller Entsetzen und richtete mich auf, wie von der Tarantel gestochen. »Was haben Sie getan?«

»Es tut mir leid, ich kann es erklären«, sagte er erschrocken. »Ich wollte es dir schon früher sagen, aber es war schwierig. Ich ...«

Ich ließ ihn nicht ausreden, sondern nahm die Peitsche, die auf dem Bett lag, und schlug auf ihn ein. Er protestierte schwach. Immerhin besaß er den Anstand, dass er mich nicht aufhielt, sondern auf ihn einschlagen ließ.

»Wegen Ihnen habe ich alles verloren!«, rief ich aufgebracht. »Sie widerlicher Mistkerl!«

Am liebsten hätte ich mich übergeben, aber ich beherrschte mich und rannte zum Schrank. Dort schnappte ich mir das erstbeste Ding, das mir in die Hände fiel. Ich wusste nicht einmal, was es war. Wichtig war mir nur, dass es schwer war.

»Tonya, nein, das solltest du nicht tun«, sagte er und sprang auf. Doch ich hörte ihn vor Fassungslosigkeit und Wut nicht. Ich hob das Ding und knallte es ihm an den Kopf. Es krachte, dann ging er zu Boden und rührte sich nicht mehr.

Ich sammelte meine Sachen vom Boden auf und rannte aus dem Zimmer, als wäre der Teufel persönlich hinter mir her.

KAPITEL 16

Jensen

ICH VERFLUCHTE MICH selbst für meinen Fehler. Was für eine hirnlose Dummheit hatte ich nur begangen?

Tonya hasste mich jetzt, mehr als je zuvor. Sie hielt mich für ein gemeines Monster, das sie benutzt und betrogen hatte.

Stöhnend hielt ich den Eisbeutel an die Beule an meinem Kopf. Sie hatte mich tatsächlich mit einem Gewicht, das zu einem Sexspielzeug gehörte, k.o. geschlagen. Daher hatte ich sie nicht aufhalten und mich entschuldigen können. Ich bereute zutiefst, dass ich ihr nicht früher gesagt hatte, wer ich war. Nun war es zu spät.

Shit!

»Sie hat mir schon wieder ein Bild von dem Kind geschickt«, stöhnte Devon. Er saß neben mir auf der Couch, genauso niedergeschlagen wie ich. »Vielleicht sollte ich mich doch darauf einlassen.« Er seufzte gequält. »Es wäre vermutlich das Richtige.«

»Vermutlich.«

Wir beide gaben ein ziemlich jämmerliches Bild ab.

»Dann fahre ich jetzt nach Philadelphia.«

Ich nickte, bereute diese Bewegung jedoch sofort, weil mein Kopf dröhnte. »Du solltest sie nicht allein lassen mit deinem Kind.« Ich dachte an Tonya und ihren Sohn Jamie. Was war mit dem Vater des Kindes? Sie hatte mir nicht erzählt, wer er war und warum er sie im Stich gelassen hatte.

»Bei dir wird sich auch alles einrenken.« Devon klopfte mir mitfühlend auf den Rücken.

»Ich fürchte, das habe ich gründlich versaut.«

»Erst überlegen wir, wie wir mein Leben in den Griff bekommen, dann kümmern wir uns um deines.«

Ich sah ihn skeptisch an. Aber als ich die Ernsthaftigkeit in seinem Blick bemerkte, nickte ich. »Okay.«

»Dann fahre ich jetzt nach Philly und rede mit ihr.« Er blieb jedoch sitzen.

»Ich komme mit.« Ich musste raus hier. Und ohne mich würde Devon nur wieder den Schwanz einziehen.

Ich erhob mich, was meinen Schädel zum Dröhnen brachte, aber da musste er durch. Zögerlich folgte Devon.

Wir setzten uns in meinen Wagen und fuhren Richtung Philadelphia.

DIE STADT DER brüderlichen Liebe lag nur wenige Stunden entfernt, doch als wir eintrafen, war Devon bleich wie eine Leiche.

»Ich zieh das durch«, murmelte er. »Ich werde Vater.«

»Es wird schon nicht so schlimm werden«, versuchte ich ihn zu beruhigen.

»Soll ich sie heiraten?« Panik schwang in seiner Stimme mit.

»Damit würde ich noch warten. Übernimm erst einmal Verantwortung für dein Kind, dann siehst du weiter.«

»Okay.« Er wirkte etwas beruhigt.

Ich fuhr in die Aberdeen Road und hielt vor der Hausnummer, die Devon mir genannt hatte. Er blieb noch einen Moment im Auto sitzen.

»Es könnte seltsam wirken, wenn ich mit ins Haus gehe«, sagte ich.

»Ich weiß. Nein, ich schaffe das allein.« Er holte tief Luft, dann öffnete er die Wagentür. Er knallte sie aber sofort wieder zu und zog den Kopf ein.

»Da ist sie!«, flüsterte er. »Und sie ist nicht allein!«

Ich sah zum Haus. Eine hübsche Frau trat heraus, die dem Bild von Miss Philadelphia überzeugend ähnlich sah. Ihr Bauch war leicht gewölbt, sie war vermutlich im fünften Monat. Ein Mann folgte ihr. Er ergriff ihre Hand und zog sie an sich, um sie zu küssen.

»Bist du dir sicher, dass sie es ist?«, fragte ich Devon. »Sie sieht eigentlich nicht so aus, als müsste sie das Kind alleine großziehen.«

Devon hob vorsichtig den Kopf und erwischte den letzten Rest des Kusses. Dann gingen die beiden Hand in Hand die Straße hinunter.

»Ich glaube, ich spinne! Sie will mir ein Kind unterjubeln, das von einem anderen stammt! Ich habe mich schon gewundert, wie es passiert sein könnte, da ich eigentlich immer aufgepasst habe! Jetzt wird mir alles klar.«

»Moment, nicht so voreilig. Vielleicht hat sie ihn sich geschnappt, um nach deinem Weggang nicht alleine zu sein.«

Ich startete den Wagen und fuhr den beiden vorsichtig hinterher. Sie bogen an der nächsten Kreuzung ab und gingen in ein großes Gebäude auf der linken Seite.

»Das ist ein Haus mit lauter Rechtsanwälten«, sagte Devon leise. Er wirkte geschockt. »Vielleicht will sie mich verklagen.«

Die Sache stank langsam gewaltig. »Hat sie eigentlich den Vaterschaftstest schon verlangt?«

»Nein.«

»Dann solltest du es tun.«

»Ganz sicher.« Er nahm sein Smartphone zur Hand und schrieb einen Text. »Ich teile ihr gerade mit, dass ich sichergehen will, dass das Kind von mir ist«, erklärte er, als er mit dem Tippen fertig war.

Nur einen Moment später kam die Antwort, die er mir vorlas. »*Was hältst du von mir? Natürlich ist das Kind von dir! Du willst dich nur drücken. Ich mache keinen Test!*«

»Frag sie, ob sie weiß, dass sie dann keinen Anspruch auf Unterhalt hat.«

»Stimmt das?«

»Keine Ahnung, vermutlich.«

Er tippte ein, was ich gesagt hatte. Ein paar Minuten später traf ihr Text ein. »*Bin gerade beim Arzt, er rät mir dringend von solchem Stress ab. Ich will unser Baby nicht verlieren!*«

»Sie lügt«, sagte Devon. »In dem Haus gibt es keinen Arzt.«

»Weißt du, wer ihr Arzt ist?«

»Nein.«

»Sag ihr, du willst mit ihr zum Arzt, um ihre Hand zu halten.«

Er schrieb genau diese Worte.

»*Bist du in Philly*?«, wollte sie wissen.

»*Ja*.«

Sie antwortete nicht. Doch nur wenige Minuten später kam sie mit dem fremden Mann aus dem Haus gelaufen. Sie verabschiedete sich mit einem heißen Kuss von ihm, dann liefen sie in entgegengesetzte Richtungen.

»Sie rennt jetzt zum Arzt«, stellte ich fest. »Sie verarscht dich, Bruder. Ich fürchte, du wirst doch nicht Vater. Zumindest ist die Liebe für dich bei ihr längst erloschen.«

Er knirschte mit den Zähnen. »Ich wette, es ist von ihm. Ich habe immer aufgepasst.«

»Ich folge ihm«, sagte ich und ließ den Motor an. Wir fuhren dem Kerl unauffällig durch die Straßen hinterher. Er bestieg den Bus, als er in einem der heruntergekommenen Stadtteile ausstieg, folgten wir ihm zu Fuß. Er verschwand schließlich in einem verkommenen Haus in einer Sackgasse. Es stand nicht einmal ein Name an der Tür. Ein Schwarzer saß rauchend auf der Treppe.

»Wer war das?« fragte Devon den Raucher.

»Das geht dich nichts an«, erwiderte der Junge und blies lässig den Rauch aus dem Mund.

»Meinst du, es geht Mr. Franklin etwas an?« Devon reichte ihm einen Hundert-Dollar-Schein. Der Junge schnappte nach Luft und wollte danach greifen, aber Devon hielt ihn zurück. »Also, wer ist das?«

»Er heißt Logan, er ist Maler, aber er verkauft keine Bilder.«

»Wie verdient er sein Geld?«

»Seine Freundin arbeitet und besorgt etwas Kohle. Jetzt hat sie wohl gerade einen Kerl an der Angel, der für ihr Kind bezahlen soll.«

Devon sah mich geschockt an. »Es ist also wahr. Sie will mich reinlegen.«

Dieses Mal klopfte ich ihm mitfühlend auf den Rücken. »Sieh es positiv, Mann, du bist wieder frei und musst keine Schuldgefühle haben, wenn du in New York deinen Geschäften nachgehst.«

Er nickte. »Deshalb will sie auch keinen Vaterschaftstest.«

»Nein, dann käme nämlich raus, dass dieser mittellose Künstler der Vater ist.«

»Danke, Mann.« Devon reichte dem Schwarzen den Geldschein, den dieser grinsend einsteckte.

»Wenn du noch etwas über jemanden wissen willst, kannst du gerne wiederkommen.«

»Ich hoffe nicht«, sagte Devon, dann gingen wir zurück zum Auto.

Kaum saßen wir, fing sich Devon langsam. »Diese elende Lügnerin. Ich habe echt gedacht, ich würde eine Familie gründen. Verdammt.«

Er sah nicht sonderlich erleichtert aus über die Nachricht, aber auch nicht komplett am Boden zerstört.

Offenbar nagte es an ihm, was ich gut verstehen konnte. Er schien das negative Gefühl jedoch abzuschütteln und sah mich an. »Jetzt kümmern wir uns um dein Problem. Du musst ihr klarmachen, was du für sie empfindest, damit sie merkt, was sie an dir hat.«

Ich seufzte innerlich, weil ich nicht wusste, ob Devon, der notorische Schwerenöter, wirklich der Richtige war, um mir Tipps in Liebesdingen zu geben. Aber ich nickte.

»Irgendwas muss ich mir einfallen lassen.«

In diesem Moment klingelte mein Handy. Es war Aaron.

»Jensen, es gibt eine neue Möglichkeit für deinen Club in Seattle!« In seiner Stimme schwang Begeisterung mit. »Eine lokale Bar in Seattle gibt auf, die Räumlichkeiten stehen ab sofort zur Verfügung. Sie wären perfekt für den Wild Boys Club! Du könntest noch heute herkommen und alles in die Wege leiten.«

»Das ist ... überraschend!« Für einen Moment war ich sprachlos, fing mich aber schnell wieder. »Ich glaube jedoch kaum, dass sich der neue Club so schnell einrichten lässt. Ich müsste ja erstmal die Leute finden.«

»Einen Teil des Personals könntest du übernehmen. Sie warten nur darauf, dass der neue Besitzer etwas aufbaut.«

»Naja, es ist ein Unterschied, ob man vorher Drinks gemixt hat und nun in einem Sexclub arbeitet.«

»Und dort Drinks mixt. Brauchst du keine Barkeeper?«

»Doch, benötige ich. Aber so leicht ist das nicht.«

»Was brauchst du noch? Ich werde alles für dich organisieren.«

»Es müssten auch erst alle Genehmigungen eingeholt werden. Wer weiß, vielleicht stellt sich die Stadt quer?«

»Nein, das Etablissement war vorher am Wochenende auch schon eine Stripbar. Die Konzessionen sind erteilt.«

Ich rang nach Worten. Um ehrlich zu sein, ich suchte nach Ausreden. Es war gerade der denkbar schlechteste Zeitpunkt, um nach Seattle zu gehen und ein neues Geschäft aufzumachen, wenn ich hier die Sache mit Tonya regeln musste.

»Willst du den Club nicht mehr?«, fragte Aaron. Er spürte offenbar mein Zögern.

»Doch, prinzipiell schon. Es gibt nur hier ein paar private Komplikationen, die ich aus der Welt schaffen muss.«

»Kannst du die nicht klären, wenn du den Club eröffnet hast?«

»Ich weiß nicht.« Der Gedanke, New York und Tonya verlassen zu müssen, sorgte für ein unangenehmes Gefühl in meiner Brust. Als wäre meine Kehle wie zugeschnürt und würde mir die Luft zum Atmen nehmen.

»Du hast achtundvierzig Stunden, dich zu entscheiden, Jensen. Ich habe die Bar solange beim Verkäufer für dich reserviert. Ich fürchte, danach schnappt sie dir jemand weg. Es ist ein guter Deal, ein echtes Schnäppchen, aber das musst du selbst entscheiden.«

»Ich sage dir morgen Bescheid«, krächzte ich. »Bis dahin weiß ich, was ich tun werde.«

»Okay. Viel Erfolg, Jensen.«

»Danke.«

Ich legte auf. Meine Handflächen waren feucht geworden, so dass das Smartphone in meinen Schoß rutschte.

»Etwas Wichtiges?«, fragte Devon.

Ich nickte. »Der Club in Seattle könnte mich endlich aus der finanziellen Misere befreien. Es läuft hier nicht gut genug, um Gewinn zu erwirtschaften. Auch mit der Dating-Webseite. In New York gibt es zu viele Angebote, der Konkurrenzdruck ist extrem hoch. In Seattle wäre es einfacher.«

»Du könntest nach Seattle gehen und mir die Geschäfte in New York überlassen.«

Ich lächelte schief. »In Seattle gibt es keine Tonya.«

»Sie ist nur eine Frau. Es gibt Millionen wie sie, auch in Seattle.«

Ich sah Devon schief von der Seite an. »Denkst du wirklich so?«

Er zuckte mit den Achseln. »Du weißt, dass ich recht habe.«

Vielleicht stimmte es wirklich, ich sah die Sache jedoch anders. Jedenfalls seitdem ich Tonya kannte. Eine wie sie würde ich nicht so schnell wieder finden.

»Sie ist hübsch, das ist wahr, aber hübsche Frauen gibt es wie Sand am Meer.«

»Ich liebe sie nicht nur, weil sie hübsch ist«, entgegnete ich. »Ich liebte sie schon, als ich gar nicht wusste, wie sie aussah. Sie hat etwas Besonderes, wie sie mich berührt oder mir etwas ins Ohr geflüstert hat.«

Devon grinste. »Du bist verknallt. Scheiße, Bruder, damit bist du für die Welt verloren. Schade um dich.« Tröstend legte er die Hand auf meine Schulter. »Aber ich bin für dich da, wenn du mich brauchst.«

»Ich muss mich auch erst an das Gefühl gewöhnen.«

»Du wirst es überleben.«

»Hast du Lust, in Seattle den Wild Boys Club zu eröffnen?«

»Seattle? Auf der anderen Seite des Kontinents? Bist du verrückt? Niemals!«

»So viel zum Thema: Ich bin für dich da.«

»Ein solches Opfer wäre nun wirklich zu viel.«

Ich seufzte. »Okay. Dann fahren wir zurück nach New York. Hier können wir das Problem auch nicht lösen.«

»Nein, können wir nicht.«

Ich startete den Wagen und fuhr zurück nach New York.

Als wir Philadelphia verließen, stieg meine Laune wieder. Ich hatte plötzlich eine Idee, wie ich Tonya zeigen konnte, was ich wirklich für sie empfand.

KAPITEL 17

Tonya

AM LIEBSTEN WÄRE ich gar nicht aus dem Bett aufgestanden. Am liebsten hätte ich mich für immer unter meiner Bettdecke verkrochen. Ich hatte gestern noch das Telefon ausgestellt, um niemanden sprechen zu müssen. Und den Computer schaltete ich sowieso nicht an. Hin und wieder bekam ich schlecht Luft, dann meldete sich mein Asthma, aber ich hatte das Spray in einer Schublade in der Nähe, so dass ich mir helfen konnte, falls es ganz schlimm werden sollte.

»Mama, bist du krank?«, fragte mich Jamie, als er zum dritten Mal an meinem Bett stand, ich aber immer noch nicht aufgestanden war.

»Nein, ich bin nicht krank, Schatz. Ich bin nur noch so müde.« Und das war nicht einmal geschwindelt.

Ich hatte die halbe Nacht wachgelegen und mich vor mir selbst geekelt, weil ich einem Mann wie Jensen Monroe erlaubt hatte, mich nach Strich und Faden zu belügen und zu betrügen, mir meine Würde zu nehmen und mich dann auch noch zu ruinieren. Das war unverzeihlich. Nicht nur, was er getan hatte, sondern auch, dass ich ihn nicht durchschaut hatte. Ekelerregend.

»Mama, ich habe Hunger«, sagte Jamie weinerlich.

»Okay, Schatz, Mama steht auf.« Ächzend erhob ich mich und ging in die Küche, um noch im Schlafanzug Jamie Frühstück zuzubereiten. Ich selbst hatte keinen Hunger und trank nur einen Kaffee. Danach setzte ich mich auf das Sofa und starrte jämmerlich vor mich hin. Mir fehlte es an Stärke, um den Tag anzugehen, als wäre nichts geschehen. Und mir fehlte es an Fassung, um Jensen Monroe für das zu bestrafen, was er mir angetan hatte. Aber vielleicht hatte Thea eine Idee, wie ich ihn zur Rechenschaft ziehen konnte. Sie würde allerdings erst später zu mir kommen.

Als es an der Tür klingelte, wäre ich am liebsten nicht hingegangen. Einerseits, weil ich immer noch im Schlafanzug steckte, andererseits, weil ich nicht die Kraft besaß. Der Schock wollte einfach nicht weichen und lähmte immer noch meinen Körper.

Doch der Klopfer war beharrlich.

»Ich gehe!«, rief Jamie und eilte zur Tür. Nur einen Moment später kehrte er zurück und hatte einen fremden Mann im Schlepptau. Erschrocken erhob ich mich.

»Wer sind Sie? Was wollen Sie?«

»Mein Name ist Elroy, Professor Dr. Jack Elroy. Ich bekleide einen Lehrstuhl an der Harvard University und habe gehört, Sie wollen Ihren Abschluss in Architektur und Philosophie machen und dabei über den Wild Boys Club schreiben. Ich arbeite gerade an einem Projekt über Körperkult und Sexualität in New York und wäre sehr daran interessiert, Ihre Arbeit mit einfließen zu lassen. Es ist nämlich schwierig, an Informationen über den Wild Boys Club zu kommen. Meine Studenten sind bereits alle gescheitert.«

Mir klappte die Kinnlade runter. Ihn musste der Himmel geschickt haben. Das wäre meine Chance, mein Studium doch noch zu einem guten Ende zu bringen. Die durfte ich mir auf keinen Fall entgehen lassen. »Das ist ...

woher wissen Sie das? Aber egal, ich bin auf jeden Fall dabei.« Mir wurde plötzlich bewusst, dass ich im Schlafanzug vor ihm stand. »Entschuldigen Sie mich einen Moment.«

Hastig rannte ich in Jamies Zimmer, wo sich mein Kleiderschrank befand, und zog mich ordentlich an, dann kehrte ich zu ihm zurück. Er unterhielt sich gerade mit Jamie über die Wahrscheinlichkeit für das Eintreffen einer bestimmten Augenzahl bei einem Würfel. Jamie sah ihn an, als wäre er ein Außerirdischer.

Dr. Elroy war um die fünfzig und groß und hager. Er besaß eine von Wind und Wetter gegerbte Haut und sah eher aus wie ein Abenteurer als ein Professor.

»Wollen Sie einen Kaffee?«, fragte ich ihn.

»Gern.« Er folgte mir in die Küche, wo ich ihm eine Tasse einschenkte. Ich selbst trank ebenfalls eine, um noch fitter zu werden.

»Wie genau stellen Sie sich meine Mitarbeit vor?«, fragte ich.

»Sie schreiben Ihre Arbeit unter meiner Aufsicht zu Ende und überlassen mir die Daten, damit ich sie in meinem Projekt verwenden kann.«

»Heißt das dann, dass ich einen Harvard-Ab-schluss habe?« Diese Möglichkeit ließ mein Herz schneller schlagen. Harvard war eine der besten Universitäten in den USA.

»Nein, das heißt es nicht, da muss ich Sie leider enttäuschen. Sie bekommen den Abschluss der New York University, an der Sie auch studiert haben. Es wird nur mein Name mit Ihrer Arbeit in Zusammenhang gebracht.«

»Und das geht?«

»Die universitätsübergreifenden Arbeiten sind nicht gerade üblich, aber ja, es geht.«

Schade. Ein Harvard-Abschluss hätte sich gut in meinem Lebenslauf gemacht, aber egal. Hauptsache, ich hatte endlich überhaupt einen Abschluss.

»Okay. Was brauchen Sie von mir?«

»Wie weit sind Sie?«

»Ich habe ein Interview mit dem Inhaber des Clubs, mit einer Domina und einem ehemaligen Kunden.«

Er nickte anerkennend. »Das ist nicht schlecht, aber noch nicht genügend.«

Ich zögerte einen Moment. »Ich könnte auch Insider-Erfahrungen wiedergeben, eigene Erlebnisse darstellen.«

Ein zufriedenes Lächeln huschte über sein Gesicht, während meines errötete.

»Das klingt sehr gut. Ich freue mich, dass Sie dabei sind.«

»Woher wissen Sie eigentlich, dass ich diese Arbeit schreibe? Hat Professor McCallum mit Ihnen gesprochen?«

»Nein, ein ehemaliger Student hat mich auf Sie aufmerksam gemacht.«

»Danke, vielen Dank für die Chance. Ich werde Sie nicht enttäuschen.«

»Wie viel Zeit brauchen Sie?«

»Einen Monat?« Ich wagte es kaum, ihn um so viel Zeit zu bitten, doch er nickte.

»Geht in Ordnung. Viel Erfolg, Tonya.«

»Danke.«

Ich gab ihm noch meine E-Mailadresse, damit er mich das nächste Mal nicht besuchen musste, wenn er mir etwas sagen wollte. Meine Telefonnummer besaß er bereits, hatte sie aber nicht nutzen können, weil ich das Telefon ausgestellt hatte.

Dann verabschiedete er sich von mir und ließ mich mit einem erleichterten Lächeln in meiner Wohnung zurück.

»Siehst du, Jamie, manchmal hilft einem das Schicksal aus der Not heraus«, sagte ich und gab Jamie einen dicken Kuss.

Er lachte glücklich. »Gehen wir dann jetzt in den Zoo?«

Ich war zwar erst gestern im Zoo gewesen, aber ohne

Jamie und dafür mit einer Domina. »Ja, wir gehen in den Zoo. Und wir nehmen Thea mit.«

»Cool!«, rief er und sprang zum Schrank, um sich die Schuhe anzuziehen.

Ich folgte ihm etwas langsamer, aber nicht weniger lebensfroh.

THEA FIEL AUS allen Wolken, als ich ihr von meinem Erlebnis mit Jensen Monroe im Club erzählte. Jamie befand sich im Streichelzoo und war mit den Kaninchen beschäftigt, so dass wir offen reden konnten.

»Du hattest seinen Schwanz in deinem Mund, als du gesehen hast, wer Oliver ist? Wieso hast du ihm das Ding nicht gleich abgebissen?«

»Weil ich viel zu geschockt war! Dafür habe ich ihn mit irgendeinem anderen Ding k.o. geschlagen.«

»Immerhin. Mann, ich hätte den Kerl vermutlich umgebracht.«

»Ich würde es gern nachträglich tun, aber dann müsste Jamie ohne Mutter aufwachsen, weil ich im Gefängnis lande. Das möchte ich nicht.«

»Verständlich. Du kannst es ihm aber auf andere Weise heimzahlen. Indem alles publik wird, was er heimlich veranstaltet.«

Ich nickte. Allerdings nicht ganz so begeistert wie noch vorhin. Die Sache hatte einen Haken. »Ich werde damit ein paar Existenzen ruinieren. Die Leute, die wegen der Anonymität in den Club kommen, werden in einen Skandal verwickelt.«

»Aber du nennst doch keine Namen, oder?«

»Nein, das nicht. Aber stell dir vor, das FBI oder die Gesundheitsbehörde oder wer auch immer untersucht den Club. Dann kommen auch alle Mitglieder ans Licht.«

»Das ist aber nicht dein Problem.«

»Nein. Aber möchtest du, dass dein Name in den

Zeitungen erscheint, weil du dort die Nacht deines Lebens hattest?«

Sie schwieg einen Moment, dann zuckte sie mit den Schultern. »Im Prinzip nicht, aber okay, ich verstehe dein Problem. Es gibt eine Menge Leute, die viel zu verlieren hätten, wenn es rauskommt.«

»Wie Madame Beatrix.«

»Das heißt, du sitzt wieder in der Zwickmühle.«

Ich nickte seufzend. »Irgendwie sieht es so aus, als würde ich mit dieser Sache zu keinem guten Ende kommen.«

»Nein, irgendwie nicht.«

»Willst du ein Kaninchen streicheln, damit du dich besser fühlst? Es soll irgendwelche Glücksgefühle auslösen.«

Unwillkürlich musste ich lächeln. »Gute Idee.«

Wir eilten zu Jamie und streichelten, was das Zeug hielt, aber erst, als ich bei den Meerschweinchen angekommen war, fühlte ich mich wieder glücklich.

ICH ARBEITETE DEN ganzen Abend, als Jamie schlief. Es ging nicht sonderlich gut, weil ich immer noch nicht wusste, wie ich die Sache mit den anonymen Kunden klären sollte. Am nächsten Morgen beschloss ich, deswegen Professor Elroy anzurufen.

»Dr. Elroy, ist es irgendwie möglich, die Daten der Leute zu schützen, die in dem Club Mitglieder sind?«

»Das werden wir auf jeden Fall tun, wir werden keine echten Namen nennen.«

»Und was passiert, wenn die Behörden den Club untersuchen, weil sie durch uns erst darauf aufmerksam geworden sind?«

»Dann liegt es nicht mehr in unserer Hand.«

»Das finde ich bedenklich, ehrlich gesagt.«

»Das kann ich verstehen, das geht mir genauso. Aber wir haben auch eine Verantwortung dem Volk gegenüber.

Es sollte ans Licht kommen, was sich hinter den Kulissen von New York so tut. Und wenn alles sauber ist, muss sich der Inhaber des Clubs ja auch keine Gedanken machen.«

»Um den Inhaber geht es mir auch nicht«, erwiderte ich cool. »Jensen Monroe kann von mir aus auf dem Grund des Hudson verrotten. Mir geht es--«

»Jensen Monroe? Wie kommen Sie denn auf ihn?«

»Ihm gehört der Club. Er ist ein ekelerregender Kerl.«

»Jensen ist der ehemalige Student, der mich auf Sie aufmerksam gemacht hat!«

Mir verschlug es komplett die Sprache. Jensen hatte Professor Elroy zu mir geschickt, damit ich meine Arbeit zu Ende bringen konnte? Da gab es doch bestimmt einen Haken an der Geschichte!

»Was hat er Ihnen versprochen?«, fragte ich kühl. »Oder sind Sie auch Mitglied im Club und wollen meine Arbeit aus dem Weg räumen?«

»Nein. Er hat nur gesagt, dass er Mist gebaut hat. Und er möchte, dass ich Sie in mein Projekt einbinde, weil er Ihnen Schaden zugefügt hat, so dass Sie Ihre Arbeit bei McCallum verloren haben. Mehr hat er nicht gesagt. Aber stimmt das? Jensen gehört der Club?«

»Ja, er hat ihn gegründet.«

»Ich hatte keine Ahnung!« Er klang völlig perplex.

So wie ich mich gerade fühlte. Jensen hatte ihn tatsächlich angesprochen, damit ich meine Arbeit zu Ende bringen konnte. Tat es ihm vielleicht wirklich leid, was er getan hatte?

Ich musste mit ihm sprechen.

»Danke, Professor Elroy. Wenn Sie wollen, zeige ich Ihnen die ersten Teile meiner Arbeit.«

»Das wäre nett. Jetzt interessiert mich die Sache noch mehr als vorher.«

»Bis später.«

Wir legten auf und ich schickte ihm die Seiten, die ich bereits beendet hatte. Dann rief ich bei Red Passion an, um einen Termin mit Jensen Monroe zu vereinbaren.

KAPITEL 18

Jensen

SIE WIRKTE WIE eine Rachegöttin, als sie vor mir stand. Wütend, kühl und atemberaubend schön. Wenn ihre Augen vor Zorn funkelten, schien sie noch faszinierender. Ihr Rock war kurz genug, um meinen Schwanz aufzuwecken, aber ich versuchte, ihn unter Kontrolle zu halten. Sie war gewiss nicht in erotischer Stimmung.

»Warum mischst du dich in mein Leben ein?«, fragte sie aufgebracht. »Wieso hast du Professor Elroy von mir erzählt? Bitte gib mir wenigstens einmal eine ehrliche Antwort.«

»Bitte setz dich«, sagte ich und deutete auf den Stuhl vor meinem Schreibtisch.

»Nein.« Sie war bockig, aber das war okay. Ich hatte bei ihr wirklich Mist gebaut.

Mich zu setzen, während sie stand, hätte arrogant gewirkt, deshalb blieb ich vor ihr stehen. Außerdem wollte ich so nahe wie möglich bei ihr sein, selbst wenn ich nur ihren Duft atmen konnte. Vielleicht war es das letzte Mal, dass ich sie sah.

»Ich habe Elroy von dir erzählt, weil ich nicht möchte, dass du wegen mir alles verlierst. Ich hatte keine Ahnung, dass Beatrix die Frau von McCallum ist. Anonymität hat auch ihre Nachteile. Ich wusste es erst, als sie mich anrief und zur Rede stellte, wieso ich dir ihre Nummer gegeben hätte. Da berichtete sie mir von dem Vorfall im Zoo. Und ich wollte die Scharte wieder auswetzen.«

»Scharte? Du bezeichnest es als eine Scharte?« Ihre Stimme klang völlig entgeistert. »Du hast mit mir geschlafen und so getan, als wüsstest du nicht, wer ich bin. Du hast dich auf meine Kosten amüsiert! Hast du dich heimlich totgelacht über die dumme Tonya? Sehr witzig.«

Überrascht sah ich sie an. »Denkst du wirklich, ich wusste, wer du warst? Ich hatte keine Ahnung!«

»Es war ein Leichtes für dich, herauszufinden, wer das Zimmer für die Nacht der 1001 Freuden gebucht hat. Du wusstest sofort, wer ich war!«

»Nein, das wusste ich nicht. Ich bin in den Club gegangen, weil ich eine Wette gewinnen wollte. Mein Freund Blake meinte, ich würde es nicht schaffen, eine Frau in mich verliebt zu machen, wenn sie mich nicht sehen kann. Deshalb war ich da, um Sex mit einer Unbekannten zu haben und sie in mich verliebt zu machen. Aber die Ironie an der Sache ist, dass ich derjenige bin, der sich verliebt hat.« Mein Herz klopfte. Ich hatte keine Ahnung, wie sie auf mein Geständnis reagieren würde.

Zuerst einmal stand sie sprachlos da. »Und wann hast du gemerkt, wer ich bin?«, fragte sie schließlich. Ihre Stimme klang immer noch aufgebracht, aber auch etwas heiser.

»Als du gesagt hast, du würdest deine Masterarbeit schreiben und hättest Ärger mit dem Inhaber des Clubs. Da dämmerte mir plötzlich, mit wem ich die schönsten Nächte meines Lebens verbracht hatte.«

Sie starrte mich wortlos an. Ich hätte sie so gern in den Arm genommen, geküsst und nie wieder losgelassen, aber ich musste dieses Gefühl unterdrücken. Damit hätte ich nur noch alles schlimmer gemacht.

»Und warum hast du mich mit zu deiner Familie genommen?« Sie klang immer noch heiser.

»Weil ich Zeit mit dir verbringen wollte. Und weil ich hoffte, eine Möglichkeit zu finden, dir zu sagen, wer ich war. Aber du machtest nicht den Eindruck, als würdest du es freundlich aufnehmen, dass ich der Unbekannte war.«

»Und warum die Kehrtwendung mit dem Club? Wieso hast du keine Angst mehr, dass die Wahrheit ans Tageslicht kommt?«

»Weil ich ihn aufgegeben habe.«

Überrascht sah sie mich an. »Was meinst du?«

»Ich werde in Seattle einen neuen Club unter anderem Namen eröffnen. Ich habe bereits alle empfindlichen Daten und Namen des New Yorker Clubs gelöscht. Falls jemand schnüffelt, wird er nichts finden. Die Mitglieder sind sicher.«

Es würde mir das Herz brechen, sie zu verlassen, aber das war die einzige Lösung, um meinen Fehler wiedergutzumachen.

»Das heißt, den Wild Boys Club wird es bald nicht mehr geben?« Sie war blass geworden.

»Möglicherweise nicht. Mein Bruder wird ihn führen, aber unter anderen Bedingungen. Was er daraus macht, steht in den Sternen.«

»Nun muss ich mich doch setzen.«

Ich musste unwillkürlich lächeln. Sie ließ sich auf dem Stuhl nieder, ich setzte mich auf die Kante des Schreibtischs.

»Was ist mit der Wette?«, fragte sie plötzlich und blickte zu mir auf. Sie sah so hinreißend aus, dass ich mir auf die Lippen beißen musste.

»Die habe ich definitiv verloren.«

Sie neigte den Kopf und sah mich von schräg unten an. »Um ehrlich zu sein, hast du sie gewonnen.«

Verblüfft schüttelte ich den Kopf. »Du hasst mich.«

»Ich hasse Jensen Monroe. Aber ich liebe Oliver, den Mann, mit dem ich geschlafen habe.«

Schweigend sah ich sie an. Mein Herz raste. Ich hatte keine Ahnung, was ich jetzt tun sollte. Wollte sie, dass ich sie küsste? Oder wäre es ihr lieber, dass ich sie in Ruhe ließ?

Sie stand plötzlich auf und stellte sich vor mich hin. Näher als gewöhnlich. Sehr nah.

»Ist das wirklich wahr, was du gesagt hast? Du hast dich in mich verliebt?«

Ich wagte kaum zu atmen und nickte. »Ja, das ist wahr.«

Ihre Hand berührte meine Wange. Ich hielt sie fest und zog ihren Körper an mich. »Du hast mich von der ersten Nacht an verrückt gemacht«, flüsterte ich. »Ich habe danach jeden Moment an dich gedacht. Ich habe sogar ein Meeting verpasst. Und ich wollte dich unbedingt wiedertreffen.«

»Ist es okay, wenn ich dich Oliver nenne?« Sie schloss die Augen.

»Es ist mir egal, wie du mich nennst, solange du hier bist.« Ich küsste sie endlich. Ihre Lippen schmeckten noch süßer als beim letzten Mal. Nach Erdbeeren und Honig. Und unverwechselbar nach ihr.

Meine Hände strichen gierig über ihren Rücken, sie presste ihr Becken an meines, was meinen Schwanz völlig durchdrehen ließ. Er war schon bei ihrem Eintreten außer Rand und Band geraten und nur schwer zu zügeln gewesen, aber jetzt ließ er sich nicht mehr bändigen. Er drückte gegen meine Hose und verlangte danach, sich in ihr vergraben zu dürfen.

»Oliver mochte ich auch vom ersten Moment an«, sagte sie leise und fühlte mein Gesicht mit geschlossenen Augen. »Er war so zärtlich und einfühlsam. Und ich hatte so guten Sex wie noch nie in meinem Leben.«

»Willst du mit Oliver schlafen oder möchtest du mich auch mal probieren?« Ich knabberte sanft an ihrer Unterlippe.

Sie lächelte gegen meinen Mund. »Ich hoffe, dass ich keine Enttäuschung bei dir erlebe.«

»Ganz sicher nicht.«

Ich erhob mich und drehte mich zum Schreibtisch um, wo ich alles von der Oberfläche fegte, was im Weg lag. Dann schob ich sie auf den Tisch und spreizte ihre Beine, um mich dazwischen zu stellen. Sie hatte ihre Augen aufgerissen, als könnte sie nicht glauben, was ich vorhatte.

»Oliver würde das nicht tun«, sagte sie leise in gespielt tadelndem Tonfall.

»O doch, Oliver würde genau das tun.« Ich fasste sanft unter ihren Rock. Ich war mir noch immer nicht sicher, ob sie bereit war, mit mir diesen Schritt zu gehen. Aber sie protestierte nicht, sondern beobachtete mich mit großen Augen und leicht geöffneten Lippen.

Als ich zwischen ihren Beinen die feuchte Hitze spürte, wusste ich, dass sie bereit war. Und nicht nur mit Oliver, sondern mit mir. Ihre Augen waren immer noch geöffnet.

Ich küsste sie wieder, härter dieses Mal. Als ihre Zunge in meinen Mund glitt, hielt ich für einen Moment den Atem an. Dann schob ich sie an mich heran und zog ihr Höschen herunter.

»Warte einen Moment«, murmelte ich und löste mich von ihr, um ein Kondom aus meinem Schreibtisch zu holen. Als ich ihren skeptischen Blick bemerkte, lächelte ich verlegen. »Mein Bruder hat sie hier deponiert. Er ist hinter Olivia vom Empfang her und will für den Fall der Fälle ausgerüstet sein.«

Ein Lächeln umspielte ihre Lippen. Es sah hinreißend aus. Überhaupt war es ein umwerfender Anblick, den sie mir bot. Ihre langen Beine, ihr feuchter Schritt unter dem hochgezogenen Rock, ihre Brust, die sich bei jedem Atemzug hob und senkte.

Mein Schwanz ächzte leise vor Verlangen.

»Und du bist auch gerne ausgerüstet?«

»Wenn es um dich geht, ja.«

Ich ging zu ihr zurück und öffnete meine Hose, um sie runterzulassen, dann meine Boxershorts. Als mein Schwanz ins Freie trat, fiel ihr Blick auf ihn. Instinktiv leckte sie sich die Lippen. Danach schloss sie die Augen und umfasste ihn mit ihrer Hand, als würde sie prüfen, ob er sich richtig anfühlte. Als sie zufrieden schien, öffnete sie die Lider.

O Mann, wie sehr ich diese Frau begehrte! Sie ließ meine Erektion nicht einen Moment aus den Augen, als ich das Kondom überstreifte. Sie sah mir zu, wie ich mit meiner Hand für einen Moment über die Spitze strich und das Kondom geradezupfte. Dann rutschte sie zur Kante des Schreibtischs und öffnete die Beine noch ein bisschen weiter. Sie wollte mich. Definitiv.

Ich strich über ihre Oberschenkel. Sie holte tief Luft, als ich sie berührte.

»Ich mochte, was du getan hast«, flüsterte sie in mein Ohr, als ich zwischen ihre Beine trat, meinen Schwanz in der Hand und bereit zum Zustoßen. »Die Sache mit den verbundenen Augen und der Peitsche. Vielleicht können wir das irgendwann fortsetzen.«

»Sehr gern. Es wäre allerdings nett, wenn du mir dabei kein Gewicht an den Kopf hauen würdest.«

»Ich werde mir Mühe geben.«

Ich küsste sie erneut, sanft und spielerisch, während ich meinen Schwanz in ihrer Mitte auf und ab gleiten ließ. Sie stöhnte leise in meinen Mund. Mein Finger fand ihren Eingang und glitt in sie hinein. Sie war klatschnass.

»Ich will dich, Jensen«, murmelte sie plötzlich.

Jensen, sie hatte meinen richtigen Namen genannt, sie hatte nicht Oliver gesagt.

Glück rauschte durch meine Adern. Ich wollte sie mehr als jede Frau zuvor. Mein Körper verlangte nach ihr, aber auch meine Seele. Ich liebte sie.

Ich knabberte an ihrem Ohrläppchen, küsste ihre süße, weiche Haut hinter dem Ohr und ihren Hals, während mein Schwanz an ihrer Pussy rieb. Und dann drang ich endlich in sie ein.

Sie stöhnte laut vor Erregung.

Ihre Hände krallten sich in mein Hemd, während ich ihre Beine an mich heranzog, um tiefer in sie gleiten zu können.

Sie legte sich auf den Tisch und hob ihr Becken. Ich umfasste ihren perfekten Po und stieß erneut zu. Langsame, tiefe und ausdauernde Stöße, die ihren Körper aufbäumen ließen. Sie stöhnte wieder und murmelte leise »ja« und »bitte«, aber es war kaum zu verstehen.

Ich nahm mir Zeit und genoss den Anblick, der sich auf meinem Schreibtisch bot. Die Frau meiner Träume in einer meiner Lieblingsfantasien. Dieser Moment konnte perfekter nicht sein.

Sie kreiste langsam ihre Hüften, damit ich jeden Zentimeter ihrer Pussy ausfüllte. Die Knöchel an ihren Händen traten weiß hervor, weil sie den Rand des Schreibtisches so fest umklammerte. Ihr Atem kam in unregelmäßigen, heftigen Stößen.

Ihre Lust und ihre Leidenschaft weckten etwas in mir, etwas Animalisches. Und Verlangen breitete sich in mir aus, bis in die letzte Zelle meines Körpers.

Sie hob ihr Becken noch höher, und jede Bewegung, die sie machte, ließ mich gieriger nach ihr werden. Ich stieß härter zu, schneller und tiefer.

Das Stöhnen aus ihrem Mund riss nicht ab und wurde zu einem zusammenhängenden Laut, der sich immer höher zu schrauben schien.

Sie war so wild und hungrig unter mir, so erregt und hemmungslos, und ich hatte das Gefühl, dass sie mit jedem Stoß noch feuchter wurde. Noch hungriger, als könnte ich ihren Appetit nach meinem Schwanz niemals stillen.

Ihr Atem ging schneller, als sie sich erneut aufbäumte. Irgendwo in mir drin konnte ich das Herannahen eines Orgasmus spüren, aber ich musste ihn zurückhalten. Er kam zu früh. Sie war zuerst dran. Und ich war noch längst nicht bereit, diesen fantastischen Platz in ihrer Pussy aufzugeben. Ich wollte noch länger in ihr sein. Wenn es möglich wäre, bis zum Ende meiner Tage.

Auf einmal klopfte es an der Tür.

»Mr. Monroe, ist alles in Ordnung bei Ihnen?«, fragte meine Sekretärin.

»Ja, Dana, alles ist gut«, erwiderte ich und versuchte, meiner Stimme einen normalen Klang zu geben.

Mein Schwanz war aus Tonya herausgeglitten, sie sah mich mit erschrockenen Augen an. Ich ging mit heruntergelassener Hose zur Tür und öffnete sie einen winzigen Spalt. Ich streckte meinen Kopf kurz hinaus. Nur den Kopf. Den Rest des Körpers hielt ich hinter der Tür versteckt. »Es ist alles bestens, Dana. Bitte sagen Sie alle Termine für den Rest des Tages ab.« Sie nickte, dann ging sie an ihren Schreibtisch zurück.

Ich schloss die Tür und drehte den Schlüssel im Schloss um. Dann kehrte ich zurück zu Tonya, die mit weit gespreizten Beinen und herrlich feucht und offen auf mich wartete. Ein verruchtes Lächeln umspielte ihre Lippen. *Mein Gott, diese Frau ist der Hammer!*

Ich stieß erneut zu, und sie legte ihre Beine um meine Hüfte. Abermals war mein Schwanz von ihrer festen, süßen Hitze umschlossen. Dann umfasste sie meine Backen, um mich näher an sich heranzudrücken. Ich kreiste mit meinen Hüften und fand einen neuen Rhythmus, der ihrem Verlangen besser entgegenkam.

Sie biss sich auf die Lippe, um ihre Lustschreie zu unterdrücken. Aber es war mir egal, ob uns jemand hörte. Nur sie war wichtig.

Schwer atmend zog ich ihren Kopf zu mir heran und küsste sie. Wie ein Wahnsinniger, der zum ersten und letzten Mal die zarten Lippen einer Frau berührte. Ich brauchte ihre Lippen, sehnte mich nach ihrer Zunge in meinem Mund. Ich lechzte nach dieser Verbindung zu ihr, nach dieser Nähe. Ihre Zunge suchte hungrig die meine, ihr Körper drängte sich an mich. Sie hob ihre Knie und öffnete sich damit noch mehr für mich.

Dann plötzlich schrie sie auf, löste sich von meinem Mund und stammelte erneut meinen Namen, als sie unter mir kam. Heftig und zügellos.

Ich konnte mich nun auch nicht mehr zurückhalten und explodierte in ihr. Mein Mund an ihrem, während sie immer noch stöhnte und hastig atmete. Ich kam so hart, dass unverständliche Laute meinen Mund verließen, die ich nicht mehr unter Kontrolle hatte. Es fühlte sich so gut an mit ihr. So unbeschreiblich sexy und schön. Auch wenn der Schweiß mein Hemd durchnässt hatte.

Unser Keuchen hielt noch lange an. Dann wandelte es sich in ein Kichern.

»Was Dana jetzt denkt?«, sagte Tonya mit einem breiten Lächeln. »Bestimmt nichts Gutes.«

»Daran wird sie sich gewöhnen müssen. Ich will dich nämlich öfter hier haben.« Ich zog Tonya an mich heran.

Sie legte ihren Kopf auf meine Schulter. »Ich denke, du gehst nach Seattle?«

Shit. Das hatte ich für einen Moment völlig vergessen. Wieso bekam man nach einem fantastischen Erlebnis wie dem Sex mit Tonya hier auf meinem Schreibtisch gleich wieder einen Tritt ins Schienbein?

»Ja, das stimmt.«

»Und wenn ich die Arbeit nicht zu Ende schreibe, ziehst du dann trotzdem weg?«

Stirnrunzelnd sah ich sie an. »Du würdest wegen mir darauf verzichten? Das würde ich niemals von dir verlangen.«

»Würdest du bleiben?«

»Ich würde überall dort bleiben, wo du es möchtest. Egal, was mit dem Club ist.«

Sie küsste mich sanft, dann legte sie ihre Hand an meine Wange. »Ich möchte dich mit meiner Arbeit nicht aus der Stadt vertreiben.«

Ich lächelte und erwiderte ihren Kuss. »Dann müssen wir uns dringend etwas einfallen lassen. Das Ticket für das Flugzeug ist nämlich schon gebucht.«

Sie nickte. »Ich werde mir Mühe geben, eine für uns beide zufriedenstellende Lösung zu finden.«

Momentan war mir der Club so egal wie ein Sturm auf dem Mars. Tonya war bei mir, das war alles, was ich zu meinem Glück brauchte. Trotzdem wäre es schön, wenn ich nicht gleich auf einen Schlag alles verlieren würde.

KAPITEL 19

Tonya

JAMIE BEGRÜSSTE MICH mit seiner kindlichen Freude und rannte mich fast um, als ich nach meinem Termin bei Jensen nach Hause kam.

Thea war nicht ganz so stürmisch, und als sie mein breites Lächeln bemerkte, sah sie mich skeptisch an. »Ich hoffe, du hast dich von ihm nicht um den kleinen Finger wickeln lassen.«

»Doch, irgendwie schon«, erwiderte ich grinsend. »Er hat einen sehr beeindruckenden kleinen Finger.«

»Du böses Mädchen«, sagte sie leise in gespielter Empörung, damit Jamie sie nicht hören konnte. Sie konnte sich aber ein Schmunzeln nicht verkneifen. »Also habt ihr alles geklärt?«

»Ja, wir haben über alles gesprochen. Wir müssen nur noch regeln, wie wir den Club und meine Masterarbeit retten, ohne dass er New York verlassen muss.«

»Die Einzelheiten musst du mir später erzählen.« Sie sah zu Jamie, der mit seinen Star Wars-Figuren spielte und mich immer wieder aufforderte, mich zu ihm zu setzen.

Ich ließ mich schließlich bei ihm auf dem Boden nieder und spielte mit ihm, doch das Vergnügen dauerte nicht lange. Nur wenig später klopfte es an der Tür.

Ich kannte das Klopfen. Das war meine Mutter.

»Liegt etwas rum, was ihr nicht gefallen könnte? Ist es zu unordentlich?« Ich sprang auf und versuchte, meine Wohnung in Ordnung zu bringen.

»Ich gehe dann mal schnell«, sagte Thea und rannte eilig zur Tür.

»Wenn du mich mit ihr allein lässt, erzähle ich dir nie, was bei Jensen geschehen ist«, konterte ich, um Thea aufzuhalten.

Thea blieb wie angewurzelt stehen. »Das ist unfair. Du weißt genau, wie sehr ich darauf brenne, alles zu erfahren.«

»Und du weißt, wie schrecklich es ist, mit meiner Mutter allein zu sein.«

Sie seufzte und ließ sich auf dem Sofa nieder, in dem Moment, in dem meine Mutter erneut klopfte. Dieses Mal energischer.

Ich ging zur Tür und öffnete.

»Mom, was für eine Überraschung. Du--« Ich wollte weitersprechen, doch dann entdeckte ich den Mann, der verlegen neben ihr stand. »Rico? Was machst du denn hier?«

»Ich habe Rico zufällig getroffen und gefragt, ob er mir behilflich ist. Und siehe da, er möchte dich gerne sehen.« Meine Mutter lächelte ihr makelloses Lächeln und musterte mich heimlich.

»Sie hat mich gebeten, ein paar Einkäufe zu tragen. Ich hatte keine Ahnung, dass du hier wohnst.« Rico reichte mir eine Tüte mit Lebensmitteln.

Meine Mutter wollte mich also unbedingt mit Rico verkuppeln. Aber damit kam sie bei mir definitiv nicht an. Rico war nett, aber ich wollte Jensen/Oliver. Niemand sonst.

»Kommt herein«, sagte ich und beobachtete, wie meine Mutter so tat, als würde sie meine Wohnung gar nicht wahrnehmen, aber dabei jeden Zentimeter unter die Lupe nahm. Immerhin beherrschte sie sich und fuhr nicht mit dem Zeigefinger über die Möbel, um nach Staub zu suchen. Davon hätte sie hier jede Menge gefunden.

»Hast du ein sauberes Glas mit Wasser?«, fragte sie mich, nachdem sie Thea begrüßt und sich auf dem Sofa niedergelassen hatte.

»Wenn du deine Freundinnen besuchst, fragst du sie dann auch, ob sie ein sauberes Glas haben?« Ich konnte mir die Frage nicht verkneifen. Meine Mutter presste pikiert die Lippen zusammen.

»Die Frage ist durchaus berechtigt in diesem Stadtviertel.«

»Sicher.«

Ich ging zum Küchenschrank und holte ein Glas heraus. Demonstrativ putzte ich es, bevor ich es mit Wasser füllte und ihr reichte. Sie trank einen winzigen Schluck, dann stellte sie es auf den Tisch.

»Wie kommst du mit deinem Studienabschluss voran? Vielleicht kann dir Rico dabei helfen? Dann hat Jamie auch gleich eine Vaterfigur, die ihm zeigt, wie er ein Mann wird. Nur von Frauen umgeben zu sein, ist sicherlich nicht gut für den Jungen.«

Sie sah nachdenklich zu Jamie. Ich musste mir Mühe geben, ruhig zu bleiben, als ich die alte Leier wieder hörte. Thea verdrehte die Augen, schwieg jedoch. Rico sah zum Fenster hinaus und wünschte sich vermutlich gerade in die Wüste, um dieser Situation zu entkommen.

»Ich denke, Jamie wird genau so, wie er werden soll. Ich komme zurecht, danke.«

»Wieso nimmst du nicht Hilfe an, wenn sie dir geboten wird?«, hakte sie nach. »Du warst schon immer so stur und hast nur gemacht, was du wolltest. Du siehst, was du davon hast. Keinen Studienabschluss, aber ein Kind.«

Langsam reichte es mir. »Mom, ich möchte das alles nicht mehr hören. Du und Dad, ihr habt euren Standpunkt klargemacht, aber ich habe meinen. Es ist jedes Mal dasselbe, ständig muss ich mir anhören, was für eine Versagerin ich bin, weil ich zu früh Mutter wurde. Statt dass du und Dad euch freut, dass ich trotz des Kindes die Kraft finde, mein Studium nachzuholen, meckert ihr nur rum.« Ich redete mich langsam in Rage. »Ich bin siebenundzwanzig Jahre alt, Mom. Ich bin erwachsen und schon lange volljährig. Ich weiß, was ich tue, und selbst wenn ich entscheiden würde, mein Leben lang ohne Mann zu sein und als Verkäuferin im Supermarkt zu arbeiten, solltet ihr euch daran gewöhnen. Es wäre also nett, wenn du mich zur Abwechslung mal ernstnehmen würdest.«

Entsetzt schnappte sie nach Luft. Thea sah mich aufmunternd und begeistert an. Rico musterte mich verwundert und mit Zustimmung im Blick.

»So denkst du also? Du willst Verkäuferin sein? Dafür haben wir dir unsere besten Jahre geopfert?« Mom stand empört auf.

Ich verdrehte genervt die Augen. »Nein, ich will nicht im Supermarkt arbeiten, aber ich möchte, dass ihr mich so nehmt, wie ich bin. Dass ihr meine Entscheidungen akzeptiert, ohne ständig an mir herumzunörgeln und mich verändern zu wollen.«

Offenbar überstieg das ihre Auffassungsgabe. »Wenn ich dich irgendwo an der Kasse sitzen sehe, werde ich so tun, als würde ich dich nicht kennen.« Sie ging zur Tür. Rico folgte ihr unsicher.

»Okay, Mom, ich weiß Bescheid.«

»Tut mir leid, Tonya«, sagte Rico. »Alles Gute. Ich werde nach einem Rabatt fragen, wenn ich dich im Supermarkt sehe.« Er grinste.

Ich schlug ihm scherzhaft auf den Oberarm, dann ging er mit meiner Mutter hinaus. Immerhin hatten sie die Einkäufe dagelassen.

Thea sah mich an, als hätte sie gerade einen Geist gesehen, dann fing sie an zu lachen. Ich schüttelte zuerst den Kopf, doch dann stimmte ich mit ein. Ich lachte herzlich, der Stich im Herzen, dass meine Mutter mich so wenig verstand und respektierte, verschwand dadurch jedoch nicht.

AM NÄCHSTEN TAG vereinbarte ich einen dringenden Termin mit Professor Elroy. Leider konnte Thea nicht auf Jamie aufpassen, weil sie ein Date mit ihrem Mr. Perfekt hatte, so dass ich meinen Sohn mitnehmen musste. Jensen rief mich nur wenige Minuten später an und bestätigte, dass er bei dem Gespräch unbedingt dabei sein wolle. Ich hatte nichts dagegen. Daher fuhren wir nur wenig später nach Boston, um Professor Elroy in Harvard zu sehen.

Er empfing mich mit einem neugierigen Blick, Jensen mit einem verblüfften Ausruf.

»Jensen, dass ich Sie mal wieder hier sehe! Was für eine Überraschung! Wir haben ja neulich nur telefoniert. Doch wenn ich es mir recht überlege, wundert es mich nicht, wenn es stimmt, was Ms. Richmonds erzählt hat. Ist es wahr, dass dir der Wild Boys Club gehört?«

»Ja, er gehört mir noch. Aber nur, wenn Tonya ihre Arbeit nicht veröffentlicht. Zumindest wenn sie keine Namen nennt.«

»Und keinen Ort, an dem der Club angesiedelt ist«, fügte ich hinzu.

Elroy verzog enttäuscht das Gesicht. »Das heißt, wir können nur beschreiben, wie er aussieht und was darin geschieht, aber nicht, wo es ihn gibt und wer ein und aus geht.«

»Genau.«

»Das ist, als würde man ein neues, exotisches Tier erklären, das man entdeckt hat und das noch kein Mensch gesehen hat, aber man darf nicht verraten, wo es lebt.«

»Tut mir leid. Falls die Mitglieder Angst bekommen, dass ihre Anonymität auffliegt, ist der Club Geschichte. Um mal bei dem exotischen Tier zu bleiben: Wenn die halbe Welt kommt, um die Neuentdeckung zu sehen und zu fotografieren oder in Zoos zu sperren, zu kategorisieren und zu vermarkten, stirbt es bald aus oder verkrümelt sich in den tiefsten Urwald.«

Elroy nickte. »Das ist wahr. Wohin würden Sie sich verkrümeln?«

»Nach Seattle.«

»Das ist ja fast wie Urwald.«

Jensen nickte schmunzelnd.

Elroy sah zu mir. »Und Sie können mir genügend liefern, ohne den Exoten der Öffentlichkeit preiszugeben?«

»Ja, das kann ich. Verschiedene Fantasien, die ausgelebt werden, die Struktur der Mitarbeiter, die Geschichte des Unternehmens. Es werden mehr als hundert Seiten.«

Seine Augen leuchteten wieder. »Die Fantasien, die ausgelebt werden? Es ist also mehr als ein reines Bordell?«

»Es ist kein Bordell«, protestierte Jensen. »Es ist eine Art Traumfabrik. Besser als Hollywood, denn jeder kann eine Rolle darin spielen, wie er sie liebt.«

»Ich bin überzeugt, dass wir auch ohne Adresse klarkommen«, sagte Elroy. »Der Inhalt des Clubs passt hervorragend in das Konzept meines Projektes. Da sind die technischen Daten fast Nebensache.«

Ich atmete erleichtert aus. »Ich werde Sie nicht enttäuschen.«

»Die Insiderstory steht auch noch?«

Ich sah zu Jensen, der mich anlächelte. »Ja, sie steht noch.«

»Gut, dann machen wir das so. Sie haben einen Monat, daran ändert sich nichts.«

»Das reicht.«

Er plauderte noch etwas mit Jensen über die Partnervermittlung, dann verließen wir das Büro von Professor Elroy.

Bevor wir zurückfuhren, gingen wir in ein kleines Café und aßen etwas.

»Das heißt, ich muss nicht nach Seattle gehen. Ich werde für den Club dort einen Verwalter einsetzen. Beziehungsweise mein Freund Aaron wird einen finden. Falls du möchtest, dass ich hierbleibe.«

»Ich möchte, dass du hierbleibst«, sagte Jamie auf einmal und sah ihn mit großen Augen an. »Können wir wieder Kaninchen jagen?«

Jensen schmunzelte. »Das können wir. Tante Sophie freut sich bestimmt, wenn wir sie besuchen. Sie hat gesagt, dass sie mich vermisst. Dich vermisst sie bestimmt auch.«

»Und das Kaninchen auch?«

»Ja, das auch.«

Jamie nickte. Jensen sah zu mir. »Und du? Was willst du?«

»Ich überlasse das Kaninchen euch. Aber dich hätte ich gern hier.«

Jensen wirkte erleichtert und lächelte. Er griff nach meiner Hand, die auf dem Tisch lag. »Dann rufe ich Aaron an und sage ihm Bescheid.«

EIN JAHR SPÄTER

ICH HABE KEINE Ahnung, welches Haus es sein könnte. Ist es groß oder klein? Neu oder alt? Bezugsfertig oder renovierungsbedürftig? Jensen hat mir nur gesagt, dass wir ein Haus ansehen werden.

Ein Haus, das wir zusammen beziehen werden. Jensen hat es ausgesucht, mir aber noch nicht einmal Bilder gezeigt. Heute beim Frühstück hat er mir schließlich gesagt, dass er mit mir und Jamie hinfahren wolle, um es mir zu zeigen. Er hat nicht einmal verraten, wo es liegt. Ich erwartete fast, dass er mir die Augen verband, aber er tat es nicht. So konnte ich immerhin erkennen, dass er nach Long Island fuhr. Dann hielt er auf einem Parkplatz an und ließ mich und Jamie aussteigen, ohne uns zu sagen, wohin wir gehen sollten.

Es gibt mehrere fantastische Häuser in dieser Gegend, eines ist besonders schön, eine traumhafte Villa inmitten von grünem Rasen, aber die wäre viel zu groß und mondän für uns.

Ich gehe an einem rot gestrichenen Haus vorüber, wie ich es als Kind gern gehabt hätte. Es besitzt einen spitzen Giebel und eine riesige Terrasse an der Seite. Hoffnungsvoll halte ich an und will die Klinke betätigen, doch Jensen schüttelt den Kopf.

»Das ist es auch nicht.«

»Es wäre nett, wenn du mir einen kleinen Tipp geben würdest.«

»Du bist schon daran vorbeigegangen«, erwidert Jensen, der lächelnd Jamie an der Hand hält. »Das ist mein Tipp.«

Ich runzele die Stirn und mache kehrt, um die Strecke zurückzugehen. »Das ist nicht gerade viel. Kannst du nicht wenigstens kalt oder heiß sagen?«

»Okay. Es wird langsam wärmer.«

Ich gehe mehrere Schritte weiter. »Und nun?«

»Immer wärmer.«

Noch mehr Schritte.

»Noch wärmer.«

Es gibt nicht mehr viele Möglichkeiten, nur noch die prunkvolle Villa auf dem großen Grundstück. Da vorn ist schon der Parkplatz.

»Heiß«, sagt Jensen plötzlich, als ich vor dem schmiedeeisernen Tor der Villa stehe.

Ich halte die Luft an. »Dieses Haus? Ehrlich?«

»Ja, ehrlich. Ich habe die Villa drei Tage reservieren lassen und den Schlüssel erhalten. Wenn sie dir gefällt, nehmen wir sie.«

»Das Haus sieht unglaublich aus. Es ist riesig! O mein Gott, es ist unglaublich schön.«

Jensen schießt das große Tor des Grundstücks auf. Wir gehen die Auffahrt hinauf zum Haus, das in der Nachmittagssonne warm leuchtet. Ich bin schon vom Anblick des Hauses allein völlig hingerissen. Auf dem Grundstück würde Jamie herrlich toben können. Wir könnten ein Baumhaus errichten und im Sommer auf dem Rasen zelten. Hier gibt es ganz andere Möglichkeiten für den Jungen als in der Stadt. Und eine hervorragende Schule ist auch nicht weit entfernt.

Jensen öffnet die Haustür, doch bevor ich eintreten kann, hält er mich zurück. »Einen Moment, Tonya«, sagt er. Und bevor ich mich versehe, schubst er mich in seine Arme und nimmt mich hoch. »Falls böse Geister unter der Türschwelle lauern, trägt der Mann die Frau ins Haus«, sagt Jensen und trägt mich hinein.

»Aber wir sind doch gar nicht verheiratet.«

»Noch nicht«, erwidert er und setzt mich innen ab. »Aber darüber reden wir ein anderes Mal. Heute geht es um das Haus. Gefällt es dir?«

Ich sehe mich in der Diele um und bin völlig verzaubert. Der Raum ist riesig und wunderschön. Vor meinem geistigen Auge sehe ich Spiegel an den Wänden, eine hübsche Kommode mit Blumen und eine große Garderobe mit Wandschrank für die Mäntel.

»Hier ist der Salon«, sagt Jensen und führt mich in einen Raum, in den locker hundert Gäste passen würden. Hier könnte ein Flügel stehen, eine riesige Couch und eine überproportionale Musikanlage.

»Das Haus ist gigantisch«, flüstere ich ergriffen.

»Warte, bis du alles gesehen hast. Das Beste kommt zum Schluss.« Er lächelt verschwörerisch.

Er zeigt mir die Küche, die Bibliothek und die Schlaf- und Kinderzimmer. Und dann führt er mich in einen Raum im ersten Stock, der am Ende des Flures liegt. Er könnte ein hübsches Kinderzimmer sein, wenn er nicht ein so winziges Fenster hätte.

»Das wird unser Spielzimmer«, flüstert er in mein Ohr. »Hier können wir unsere Fantasien ausleben, wir brauchen den Club nicht mehr.«

Wir waren hin und wieder in den Club gegangen, wenn Thea auf Jamie aufpasste, um bestimmte Träume, die wir haben, in die Wirklichkeit umzusetzen. Den Club gibt es immer noch, es hat sich nichts verändert, nur wir haben uns verändert. Ich habe endlich meinen Abschluss geschafft und einen Job ergattert. Ich arbeite zwar nicht in der Nationalbibliothek, aber habe eine ähnlich gute, zufriedenstellende Aufgabe in einem Architekturbüro gefunden. Jensen hat den Datenschutz beim Club verändert. Und er hat in Seattle einen weiteren Club errichtet, der dieses Mal ganz offiziell läuft und die Leute scharenweise anzieht. Es gibt eine ewig lange Warteliste von Bewerbern, die Mitglieder werden wollen. Der Club ist ein voller Erfolg.

Außerdem hat Jensen seine Wette gegen Blake gewonnen, so dass wir traumhafte Wochen in Blakes Haus am See genießen konnten, wo Jensen wertvolle Kontakte geknüpft hat. Ein erfolgreicher Immobilienmakler gehört nun zu unseren Freunden, der Jensen dieses Haus vermutlich vermittelt hat.

»Das wäre fantastisch«, wispere ich in sein Ohr und umarme ihn. »Ich kann es kaum erwarten, ihn einzuweihen.«

Er küsst mich. Ein feines Prickeln läuft über meine Haut und Schmetterlinge flattern in meinem Bauch.

»Also willst du das Haus?«

»Ja! Da fragst du noch? Es ist fantastisch!«

Er lächelt und küsst mich wieder. Dann nimmt er meine Hand und geht mit mir aus dem Zimmer. Ich werfe einen sehnsüchtigen Blick zurück in unsere zukünftige Spielecke. Ich weiß schon, wie wir den Raum das erste Mal nutzen werden. Unser Spiel wird auf jeden Fall eine Augenbinde beinhalten, eine kleine Peitsche und Handschellen. Und vielleicht noch ein paar weitere Utensilien.

Jensen hat aus mir eine andere Frau gemacht. Eine Frau, die Fantasien hat und sich nicht mehr scheut, sie auszuleben. Er hat mich verführt, und ich bin ihm und der Lust mit ihm verfallen. Die Freuden, die ich mit Jensen erlebe, machen süchtig. Süchtig nach ihm und der Ekstase, die beim Liebesspiel mit ihm durch meine Adern strömt. Aber das ist eine Sucht, mit der ich sehr gut leben kann.

Ich werfe einen letzten Blick in den Raum, bevor ich mit Jensen nach unten gehe. Und ein neuer Rausch erfasst mich.

Bald habe ich meinen eigenen Playroom.

Devon Monroe, der notorische Schwerenöter und Bad Boy hat ein Problem mit einer Frau. Nicht das erste Mal, aber dieses Mal wird es ernst. Er ist drauf und dran, sich heftig zu verlieben.
Freut euch auf »WILD BOYS CLUB – Players Lounge«, die Geschichte von Devon und Agatha! Ab Oktober bei Amazon erhältlich!

Wer die ersten beiden Teile der Reihe um den WILD BOYS CLUB, »WILD BOYS CLUB – Der Skandal« und »WILD BOYS CLUB – Der Prinz von Manhattan«, noch nicht kennt, erhält sie ebenfalls bei Amazon.

Werdet Mitglied im WILD BOYS CLUB auf Facebook und nehmt dort an Gewinnspielen teil, erhaltet tolle Geschenke oder tauscht geheime Sehnsüchte mit Gleichgesinnten aus! Ein Klick genügt und ihr seid dabei.

16003986R00143

Printed in Poland
by Amazon Fulfillment
Poland Sp. z o.o., Wrocław